TIM FINCH

FRIEDENSGESPRÄCHE

ROMAN

Aus dem Englischen
von Johann Christoph Maass

ROWOHLT

Die Originalausgabe erschien 2020
unter dem Titel «Peace Talks»
bei Bloomsbury Publishing, London.

Deutsche Erstausgabe
Veröffentlicht im Rowohlt Verlag, Hamburg, Februar 2022

Satz aus der Whitman bei Pinkuin Satz und Datentechnik, Berlin
Druck und Bindung CPI books GmbH, Leck, Germany
ISBN 978-3-498-00022-6

Die Rowohlt Verlage haben sich zu einer nachhaltigen Buchproduktion verpflichtet. Gemeinsam mit unseren Partnern und Lieferanten setzen wir uns für eine klimaneutrale Buchproduktion ein, die den Erwerb von Klimazertifikaten zur Kompensation des CO_2-Ausstoßes einschließt.
www.klimaneutralerverlag.de

FSC
www.fsc.org
MIX
Papier aus verantwortungsvollen Quellen
FSC® C083411

Für Claudia

Ich bin der Welt abhandengekommen,
Mit der ich sonst viele Zeit verdorben.
Sie hat so lange von mir nichts vernommen,
Sie mag wohl glauben, ich sei gestorben.

Es ist mir auch gar nichts daran gelegen,
Ob sie mich für gestorben hält.
Ich kann auch gar nichts sagen dagegen,
Denn wirklich bin ich gestorben der Welt.

Ich bin gestorben dem Weltgewimmel,
Und ruh in einem stillen Gebiet.
Ich leb in mir und meinem Himmel,
In meinem Lieben, in meinem Lied.

FRIEDRICH RÜCKERT,
Ich bin der Welt abhandengekommen

Aus der Welt gekugelt

Jeden zweiten Tag absolviert eine Gruppe von uns frühmorgens, gleich als Erstes, dieselbe Fünf-Kilometer-Runde. Sie ist gewissenhaft ausgeschildert und, gerade noch eben so, als «moderat» klassifiziert: Die anspruchsvolleren Abschnitte werden von längeren, gemütlicheren abgelöst.

Am Treffpunkt wird stets erhebliches Aufhebens gemacht, um Schnürsenkel, Fleecepullis, Gehstöcke und Energieriegel. Aber von dem Augenblick an, in dem wir uns anschicken, das Schneefeld hinter dem Hotel zu queren, löst sich Gereiztheit in nichts auf. Im Knirschen der Stiefel auf der Schneedecke drückt sich das Hochgefühl aus, das uns alle erfüllt, ausgelöst davon, draußen zu sein in der makellosen Kälte des frühen Morgens, hoch oben in den Bergen Tirols.

Wir machen die Runde nur dann nicht, wenn weißer Nebel die Welt vor unseren Augen auslöscht, was gnädigerweise nicht häufig vorkommt, denn an diesen Tagen laufen die Verhandlungen nie so gut wie sonst. Dann frühstücken wir eher spät, versteckt hinter den Seiten der *International Herald Tribune*, der *Times*, der *Frankfurter Allgemeinen* und anderen Zeitungen. Es war Baudelaire (ich habe es im Netz nachgesehen), der sich über diesen «widerlichen Aperitif» mokierte, den «der zivilisierte Mensch jeden Tag zu seiner Morgenmahlzeit» genieße. «Sittlichkeitsdelikte, Folterungen (...), ein Rausch von allgemeiner Grässlichkeit.» Recht hat er, aber das Wort Aperitif hat mich stets irritiert. Zum Frühstück? Als symbolistischer Dichter womöglich.

Vielleicht um Baudelaire Respekt zu zollen, ziehen einige von uns von Zeit zu Zeit ein Buch der Zeitung vor, trotz der Schwierigkeit, es beim Essen aufgeschlagen zu halten. Auch ausgeklügelte Arrangements mit Salz- und Pfefferstreuern, French-Press-Kannen, Milchkännchen und unbenutztem Besteck funktionieren eigentlich nie so richtig. Das gebundene Buch kommt hier zu seinem Recht, wie ich finde, mit seiner besseren Aufschlagbarkeit gewissermaßen, während das Taschenbuch, im Bett so praktisch, für den Frühstückstisch einfach zu leicht ist. Was die aktuellen Lektüren betrifft: Ich habe gesehen, was dich freuen wird, dass mehr als ein Exemplar des *Zauberberg* in Angriff genommen wurde (wir sind ein berechenbarer Haufen), einschließlich eines, und hier copy und paste ich erneut, الجبل السحري

(Es war einer der jüngeren Kollegen, der mich darauf hinwies. Ich bin so weit entfernt davon wie eh und je, des Arabischen mächtig zu sein, leider, eindeutig ein Nachteil in diesem Metier, ungeachtet meines nominellen Standings. Fortwährend frage ich mich: Wie lange noch, bis mir die Puste ausgeht? Und was folgt dann? Der Ruhestand in irgendeiner Form, denke ich mal; einst eine semibehagliche Aussicht, mittlerweile allerdings eigentlich ausschließlich gefürchtet.)

Kein Vertreter der beiden Delegationen isst, läuft oder spricht mit uns außerhalb der formalen Sitzungen. Sie sind im Hotel in separaten Stockwerken untergebracht. Sie beten, ebenfalls getrennt, in eigens dafür vorgesehenen Räumen. Die Mahlzeiten nehmen sie im Hauptspeisesaal ein, aber in ausgewiesenen Bereichen an entgegengesetzten Enden. Ich achte genau darauf, beiden Parteien jeden Tag einen guten Morgen zu wünschen, und sie erwidern den Gruß respektvoll.

Um für einen Moment auf den *Zauberberg* zurückzukommen. Es irgendwann einmal zu erwähnen («Ich habe gesehen, dass Sie …») könnte sich bei dem betreffenden Verhandlungspartner als hilfreich erweisen: Kleine Dinge wie diese tun das manchmal. Doch die Tatsache, dass er ein so wunderbares Englisch spricht, und das so ostentativ, gibt mir zu denken. Sendet er mittels seiner Lektüreauswahl irgendein Signal? Und falls ja, welches?

Vermintes Gelände, wohin man schaut, Liebling, höre ich dich sagen.

Nachdem wir auf unserem Weg über das Schneefeld in Schwung gekommen sind, müssen wir auf einer kleinen Holzbrücke Vorsicht walten lassen, da die Holzbohlen vereist und daher tückisch sein können. Die Brücke kreuzt einen Bergbach, auch wenn seine Stromschnellen und Tümpel den Großteil der Wochen über, die wir hier sind, überraschenderweise eingefroren waren, als ob eine Winterhexe sie mit ihrem Zauberstab berührt hätte.

Aber lass mich das «als ob» mal gleich wieder streichen. Dass dahinrauschendes Wasser in eine solche lautlose Schockstarre versetzt werden kann, ist nicht einfach schnöder Vereisung geschuldet, sondern ein untrügliches Zeichen dafür, dass hier Magie am Werk ist. Dann, so ist der Lauf der Dinge, führt uns der Pfad in eine abgezirkelte Fichtenschonung, der so gar nichts Magisches innewohnt. Die Bäume sind nummeriert, und es riecht nach Sägeschuppen und Holzhandlung. Dann überqueren wir eine asphaltierte Straße, und vor einer Reihe moderner Chalets stehen BMWs und VWs mit Skiern und Snowboards auf den Dachgepäckträgern.

Aber das ist es dann auch gewesen. Danach führt unser Weg fort vom Glitter des Resorts, hinein in wildere Kiefern-

und Tannenwälder, hin zu einem der steileren, felsigeren Anstiege, bis wir nach einer gewissen Zeit die Baumgrenze des Berges erreichen und mit einem atemberaubenden Panorama von Wipfeln belohnt werden. Die dünne Luft prickelt in den Lungen und brennt im Gesicht. Der Himmel ist sattblau, einzig die sich verflüchtigende Spur eines Flugzeugs sorgt für einen hauchzarten Streifen himmelblauer Tönung.

«Chef», sagt jemand, klopft mir mit einer schweren Bärentatze auf die Schulter.

«Ja?», sage ich.

Der Bann muss stets gebrochen werden.

«Nicht übel, der Blick, oder?»

Wie gesagt.

Meine Dauerpräsenz in der Wandergruppe – ich habe nicht einen Tag gefehlt – tut dem Gemeinschaftsgefühl keinen Abbruch, davon bin ich überzeugt. An Morgen, an denen ausgelassenere Stimmung herrschte, habe ich mich an den Schneeballschlachten beteiligt und mich wie die anderen mit dem hinter der Theke geklauten Metalltablett an dem Hang mit der siebenprozentigen Neigung versucht. Mein Purzelbaum in eine Tiefschneesenke hat für erhebliche Belustigung gesorgt. Dennoch trifft es zu, dass ich versuche, kein Teil jener losen Grüppchen zu sein, die sich formieren und auflösen, die plaudern und lachen, während wir den Berg hinaufsteigen. Ich bleibe lieber etwas zurück oder gehe voraus, in Gedanken versunken. Und natürlich muss man sich in gewissem Maß seiner Funktion, seiner Position bewusst sein, selbst eingemummt auf dem Berg. Eine gewisse Distanz muss immer gewahrt bleiben.

Ich bringe dich zum Lachen, ich merke schon. Na denn, *sehr gut*, denn du solltest nicht auch nur einen Augenblick lang denken, dass ich deprimiert sei oder einsam. Natürlich vermisse ich dich. Permanent.

Der höchste Punkt unserer Wanderung ist erreicht, wenn wir bei der kleinen Kapelle ankommen – und dort ein paar Minuten lang Pause machen –, die dort steht, wo sich der ausgewiesene Pfad gabelt, wobei die andere Route zum Pass über den Berg und hinein ins nächste Tal führt.

An einem Samstag schlugen einige von uns diesen Pfad ein, wir hielten uns dabei für sehr wagemutig. Was würden wir auf der anderen Seite des zerklüfteten Kamms entdecken? Die Gipfelstation eines Skilifts, wie sich herausstellte. Mit einer lärmenden Cafeteria, die an eine Autobahnraststätte erinnerte, umsäumt von einer Palisade aus grellbunten Skiern. Wir fuhren mit der Gondel hinab in das andere Resort und mussten dann eine Stunde lang mit dem Bus zurück in unser Dorf fahren. Die meiste Zeit über auf einer doppelspurigen Schnellstraße, in dichtem Verkehr und bei Schneeregen. Es war ein Rüstzeit-Tag.

Die Kapelle ist ein reizendes, rustikales Bauwerk. Sie steht unter einen Felsüberhang geduckt und hat ein gewelltes, mit Schindeln gedecktes Dach, geschmückt von einem einfachen Kreuz. Ansonsten ist es eine Holzhütte, durch die Jahreszeiten geschmackvoll verwittert. Im Innern stehen grobe Holzbänke und ein Tisch mit einem Holzkreuz, es gibt ein einzelnes Buntglasfenster, in abstraktem Design, in Gedenken an einen Mann aus der Gegend, der im Alter von nur 22 Jahren bei einem Autounfall starb. Außerdem brennt ein ewiges Licht, eine Öllampe, und das, wie es die Sitte will, permanent, bis ans Ende der Tage. Da jedes der tadellos gepflegten Gräber auf dem Friedhof der Dorfkirche allabendlich von einer Kerze beleuchtet wird, ist es wohl sehr wahrscheinlich, dass jemand – vielleicht dieselbe Person – täglich den Berg hinaufwandert und sich auch um dieses einzelne Lichtlein kümmert. Doch wir haben nie auch nur eine Menschenseele bei der Kapelle gesehen, noch nicht einmal Stiefelabdrücke auf dem Pfad dorthin, bis auf unsere eigenen. Mit Skiern vielleicht?, schlägt jemand vor. Langlauf? Ich hingegen bevorzuge den Gedanken, dass es jemanden gibt, der will, dass wir dieses ewig brennende Licht für ein kleines Wunder halten und daran glauben.

Was immer wir auch glauben, wir alle halten einen Augenblick inne, um nachzudenken. In erster Linie über persönliche Dinge, aber auch, da bin ich sicher, über die Bedeutung unserer Mission. Von diesem Adlerhorst hoch oben über dem Resort können wir gerade so die Dächer des Hotels und des Tagungszentrums ausmachen. Von diesem Moment an beginne ich, mich immer aufs Frühstück zu freuen. Und auf die Aufgaben des Tages.

Der Abstieg hat dann eher ernüchternden Charakter, wohl kaum zu vermeiden. Aber das, wovon ich dir erzählen wollte, ereignete sich auf unserer heutigen Wanderung während des Abstiegs. Alle waren ziemlich gelangweilt. Nicht nur von der Wanderung, sondern auch davon, hier zu sein. Das Tauwetter begleitende Tropfgeräusche waren zu hören, was aber einzig den Effekt hatte, uns daran zu erinnern, wie lange diese Gespräche bereits schon andauern. Sich immer und immer wieder im Kreis drehen, an denselben Punkten beginnen und landen, aber trotz aller Anstrengungen nicht vom Fleck kommen … Ich habe damit zu kämpfen, merke ich.

Und da war es dann. Ein starkes Seil, festgeknotet an einem kräftigen Ast, der über eine tiefe Rinne hing, das felsige Bett durch eine weiche Schneedecke abgepolstert. Wir hatten das

Seil vorher nie gesehen, dabei hätten wir es bei all den Malen, als wir die Stelle passiert hatten, nicht übersehen können. Ein paar Kinder aus der Gegend mussten es, winterlicher Aktivitäten überdrüssig und voller Vorfreude auf den Frühling, am Abend zuvor aufgehängt haben. Länger werdende Abende: noch so eine Sache.

Wir mussten es selbstredend in Beschlag nehmen: dieses unerwartete, angenehm aufregende, vor allem aber *neue* Element unseres frühmorgendlichen Ausgangs. Statt die Rinne mittels der Fußgängerbrücke zu überqueren, schwangen wir uns abwechselnd hinüber wie Tarzan. Einige von uns, vielleicht um sich Mut zu machen, stießen dabei sogar den Tarzan-Schrei aus.

Joooo-oddle-oddle-ooooooooo-joddle-oddle-ooooooo

Ein seltsames Geheul, wenn man es recht bedenkt, das doch eher alpin klingt denn affenartig, was eher den europäischen Wurzeln Johnny Weissmüllers geschuldet ist – oder, um genau zu sein, János Weißmüller (geb. 1904 in Szabadfalva, Österreich-Ungarn) – als einer Kindheit unter Primaten, sprich mit Cheeta (oder Cheetah, Cheta oder Chita – die eigentlich Jiggs hieß). Wie du dir denken kannst, war unser kleines Abenteuer das bestimmende Thema in der Gaststube. Und hier noch ein weiterer erstaunlicher Fund – ebenso aus dem Internet –, den ich mit den anderen teilte und der für Erheiterung sorgte: nämlich dass ein gewisser Edgar Rice Burroughs sich den Tarzan-Schrei hatte sichern lassen, weshalb jedes *Joooo-oddle-oddle-ooooooooo-joddle-oddle-ooooooo* streng genommen eine Urheberrechtsverletzung darstellt.

Aber warum erzähle ich dir das alles? Weil ich dich wissen lassen wollte, dass ich es unversehrt auf die andere Seite schaffte. Ich war ehrlich gesagt ziemlich stolz auf mich, auch wenn es keine sonderlich große Distanz war und die Gefahr bei so viel Schnee zu vernachlässigen. Trotzdem ereignete sich ein Unfall, der dann doch recht dramatisch ausfiel. Was passierte, war, dass die vorletzte Lianenkünstlerin, um im Bild zu bleiben – ein oder zwei von uns benutzten die Brücke –, sich bei der Aktion die Schulter auskugelte. Was wohl damit zu tun hatte, dass sie sich zu lange am Seil festhielt und sich dann den Arm überdehnte, als sie schließlich losließ.

Der Plosivlaut, als das Schultergelenk aus der Pfanne sprang, war in unerträglicher Eindeutigkeit zu hören. Unsere Kollegin – Berenice ist ihr Name – schrie vor Schmerz auf und fiel uns dann buchstäblich vor die Füße. Auch ich gehörte zu denjenigen, die – anders kann man es nicht beschreiben – *zurückzuckten*. Wir konnten ihr Leid nicht ertragen; wie es uns selbst durchfuhr. Unsere instinktive Reaktion war nicht Mitleid, sondern Ekel, eine Reaktion, die viel über die menschliche Natur aussagt – unser Unvermögen, unseren Egoismus hintanzustellen. (Ich muss sicher nicht erwähnen, dass diese Dinge in der Gaststube eher nicht zur Sprache kamen.)

Aber wir wurden auch Zeugen der anderen Seiten der menschlichen Natur, wo sich die *besseren Engel* aufschwingen. (Ich habe übrigens Pinkers Buch hier gerade noch einmal gelesen, als Mittel gegen den widerlichen Aperitif gewissermaßen.) Einer von uns nahm das Heft in die Hand, Hans, ein dänischer Berichterstatter, der sich als ausgebildeter Ersthelfer entpuppte. Nur wenige knappe Anweisungen waren nötig, und Berenice lag flach auf dem Boden, bereit für den Eingriff. Dann kniete er sich hin, das rechte Bein gegen ihre Schulter gedrückt, und ließ den Arm mit einem beherzten Ruck und einer Art Drehbewegung wieder an Ort und Stelle schnappen. Das Manöver ließ an das Zusammenspiel von Ruder und Dolle denken: der fuchtelnde Arm, ein kurzes, schauerliches Knirschen, gefolgt von der reibungslosen, beinahe schmeichelnden Bewegung des Gelenks.

Außer dem öligen Schweißfilm auf ihrer Oberlippe deutete nichts in Berenices Gesicht auf Schmerzen hin, nachdem es nur Augenblicke zuvor ausschließlich aus Schmerz bestanden hatte. Man hatte tatsächlich das Gefühl, es würde ihr sogar schwerfallen, sich Schmerzen *vorzustellen*, selbst in ferner Zukunft, von der jüngsten Vergangenheit einmal ganz abgesehen, derart stark empfand sie die Erlösung davon. (Was vermutlich an ihrem erhöhten Adrenalinpegel lag.) Sie musste davon abgehalten werden, ihren jüngst versehrten Arm um den Kopf zu legen, um zu beweisen, wie vollständig seine Wiederherstellung gelungen war. Und Hans musste einige Überzeugungsarbeit leisten, bis sie sich bereit erklärte, den Arm in einer provisorischen Schlinge ruhigzustellen.

Das war's. Im Großen und Ganzen kein Drama. Und ich will auch nicht andeuten, dass man aus dem Vorkommnis eine Lehre ziehen könnte. Man hat Berenice starke Entzündungshemmer verschrieben, aber wir glauben, dass sie morgen schon wieder wie gewohnt arbeiten kann. Ansonsten blieb der Tag ohne besondere Vorkommnisse. Die Gespräche ziehen sich weiter hin. Ich versuche, bei Laune zu bleiben.

Du fehlst mir.

Der Richterhammer

Am Anfang war es ziemlich peinlich. Ich bekam mit, dass es unter den jüngeren Mitgliedern des Sekretariats sogar Gekicher gab, als ich ihn zum ersten Mal benutzte. Aber jetzt hänge ich sehr an meinem Richterhammer und genieße das scharfe Knallen des Hartholzes auf dem Resonanzblock, das den Sitzungsbeginn markiert und zur Ordnung ruft. Ganz offensichtlich respektieren die beiden Delegationen ihn und damit auch mich, was mich zu der Einsicht führt, dass die Idee der Beraterin in kulturellen Fragen, einen Richterhammer einzusetzen, sehr gut war.

Bei anderen Verhandlungen, denen ich vorgesessen habe, wäre der zeremonielle Aspekt, die Anmutung einer Gerichtsverhandlung, den der Hammer evoziert, nicht hilfreich gewesen. Schließlich bin ich kein Strafverfolger, wie ich pausenlos betone, oder Berater der Verteidigung oder gar der vorsitzende Richter, ich bin *lediglich* Vermittler – obgleich ich dieses Mal das «lediglich» aus meinen üblichen Eingangsbemerkungen weggelassen habe, ebenfalls auf Anraten der Beraterin für kulturelle Fragen, die es zu selbstabwertend fand, zu typisch britisch. «Ich bin norwegischer Staatsbürger», erinnerte ich sie. Sie, eine Finnin aus jordanischem Elternhaus, entschuldigte sich. «Aber die Leute liegen da häufig falsch», sagte ich lachend. Sie kam auf ihr Argument zurück. «Was sie vor allem respektieren, ist Stärke», erklärte sie.

Du siehst, warum wir diese Berater beschäftigen (außerdem gibt es welche für die Bereiche Kulinarisches und Religion.) Es ist überaus wichtig, Bedingungen zu schaffen, in denen sich die verhandelnden Parteien so wohl wie möglich fühlen.

Was mich zum Lokum führt. Als ich die kleinen Schälchen auf den Tischen neben den Mineralwasserflaschen stehen sah, still oder mit Kohlensäure, darauf das Hotellogo, war ich der Auffassung, die Geste rieche förmlich nach westlicher Herablassung, der schlimmsten Art von Stereotypisierung. Wieso nicht wie gewohnt Pfefferminzbonbons nehmen?, dachte ich (obgleich auch die sicher problematische Konnotationen haben). Allerdings lag ich falsch: Beide Delegationen scheinen sich sehr über das Lokum gefreut zu haben und greifen nicht nur selbst beherzt nach der Süßigkeit, sondern reichen sie auch weiter und bieten sie – zumindest in besonders vielversprechenden Momenten – auch einander *gegenseitig* an.

Leider war der Einsatz von Lokum als Friedensgabe von nur kurzer Dauer. Ich habe vergessen, was genau schieflief, aber es wurden Dinge gesagt, an denen Anstoß genommen wurde, und das Anbieten hörte auf. Allerdings bildet die Schwäche für Lokum nach wie vor *eine Gemeinsamkeit* beider Seiten – und das ist zumindest etwas.

Ich habe den Vorsitz bei Verhandlungen innegehabt, bei denen, verlangte die eine Seite nach Orangensaft, die andere umgehend nach Apfelsaft fragte, nicht weil sie unbedingt Apfelsaft trinken wollte – obwohl unter Umständen großes Gewese darum gemacht wurde, tatsächlich davon zu trinken – sondern um deutlich zu machen, dass es durchaus helfen könnte, erneut in uns zu gehen, sollten wir gedacht haben, sie würden trinken, was die Gegenseite trinke. Worauf die andere Seite – also «die Orangensaftler» – reagierte, indem sie auch davon trank, ebenfalls nicht aus Lust auf Apfelsaft, sondern um klarzustellen, dass die Ablehnung gleicher Getränke eine kleinliche Geste war, zu der sie sich – «die Orangen- *und* Apfelsaftler», um es ganz genau zu nehmen – niemals herablassen würden. Worauf die Gegenseite – «die Apfelsaft und sonst nichts»-Seite, sozusagen – reagierte, indem sie nicht reagierte, den Retourkutsche-Orangensaft also nicht anrührte und so ihren Standpunkt verdeutlichte, zu ihrer Zufriedenheit zumindest, dass sie, nachdem sie diesen nun verdeutlicht hatten, das Ganze nicht auch noch breittreten würden.

Vor Kurzem gab es eine Auseinandersetzung um die Sonnenblenden. Oder genauer gesagt, wie viel Licht diese hineinlassen.

Unsere Plenarsitzungen finden im Hauptkonferenzraum des Hotels statt, einem Raum, der so konzipiert ist, dass Tageslicht hineinkommt, man aber keinen Ausblick hat – damit uns nichts ablenkt. Manchmal aber stört die Sonne, die schräg durch die Oberlichter einfällt. Die Jalousien funktionieren, wie man es von einer derart hochmodernen Anlage erwartet, computergesteuert. Sie können mittels eines mausartigen Geräts minutiös austariert werden. Gott sei's gedankt, denn es graust mich allein beim Gedanken daran, welch langwieriges Prozedere nötig gewesen wäre, hätten wir einen Hausmeister rufen müssen, der dann auf die Leiter hätte steigen, an den Bändern ziehen und an diesem langen dünnen Plastikstab herumdrehen müssen, um den Winkel der Lamellen zu justieren, so wie wir es in den alten Zeiten getan hätten, den Urzeiten von vor zehn oder fünfzehn Jahren. Die Blair / Bush-Jahre meine ich damit. Als du zur Friedensdemo gingst und ich zuhause blieb. Und du meintest, ich zöge meine Karriere dem Protest gegen einen durch nichts legitimierten Angriffskrieg vor. Und ich lachend erwiderte: «Komm schon, Schatz …» Und du murmeltest: «Nichts da, *Schatz* …» Und ich einwandte: «Gut, aber wenn wir über widerrechtliche Angriffe sprechen, lass uns mal bei Saddam Hussein anfangen, damit, dass er das eigene Volk mit Giftgas tötet …»

Aber zurück zu den Sonnenblenden. Zum Licht. Zu dem bevorstehenden Streit. Du kannst dir sicher vorstellen, welcher Art die Fotos und Videos sind, die wir anschauen müssen und mittels derer beide Seiten zu beweisen versuchen, wie viel bestialischer die anderen doch seien und weshalb mit denen eigentlich überhaupt nicht zu reden sei. An dem betreffenden Tag zeigten uns die Bildschirme just solch ein Bild. Nennen wir es: Aufnahme 1451. (Die Zahl allein spricht Bände.) «Aufnahme 1451 zeigt …», setzte die Gutachterin an und wollte gerade erläutern, was darauf zu sehen war und warum es vorgelegt worden war, als eine der Seiten (die Seite, die es vorgelegt hatte) Einspruch erhob. Das Maß an Sonnenlicht, das durch die Oberlichter einfalle, reiche nicht aus, um das Bild vernünftig erkennen zu können, wurde argumentiert. Man bat darum, die Blenden etwas zu öffnen, und das wurden sie. Damit war die Sache, natürlich, noch nicht erledigt.

Die Gegenseite (jene, die die abgebildeten Gräueltaten verübt hatte) erhob nun ihrerseits Einspruch: Nun komme *zu viel* Licht herein. Die Blenden wurden also erneut justiert, und eine Weile lang war es wieder etwas dunkler im Raum. Aber nicht lange, da nun die Seite, die als erste Einspruch erhoben hatte, prompt ein zweites Mal Einspruch erhob, was dazu führte, dass die Blenden ein drittes Mal nachjustiert wurden und nun wieder mehr Licht auf die Dinge fiel. Allerdings nur so lange, bis die Gegenseite ihrerseits erneut Einspruch erhob und darauf bestand, dass man die Blenden ein viertes Mal neu justiere.

Und so ging es weiter: *ad nauseam*, nicht allerdings *ad infinitum*, da, ganz plötzlich, wie es oft geschieht, die Protagonisten des Spielchens überdrüssig wurden und es rasch zu einer Übereinkunft kam. Beide Seiten schienen zufrieden, auch wenn – oder vielleicht *weil* – die Lichtverhältnisse im Raum, zumindest im Auge des neutralen Betrachters, vom *status quo ante* nicht zu unterscheiden waren. Womit für mich der Punkt erreicht ist, an dem ich gelobe, von weiterem Pennäler-Latein abzusehen, allerdings will ich noch das Behrends'sche Gesetz zitieren, wenn ich es denn erinnere (*ich erinnere es*), das besagt: Krieg = der lange und blutige Weg zurück zum Anfang.

Seine Anwendbarkeit auf dieses spezielle Vorkommnis ist auf den ersten Blick ersichtlich, was allerdings genauso für den Konflikt im Allgemeinen gilt. Deutet doch alles darauf hin, dass eine neue Friedensordnung lediglich die alte Teilung des Landes wieder in Kraft setzen und die Einigung nach Kriegsende lediglich die Kraftverhältnisse der Vorkriegszeit wiederherstellen wird. Anders formuliert, wenn auch nicht sonderlich elegant: all das hier bloß, um dorthin zurückzukommen.

Eine letzte Bemerkung zu den Sonnenblenden. In gewissem Sinne führte die Sache zu keinem Ergebnis. Anders betrachtet gewann allerdings die eine Seite. Errang zumindest einen kleinen Sieg. Verschaffte sich einen vorläufigen Vorteil. Wie das?

Schlicht und einfach dadurch, dass aufgrund des ganzen Hin und Hers das Bild – bei mal besserer, mal schlechterer Beleuchtung – die ganze Zeit über auf den Bildschirmen blieb und dadurch tiefer in unserer Bewusstsein eindrang als die anderen Aufnahmen, die wir an diesem Tag zu sehen bekamen, was sich für die Seite, die die auf dem Bild gezeigte Gräueltat mutmaßlich begangen hatte, in gewisser Weise nachteilig auswirkte, als wir gefragt waren zu evaluieren, welche der beiden Parteien denn nun die verwerflichere war. Und ganz zweifellos war das der Grund, oder zumindest ein Grund, warum das Thema Licht von der Seite auf den Tisch gebracht worden war, die es aufgebracht hatte. Für einen kurzen Moment hatten sie den Gegner in die Schranken gewiesen. Und würden, so ihr Gefühl, in einem irgendwie besseren Licht dastehen. Und das war wichtig für sie, zumal diese Vorteilslage nur von kurzer Dauer war und sie sich sehr bald selbst wegen eigener schlimmer Verbrechen – höchstwahrscheinlich durch filmisches Beweismaterial belegt – auf der Anklagebank wiederfinden würden.

Ich versuche stets, ihre Gedankengänge nachzuvollziehen. *Oha, ein Bild eines unserer Soldaten, ihres Kriegsgefangenen, der gerade gekreuzigt wird. Erheben wir doch Einspruch, was die Lichtverhältnisse im Raum betrifft. Stellen wir sicher, dass das abscheuliche Bild eine Weile lang auf den Bildschirmen bleibt und sich ins Gedächtnis einbrennt. So zögern wir außerdem die Vorführung eines Videos hinaus, das zeigt, wie ein Mitglied unserer Miliz eine in einem Käfig gefangene Frau mit Benzin übergießt und bei lebendigem Leib verbrennt. Denn das wird uns schlecht aussehen lassen. An der Tatsache ist nicht zu rütteln. Auch wenn wir jegliche Verantwortung für den Zwischenfall von uns weisen werden. Andeuten werden, das Bild sei per Photoshop bearbeitet. Alles nur Erdenkliche anführen, um abzulenken und zu zerstreuen. Aber zerbrechen wir uns darüber später den Kopf, schauen wir uns lieber dieses Foto auf den Bildschirmen an, das einen unserer Soldaten zeigt, noch ein Junge im Grunde, sechzehn oder höchs-*

tens siebzehn. Sie schlagen ihm Nägel in die Hände. Er wird an diesem Kreuz hängen, sich vor Schmerz hin- und herwerfen, bis er an Sauerstoffmangel stirbt. Oder Unterkühlung. Schauen Sie sich das an! Solche Dinge tun sie unserem Volk an, unseren Jugendlichen, Frauen und Kindern. Und darum brauchen wir mehr Tageslicht. Nein, das reicht nicht, öffnen Sie die Blenden etwas mehr, Sie müssen sich das Bild genau anschauen, es sich wirklich anschauen. *Hören Sie nicht auf die. Lassen Sie nicht zu, dass die ihre Gräueltaten in Dunkelheit verhüllen. Sehen Sie nicht, was sie tun? Sie wollen nicht, dass Sie das volle Grauen sehen. So sind sie, diese Tiere …*

Du siehst, womit wir fertigwerden müssen. Was wir aushalten müssen. Ertragen, tolerieren. Wie fügsam und nachgiebig wir uns zeigen müssen! Verwundert es da, dass man manchmal einfach nur ausrasten und losheulen will? Alles und jeden mit Beschimpfungen und Verachtung überziehen. Oder gar …

Was man natürlich nicht tut. Man wahrt das Gesicht. Obwohl bei diesem Anlass etwas in mir tatsächlich zerriss, denn ich sagte in einem Tonfall, den man, gemessen an den Umständen, nur als unangemessen flapsig bezeichnen kann: «Gentlemen» (es sind tatsächlich ausnahmslos Männer), «vielen Dank, dass Sie in diesem Punkt zu einem Kompromiss gefunden haben. Vielleicht können wir diesen Geist mit in die Nachmittagssitzung nehmen?» Und dann verfügte ich eine sofortige Unterbrechung für das Mittagessen, die ich mit einem beschwingten Tam-tam-tam meines Hammers besiegelte.

Klick. Ich schalte den Bildschirm aus. Und setze die Kopfhörer ab. Klick. Ich schalte auch den Bildschirm in meinem Kopf aus. Und stelle die Schreie ab. Klick. Das ist die einzige

Möglichkeit. Klick. Die Mittagspause. Nur daran gilt es zu denken. An die Betriebsamkeit, die das Buffet umgibt, das großartig ist. Klick. Ich glaube, ich nehme das Hühnchen nach Mailänder Art mit Spaghetti in Tomatensoße. Und dann ein Stück Apfelkuchen. Klick. Zum Mittagessen trinke ich keinen Alkohol, das ist die Regel. Heute allerdings genehmige ich mir vielleicht ein Glas Rotwein oder zwei. Danach eine Tasse starken Kaffee. Und ein bisschen frische Luft. Klick. Wir fahren in einer Stunde fort. Klick. In fünfzehn Minuten. Klack. Aber bis dahin. Klick. Ausschalten. Wie eine Maschine. Es ist die einzige Möglichkeit.

Dieses Mal aber gab es keine Wiederaufnahme.

Verdammt sei mein unangemessen flapsiger Tonfall, mein beschwingtes Tam-tam-tam.

Seit drei Tagen hängen wir nun in der Luft, da beide Seiten sich weigern, im Konferenzsaal zusammenzukommen, und noch nicht einmal ihre respektiven Stockwerke verlassen. Und das nicht einmal wegen eines substanziellen Problems oder wegen der Auseinandersetzung um die Sonnenblenden (das ist nun vollständig in Vergessenheit geraten), sondern wegen eines anderen nichtigen Vorfalls, der sich gleich nach der Unterbrechung der letzten Sitzung ereignet hat, bei der die eine Seite der Gegenseite eine vermeintliche Verunglimpfung vorwarf und die erstere wiederum an dieser Anschuldigung Anstoß nahm. Mit anderen Worten, die gleiche alte Geschichte. Die gleiche alte *verdammte*, VERDAMMTE, **VERDAMMTE** … Geschichte.

Und jetzt beruhig dich wieder.

Diese Dinge kommen vor. Daran werde ich permanent erinnert. Und ich weiß, es ist die Wahrheit. Aber der Punkt ist der: Diese spezielle Sache wäre nicht passiert, wenn ich einfach den vereinbarten Zeitplan eingehalten hätte. Dann nämlich wäre Sicherheitspersonal im Flur vor Ort gewesen, um ein solches unmittelbares Aufeinandertreffen der beiden Seiten zu unterbinden, denn bekanntlich passiert immer just *das*, dass es nämlich wegen irgendeines Zerwürfnisses über Belanglosigkeiten zu einem *weiteren* Zerwürfnis wegen Belanglosigkeiten kommt, in einer langen Reihe von Zerwürfnissen aufgrund von Belanglosigkeiten – weshalb die Verhandlungen tagelang auf Eis liegen.

Ich gestehe ein, an jenem ersten Abend Trost bei einem Glas Scotch zu viel gesucht zu haben, während die Geräusche der Abendgebete von den jeweiligen Stockwerken der Delegationen herabdrangen. (Ich schwöre, sie konkurrieren auch darum, wer nach außen hin gläubiger wirkt.) *Verdammte Heuchler*, stieß ich flüsternd hervor. Dann, vernehmlicher – sodass ein Kollege, der in einem Ledersessel nicht weit von meinem saß, mich über seine Zeitung oder den *Zauberberg* hinweg ansah –, *verdammter Schwachkopf*. Das ist wirklich der entmutigendste Aspekt dieser Verhandlungen: Stunden, wenn nicht Tage, wenn nicht sogar Wochen (ja, dazu kommt es manchmal), damit zu verbringen, nicht die Gespräche zu führen, wegen der wir hier sind, sondern stattdessen Gespräche darüber, wie man wieder an den Verhandlungstisch zurückkehren könnte, oder auch nur – wenn die Dinge einmal aus den Fugen geraten sind, kann eine unaufhaltsame Rückwärtsbewegung einsetzen – Vorverhandlungen zu Verhandlungen darüber, wie man die Verhandlungen wieder aufnehmen könnte.

Meine Mitwanderer am nächsten Morgen waren klug und besaßen genügend Anstand, mir weder Trost zuzusprechen noch Mut zu machen – oder überhaupt irgendetwas zu sagen.

(Die Tatsache, dass ich einen Kater hatte, spielte in ihren Überlegungen zweifelsfrei ebenfalls eine Rolle.) Ich schleppte mich über das Schneefeld, über die vereiste Brücke, durch die Fichtenschonung und den steilen Abschnitt hinauf … ganz in meine Niedergeschlagenheit versunken. Aber wie erhofft – ohne diese Hoffnung wäre ich nicht so rasch wieder daraus aufgetaucht – sorgte das Panorama der Gipfel dafür, dass sich meine Laune besserte. Und auf der zweiten Wanderung nach dem Abbruch, zwei Tage darauf, hatte ich eine Eingebung, wofür diese Wanderungen manchmal sorgen.

Mea culpa zu sagen (bitte verzeihen Sie), so lässt sie sich im Grunde zusammenfassen. Seitdem lautet unsere Strategie, die Parteien davon überzeugen, dass die Schuld weder bei der einen noch bei beiden Parteien liegt, sondern *einzig und allein* bei mir: wegen *meines* fehlenden Feingefühls, *meiner* Verletzung des vereinbarten Protokolls, *meiner* Abweichung vom diplomatischen Regelwerk. Und während diese fortwährende Demütigung, vorgebracht von mir und gegen mich selbst gerichtet, nach und nach meine Selbstachtung zermürbt, so hat sie tatsächlich dafür gesorgt, auch *sie* zu zermürben – und genau darum geht es, wie einem schon in dem Moment klar ist, in dem man sich für ein Leben in der Diplomatie entscheidet.

«Was auch immer erforderlich ist, Gentlemen», (auch wir waren damals ausschließlich Männer), höre ich den alten Forrester damals an der Diplomatenschule noch zu uns sagen. «Dazu gehört auch Schmeicheln und Bitten. Den Abschaum der Welt um Verzeihung anzuflehen. *Bitte, Mr Abschaum, bitte kehren Sie an den Verhandlungstisch zurück. Danke, Mr Abschaum. Sie sind ein wahrer Gentleman, Mr Abschaum.*» Der alte Forrester gehörte zur alten Schule. In den Akademien geht es heute ganz anders zu, das kann ich dir versichern.

Vor allem gibt es mittlerweile viel mehr Frauen. (*Wenn auch immer noch viel zu wenige*, höre ich dich hinzufügen.)

Allerdings darf ich ihren Respekt nicht verspielen – dieser jeweiligen Mr Abschaums. Es ist ein schmaler Grat, wie immer. Wenn – das *falls* lassen wir jetzt einmal außen vor – die eigentlichen Gespräche weitergehen, so stelle ich mir vor, vollführe ich ein paar besonders harte Schläge mit meinem Hämmerchen, um so, in ihren Augen, meine armselige Würde wiederherzustellen, wenn schon keine echte Vormachtstellung. Aber das ist bloß meine Hoffnung für die Zukunft. Unterdessen:

«Exzellenz, darf ich erneut darauf hinweisen, dass hier nicht das Verhalten der anderen Partei im Fokus steht, sondern *mein* Verhalten und was es in Folge ausgelöst hat. Beide Parteien sind sich darüber einig, dass mein Verhalten zumindest ungeschickt war, und auch wenn die Übereinstimmung in diesem Punkt nicht alle anderen Meinungsverschiedenheiten bereinigt, so hoffe ich doch, dass sie als Ausgangspunkt dienen kann für eine Wiederaufnahme …»

Wir werden sehen.

Ein gutes Zeichen: Keine Seite ist abgereist. Es wäre ein Leichtes gewesen, die Sache eskalieren zu lassen bis hin zu einem vollständigen Abbruch; und die Tatsache, dass weder zu Beginn eine Seite diesen Weg eingeschlagen noch sich im Laufe der Zeit dazu gezwungen gesehen hat, lässt vermuten, dass das vorübergehende Scheiternlassen der Gespräche zumindest teilweise Taktik war. (Dass es auch emotionale, sogar hysterische Anteile gab, brauche ich nicht hinzuzufügen.) Was bedeutet, dass sie irgendwann davon ausgehen werden – oder sich das zumindest einreden –, sich den maximalen taktischen Vorteil erkämpft zu haben. Und solange dies mit einem Rückgang der Emotionalität einhergeht (und, noch komplizierter – es gibt hier eine Menge beweglicher Teile –, mit einem Bewusstsein auf beiden Seiten dafür, dass die *andere* Seite, nicht aber die eigene, gezwungen worden sei, klein beizugeben), wird es zu einer Wiederaufnahme der eigentlichen Gespräche kommen.

«Ihr Optimismus ist raffiniert, Mr Behrends», sagte der russische Beobachter, als ich ihm Bericht erstattete. Ich konnte mich gerade noch zügeln, ihn zu verbessern. «Sie meinen …» Tat er natürlich nicht. Er ist viel zu sehr von sich selbst eingenommen, um sich von irgendetwas anstecken zu lassen. Raffinesse ist hingegen eine Fähigkeit, die er bei sich und anderen bewundert.

«Wir stehen nach wie vor hinter Ihnen, ohne Wenn und Aber», sagte der amerikanische Beobachter, wie gewohnt derart enthusiastisch, dass es mehr wie eine Drohung klang. «Weißes Haus, State Department, Pentagon.»

«Die PM hat die Nachricht vom letzten Verhandlungsabbruch natürlich mit Sorge zur Kenntnis genommen», bemerkte der britische Beobachter lässig. «Aber sie hat größtes Vertrauen in Sie, Edvard, das wissen Sie.»

«Wie heißt der englische Ausdruck? *A bump on the road*, genau», sagte der französische Beobachter mit einem Grinsen. (Ich glaube, er spricht absichtlich mit Akzent. Französischem Akzent.)

Ich ‹genieße also weiterhin das Vertrauen› des Quartetts. Wie viel Vertrauen ich allerdings in mich selbst habe, ist eine andere Frage.

Derzeit vertagen wir die Vertagung, nachdem die Verhandlungen, die nach Letzterer wieder beginnen sollten, ihrerseits abgebrochen worden sind. Die beiden Parteien haben sich auf ihre Stockwerke zurückgezogen und reden nur miteinander, also mit den anderen Mitgliedern ihrer Partei.

Vielleicht aber tun sie noch nicht einmal das. Ganz so wie ich – ich habe mein Verhandlungsteam und alle Mitarbeiter abtreten lassen – sie sind auf ihren Zimmern, liegen auf den Betten, vermissen ihre Zuhause, ihre Lieben. Vielleicht lässt Einkehr dieser Art sie an die Vorteile des Friedens denken, kommt mir in den Sinn: wenn ihre Häuser nicht mehr bombardiert würden, ihre Lieben nicht mehr umgebracht. Oder aber – meine Gedanken umkreisen einander ununterbrochen auf diese Weise – es könnte sie genauso leicht auf den Gedanken bringen, die Gespräche abzubrechen, indem sie sich erinnern, warum sie einander eigentlich so hassen und Frieden zu schließen Verrat bedeuten würde.

Das ist der verdammte Grundwiderspruch dieses Geschäfts, des *Friedens*geschäfts.

Ich liege nicht mehr auf meinem Bett: Ich habe meiner Frustration in der Vertikalen Luft gemacht, bin aufgesprungen, durchschreite den Raum und ziehe die Schiebetür zum Balkon auf – Letzteres eine horizontale Aktion, aber eine, die mit großer Anstrengung verbunden ist.

Dieser Schlag. Die Kälte. Die Klarheit. Diese Erhabenheit. Die Handinnenflächen in die verhärtete Schneekruste auf dem Balkongeländer gepresst, nehme ich den Blick in mich auf, es *mit* ihm auf. Dass es meiner ist – mein Blick von *meinem* Balkon: eine einzigartige Anordnung von Dächern, Schneefeldern, Wäldern und Bergen, einem Himmel, in Zwielicht getaucht, der die Farbe eines dunkler werdenden Hämatoms in Blau und Orange hat –, erzeugt ein Machtverhältnis, ein Hin und Her, beinahe zwischen *Ebenbürtigen*: Irgendwie existiert all diese Großartigkeit nur auf mein Geheiß. Sie ist bloß da, liegt dort vor mir, gewissermaßen nur damit ich daraus die Kraft ziehe, die ich brauche.

So stehe ich auch manchmal auf der Veranda der Hütte, in dieser Art Licht oder in der Dämmerung, das spielt im Grunde keine Rolle. Einen Drink zur Hand zu haben hilft, Whiskey oder einen Becher Tee mit Schuss. Grassoden, zerstampft von Klumpen von Schafen; die ockerfarben markierten wolligen Bündel des alten Gulbrandsen. Ein Mutterschaf steht unvermeidlich auf einem Felsvorsprung, wie mit schlecht sitzender Prothese Kaugummi kauend, den Kiefer fortwährend in mahlender Bewegung von einer Seite zur anderen schiebend, und schaut in die falsche Richtung, sieht mich an. Sie hegt keinerlei Bewunderung für Caspar David Friedrich oder die Lake Poets, die einfältige Kreatur. Wir hingegen, verflucht, können uns all das hier nicht einfach nur anschauen, den Blick schweifen lassen, hierhin und dort, alles in uns aufnehmen, ohne unser Zutun mitzudenken. Und schon wieder geht es um Besitzverhältnisse: das Erhabene, das sich erst im Zuge unseres Nachdenkens darüber kapitalisiert.

Oben in Urke handelt es sich natürlich um das unwirtliche Panorama eines Fjords: Felsmonumente erheben sich aus der See, nahezu quadratisch oder ausgebrochenen Zähnen gleich ragen sie als gigantische Bergrücken in den Hjørundfjord, während rasende, jäh in die Tiefe schießende Katarakte für ungezähmte Gischtexplosionen sorgen. Nicht, dass sich das eiskalte Wasser des Fjords davon im Geringsten beeindrucken ließe. Eine stattliche Wohnanlage, menschliche Pünktchen sprenkeln die Reling, erschüttert die Oberfläche kaum, und am Abend – die Trolle haben die Spielzeugkreuzfahrtschiffe weggeworfen – wird sie zu Glas. In dem sich die Ewigkeit spiegelt.

Hab Nachsicht mit mir, wenn ich sage – begleitet von einem Anflug von Verlegenheit, den eine solche Bitte um Nachsicht, bei der ich nur gewinnen kann, impliziert –, dass *das* die Dinge in Relation setzt. Das winzige Ich versus das alles hier. Das Alltägliche versus Tiefenzeit. Wobei das eine nicht das andere zermalmt, sondern ihm eher den Arm umlegt. Wie um zu sagen: *Du bist ein Teil all dessen.* Bloß ein winziger Teil, wohlgemerkt. Unendlich klein. Was die Tatsache aber nicht schmälert. Eine angemessene Relation wird etabliert. Zwischen Menschheit und Natur. Menschheit und Schicksal. Menschheit und – wage ich es zu sagen (es wird dir nicht gefallen, aber du bist nicht hier) – Gott?

Das ist natürlich genau der Grund, warum sie uns hier oben platziert haben. Hoch oben über der Masse der Menschen. Nah bei den Engeln, gewissermaßen. Um uns zu Demiurgen zu machen. Es sind Angelegenheiten von gewaltiger Dimension, mit denen wir hier zu tun haben. Dafür müssen wir uns selbst Respekt zollen. (Tretet hinaus auf eure eigenen Balkone, sollte ich jedem und jeder, der an der Mission beteiligt ist, zurufen, genauso beiden Delegationen. Schaut und zieht Kraft daraus, genauso wie ich.) Es ist nicht die kleinkarierte Zankerei der letzten Tage, die uns definiert, sondern dieses hehre Unterfangen: Frieden zu stiften …

Und doch …

Im Großen und Ganzen …

Die Nacht senkt sich hinab über dem mittlerweile vertrauten Halbrund eisblauer Gipfel, und man ist dankbar, dass, anders als in Urke, überall im dunkler werdenden Tal Lichter angehen, die Trost spenden. Die Schaltkreise hoch entwickelter Zivilisation. Flüssiges Licht strömt die gewundene Bergstraße hinauf und verschwindet in den unterirdischen Parkgaragen. Lampenschein heißt zurückkehrende Skiläufer in ihren Chalets willkommen. Hotels und Restaurants schalten in den heimelig-abendlichen *Après-Ski*-Modus um. Und Feuer und Lampen brennen auf den verstreuten Gehöften, die noch immer das Dorf säumen, weit oben an den Pisten oder tiefer unten im Tal, wo der schwarze Fluss, von schwarzen Kiefern verdeckt, unter seinem Eisdeckel brodelt. Währenddessen entzündet eine unsichtbare Hand die Kerzen auf dem Kirchhof, eine nach der anderen. Um sich dann um das ewige Licht in der Bergkapelle zu kümmern?

In zwei Festsälen im Hotel, zu diesem Zweck leer geräumt und den Anforderungen gemäß nur von Neonlicht erhellt, entrollte Teppiche auf dem Parkett, absolvieren die Krieg führenden Parteien ihr Gebet. Die Blicke starr in dieselbe Richtung gerichtet. Über die Berge hinweg, hinab zur Küste, über das Meer, hin zur *Kaaba*. Wo Sonne und Sand brennen. Flutlicht die al-Haram-Moschee grell illuminiert. Heerscharen von Gläubigen. Fanatische Hingabe, befeuert von bitteren gegenseitigen Beschuldigungen. Bittere gegenseitige Beschuldigungen, befeuert von fanatischer Hingabe. Während beide Seiten auf der unteilbaren Einheit Allahs beharren.

Und gefangen auf Bildschirmen, die nun seit drei Tagen schwarz sind, lebt geisterhaft das Bild eines jungen Mannes fort, der von Höllenqualen begleitet den Tod findet. Wenn wir fortfahren, unsere Bildschirme wieder einschalten, wird das Bild nicht mehr dort sein. Klick. Ein Bildschirmschoner wird auftauchen. Eine Panoramaansicht, bei Nacht hoch oben in den Bergen aufgenommen, von einem Resort, das unten im Tal glitzert. Die Werbebroschüre eines guten Lebens.

Das scharfe Knallen des Hartholzes auf dem Resonanzblock.

Durchbruch

In einer Stunde fahren wir fort. Wer weiß schon, wie wir aus der Sackgasse herausgekommen sind. Stillstand zunächst, im nächsten Moment dann erreichte uns die Nachricht von der einen Etage, rasch gefolgt von der der anderen.

Natürlich sind wir erst wieder dort, wo wir vor vier Tagen waren. Tatsächlich aber haben wir an Boden verloren, da jeder Abbruch einen Schwund an verfügbarer Energie und gutem Willen für die eigentlichen Verhandlungen bedeutet. Aber ich sehe es so: Es ist, als hätten wir ewig im Stau gestanden und bewegten uns nun wieder. Und egal, wie viel Zeit wir vergeudet haben oder wie langsam der Fortschritt nun sein wird, sorgt es für Erleichterung, dass wir uns nun überhaupt wieder vorwärtsbewegen.

Und damit bin ich diesmal schon am Ende. Ich wollte dir bloß die guten Neuigkeiten übermitteln und sagen, dass du dir keine Sorgen zu machen brauchst. Das letzte Mal war ich ziemlich entmutigt. Du weißt, wie das manchmal bei mir ist. Aber meine Laune ist nun wieder besser.

Ich schließe hier.

Der Hannah-Wächter-Moment

Es gab eine Zeit, in der du gern bis ins Detail den Ort beschrieben haben wolltest, an dem ich gerade weilte, wo auch immer das war. Ich möchte ihn mir vorstellen können, sagtest du immer, wenn wir telefonierten. Wieso kommst du nicht einfach hergeflogen?, entgegnete ich dann. Und manchmal, in den Anfangstagen, tatst du das auch. Häufiger aber, und immer öfter im Laufe der Jahre, lachtest du über die Idee. Nicht auf geringschätzige Weise. Der Grundton war eher: *Ach, das wär schön!*

Und doch kamst du nicht, weil du nicht konntest. Oder nicht nur. Zweifelsohne wollte ein Teil von dir bei mir sein, diesen oder jenen Ort besuchen, auch um dich mal kurzzeitig aus deinem eigenen irrsinnigen Arbeitsalltag ausklinken zu können. Aber im Wesentlichen hattest du schlicht nicht das Verlangen wegzufahren. Dieses irrsinnige Arbeitspensum war ein zentrales Attribut – Symptom ist das bessere Wort dafür, passt besser ins Bild – eines Jobs, den du liebtest, für den du gelebt hast. Nicht ganz so sehr, wie du mich geliebt oder für uns gelebt hast vielleicht, aber beinahe.

Versuch nicht, das abzustreiten. Und hab kein schlechtes Gewissen deswegen. Wenn wir eines in Hinsicht auf unsere Beziehung niemals waren, dann übermäßig sentimental. Zu der Zeit jedenfalls nicht – wie das eben im Wesen der Sentimentalität liegt, wie ich finde. Sie ist eher ein Geschöpf feuchtäugiger Kontemplation. Für die trockene Luft gelebter Gegenwart ist sie nicht gemacht.

Und auch wenn ich da vielleicht mehr für dich spreche als für mich, so stimme ich dennoch absolut zu, dass die Tatsache, dass jeder sein «eigenes Berufs- und Sozialleben hatte», «wir nicht ständig zusammengluckten oder uns gegenseitig im Weg standen» und «beide Berufe hatten, die es mit sich führten, dass wir eine Menge Zeit getrennt verbrachten», zu den Gründen dafür gehörte, warum unsere Bindung derart stark war.

Diese Umstände erlaubten es uns, in stärkerem Maße sentimentalen Gefühlen zu frönen (die in einer Beziehung auch ihren Platz haben), als es sonst unseren Naturen entsprochen hätte. «Liebe dich», «vermisse dich», «kann es kaum erwarten, dich wiederzusehen» – sind Dinge, die in Abwesenheit des anderen mit so viel mehr Ehrlichkeit gesagt und wahrhaftiger gefühlt werden als in dessen in gewisser Weise ermüdender Anwesenheit. Was – ich weiß, ich weiß – im Grunde nichts anderes ist, als ein Postkarten-Klischee neu zu formulieren, wenn auch etwas umständlicher, aber der Haken ist der: Ich taumele semipermanent an der Kante all dessen entlang, was es in Sachen schmerzlicher Verlust so an Klischees gibt. Es ist im Wesentlichen dein Verdienst, dass ich diesen Zustand genauer reflektieren kann – was ich hoffentlich auch gerade tue.

Hätten wir gewusst, dass eines unserer Leben verkürzt werden würde, hätten wir uns dann entschieden, mehr Zeit miteinander zu verbringen? Vor dem Hintergrund, dass mir jetzt jede Sekunde, die ich mit dir verbracht habe, so kostbar ist, könnte es den Eindruck machen, als wünschte ich mir das. In Wahrheit aber, nein. Denn das Kostbare liegt auch in der Knappheit, mehr aber noch in der diamantengleichen Präzision: der Exaktheit der Menge der Zeit, die wir gemeinsam hatten – sowohl zusammen / zusammen als auch zusammen / getrennt (wenn wir zumindest immer wussten, wir würden einander bald wiedersehen.) Die Realität ist, dass mir über die Zeit hinaus, die ich mit dir hatte, kein weiterer Augenblick geschenkt wird und ich diese auch nicht anders konfigurieren kann. Darum wünsche ich mir das auch nicht. Ich habe schweren Herzens mit der Tatsache einen Pakt geschlossen. Er hält mich am Leben. Er ehrt dich. Er ist unserem Geist treu.

Dies war natürlich – jene Phase des Beschreib-mir-alles-ganz-genau – noch vor Beginn des Internetzeitalters. Bevor man einfach diesen oder jenen Ort in eine Suchmaschine eingeben und dessen Webseite, Fotogalerie oder Wikipedia-Eintrag finden konnte. Oder aber per Google Maps die Straße entlangschweben, jedes einzelne Gebäude virtuell inspizieren. All das, bloß nicht durch dieses Fenster hindurchzoomen, einen Schwenk vollführen und dann hinausblicken, so wie ich gerade aus dem Klotilde, einem schicken Café, das ich häufig besuche, einfach um dazusitzen, zu lesen und nachzudenken.

Ob ich Freunde hier habe? Jemanden, an den ich mich wenden oder dem ich mich anvertrauen kann? Dies sind Fragen, denke ich, die du mir stellen willst, jetzt, wo es kein Rüberfliegen mehr geben wird, nie mehr, keine Telefonate oder Skype-Gespräche, Begrüßungen am Flughafen, Gläser Wein und Austausch von Neuigkeiten, stehend an der Kücheninsel, an jenem ersten Abend zu Hause, unserem absoluten Lieblingsabend. Mach dir darüber keine Gedanken, will ich sagen, mit leicht bebenden Lippen, während ich mir dich an einem Ort vorstelle, in einem Zustand, der mir niederschmetternd einsam vorkommt. Oder vielmehr nicht an einen Ort oder

Zustand denke, sondern schlicht daran, wie unwiederbringlich ich dich verloren habe. Ich habe die Wandergruppe, und dann gibt es die Abende in der Gaststube. Ich bin ununterbrochen in der Gesellschaft von Kollegen, von denen ich viele bereits seit Jahren kenne.

Aber gibt es da jemanden im Besonderen, einen engen Freund? (Du gibst nicht auf. Du bist entschlossen, das herauszufinden.)

Die Antwort ist Nein. Nicht hier, und manchmal denke ich, nirgendwo. Du bist der einzige enge Freund, den ich je wollte oder brauchte, weshalb es derart hart für mich ist, von dir getrennt zu sein und zu wissen, es ist für ewig.

Und das klingt, wie mir aufgeht, herzzerreißend, kläglich, obwohl ich nicht so sehr *mich* bemitleide als vielmehr den Mann, der ich zufällig bin und der so traurig und einsam aussieht, wie er da ganz allein an einem hellen und kühlen Samstagmorgen im Klotilde sitzt und Kaffee trinkt und ein Teilchen isst. Ich würde so weit gehen und sagen, dass ich sogar diesen Kloß im Hals spüre, dieses Gefühl von Taumeln, während ich den Mann in seiner Einsamkeit beobachte von … wo genau? Irgendwo dort in der Ecke, wo die internationalen Zeitungen an ihren Mahagonihaltern hängen. Just dort, wo die Dame in der eleganten Jacke sitzt – aber wieso dort, bei ihr, könnte ich nicht sagen. Sie hat nicht nur ansatzweise etwas Mitfühlendes an sich – abweisend träfe es wohl besser –, und sie schaut nicht einmal in meine Richtung …

Und tut es dann plötzlich doch. Und ich muss dorthin zurückeilen, an meinen Tisch neben dem Fenster, wo der bloße Gedanke, mich als traurige Figur zu verstehen, als beraubten Mann, mir schlicht töricht vorkommt. Hat das womöglich mit der Perspektive zu tun? Ich bin, ganz im Gegenteil, recht zufrieden in diesem Augenblick – bin, um es genau zu sagen, von diesen kleinen Ablenkungen einmal abgesehen, zwar ein bisschen einsam, aber es handelt sich dabei um eine Form der Einsamkeit, die eher ein gutes Licht auf die Person wirft, die darin verstrickt ist. Entfernt man sich derart von sich selbst, kann man sich vorstellen, Star eines Arthouse-Films zu sein oder das Sujet einer klassischen Schwarz-Weiß-Fotografie. In einer solchen Rolle, wie von einer Linse gerahmt, erfahren Traurigkeit und Einsamkeit einen Statuswechsel um 180 Grad. Das Ganze bekommt eine gewisse Würde. Gravitas. Ein anderes Wort, das sich aufdrängt – und womöglich etwas Eleganz beigibt –, ist elegisch. Ein Wort, das nicht die hässlichen, schartigen Kanten von «jämmerlich» hat. Würde ich mich einmal darin suhlen, mich dem in irgendeiner Form hingeben, so könnte ich mich doch noch immer auf meinen geschulten Sinn für das Absurde verlassen, der mich wieder an die Oberfläche ziehen würde. Zurück zu den Augenblick-für-Augenblick-Koordinaten, nach denen wir alle leben. Der permanenten Datenverarbeitung unserer Existenz.

Bist du bei diesen verworrenen Gedanken irgendwann ausgestiegen? Ich würde dir keinen Vorwurf machen. So etwas nennt man «Bewältigungsstrategie», nehme ich an. Und wie man so schön sagt: Für mich funktioniert's. Was auch immer erforderlich ist. Was dieses Mal nicht Forrester sagt, sondern Caroline, meine Therapeutin. Häufig kommt sie mir nicht in den Sinn. Es erfüllt mich mit Genugtuung, ihre Dienste im Moment nicht zu benötigen.

Bin ich doch in durchaus annehmbarer Gemütsverfassung, wie ich hier in diesem Café sitze, am Rande des Hauptplatzes in der nahe gelegenen Stadt, weiter unten im Tal, wie ich hinaus auf die Kirche schaue, mit ihrem weißen Turm und dem grünen Zwiebeldach aus Kupfer, zu der ich in Kürze hinübergehen werde, um ein Kammermusik-Konzert zu besuchen. Haydns Quartette.

Dann werde ich irgendwo zu Mittag essen und mir auf einem kurzen Spaziergang die eleganten und teuren Läden des Ortes ansehen. Ich muss, will vielmehr, mir ein paar Handschuhe kaufen, die sich besser für das wärmere Wetter eignen. Dann werde ich auf eine Tasse Tee ins Hotel zurückkehren und lesen. Vielleicht ein kurzes Schläfchen halten. Und mir dann einen frühen Abenddrink genehmigen. Es wird jemand da sein, mit dem ich trinken kann – sollte mir nach Gesellschaft sein. Dann wird es Zeit zum Essen sein. Ich habe einen Tisch im besten italienischen Restaurant im Ort reserviert, und ein paar der ranghöheren Kollegen werden mitkommen. Unvermeidlich, dass wir über die Gespräche sprechen werden, dann aber wird sich die Unterhaltung größeren geopolitischen Dingen zuwenden, genauso wie Büchern, Theaterstücken, Filmen, philosophischen Fragen aller Art. Womöglich wird auch über persönlichere Dinge gesprochen werden, wird man sich nach den Lieben daheim erkundigen. Aber wir werden nicht einmal versuchen, an der Oberfläche zu kratzen. Wie gesagt, es sind Kollegen. Aber selbst wenn es Freunde wären …

Und so kommt es: Ein weiterer Tag ist vorüber. (Abgehakt hätte ich beinahe gesagt. Gutgeschrieben ist besser.) Es wird ein guter Tag gewesen sein, in dem Sinne, in dem ansonsten nicht bemerkenswerte Tage grundsätzlich gut sind, wie ich meine, verbracht mit bedächtigen Aktivitäten und ausgesuchter Unterhaltung. Aber natürlich gilt: *«AUCH HEUTE: Auch heute verging ohne dich, also halb ohne die Welt.»* (Hikmet, erinnerst du dich? Auch ihn habe ich hier noch mal gelesen. Der übliche Bücherturm neben meinem Bett.)

Wenn man etwas vermeintlich Wichtiges tut – und ich werde das unnötige, definitive «vermeintlich» gleich wieder zurückziehen … denn wir *tun* hier etwas Wichtiges: Wir arbeiten schließlich daran, einen verdammten Bürgerkrieg zu befrieden, verdammt noch mal … Wenn man also etwas Wichtiges tut, meinen die Leute, ein Pausentag müsse sich wie ein leerer Tag anfühlen, ein verlorener Tag, ohne zu verstehen, was ich für offensichtlich gehalten hätte: dass die Wichtigkeit unserer Tätigkeit und auch sonst aller wirklich wichtigen Tätigkeiten vor allem darin liegt, dass wir, wenn wir erfolgreich sind, in den Genuss weiterer Tage von der Sorte kommen werden, derer ich mich heute erfreuen werde: folgenlos, in keiner Weise denkwürdig, Tage, an denen nicht viel erreicht, aber auch kein Schaden angerichtet wird.

Zunächst einmal Schaden abwenden. *Primum non nocere.* Mir hat dieser Ansatz immer imponiert, ein grundlegendes Prinzip deines Berufs. Wahrscheinlich standen wir in der winzigen Küche unserer Wohnung in Kungsholmen. Diese frühen Jahre in Stockholm, die uns so kostbar waren: das grün getupfte Meerespanorama des Schärengartens, das kompakte Ensemble von Kuppeln und Turmspitzen der Gamla Stan. Unsere erste Wohnung, unsere erste gemeinsame Bleibe. Meine erste Liebe. (Ich vergebe dir, Charlie!) Erste und letzte. Es wird nie eine weitere geben. (Einsatz Violinen.) Du hattest stets mehr Ambitionen für mich als ich selbst. (In erheblichem Maße gilt das auch andersherum. Vielleicht gibt es kein eindeutigeres Zeichen der Liebe?) Ich erinnere mich, wie du den Doktor ablegtest, deine erste Stelle als Assistenzärztin antratst, die erste Position als Fachärztin. Ich habe es im Grunde nie als Verzicht empfunden, verschiedene Versetzungen abzulehnen, weil sie mit deiner Karriere nicht kompatibel waren. Es war nie mein ausdrücklicher Wunsch, eine Delegation zu leiten, den Vorsitz der Gespräche innezuhaben, am Kopfende des Tisches zu sitzen. Diese Beförderung ist mir zugefallen, und zwar sicher deshalb, weil ich es nie darauf angelegt habe.

Ich werde nicht vorschützen, dass es nicht meine Rettung war. Sonst wäre ich sicher untergegangen. (Einsatz aller Streicher: opulent, emporsteigend, aufbrausend. Kein Haydn.) Wären aber die Umstände andere gewesen – sie sind es nicht –, hätte ich liebend gern die Tage allein verbracht, an einem Tisch in einem Café, mit einem Buch, ohne viel zu bewirken, aber auch niemandem zu schaden, nicht nur gelegentlich, sondern jeden Tag, und in dem Wissen, wenn ich nach Hause käme, wärst du da, nach einem langen, anstrengenden, wichtigen Arbeitstag als Lebensretterin.

Ich muss zahlen. Ich muss zum Konzert. Haydn. Quartette 1 und 2, Opus 76. Würde ich eine Geschichte mit erkennbarer Form erzählen, mit einem narrativen Bogen, würde ich an dieser Stelle enthüllen, dass wir große Liebhaber dieser Quartette waren und eine alte Vinylplatte besaßen, die wir auf dem Flohmarkt gefunden hatten und wieder und wieder abspielten, während wir an sonnigen Nachmittagen miteinander schliefen, als wir noch Studenten waren. Siehst du, wie mühelos sich das Bild evozieren lässt? In Wahrheit kann ich mich nicht erinnern, diese Quartette je gehört zu haben. Und du hast Haydn auch nie sonderlich gemocht, wie ich weiß. Und ob wir je an sonnigen Nachmittagen miteinander schliefen … ich scherze. *Und ob* wir das taten … es ist bloß wahrscheinlicher, dass dabei Miles Davis lief. (Keine Streicher.)

Das Wort, das mir einfällt, um diese Quartette zu beschreiben – ich esse gerade in einem kleinen Restaurant in der Nähe der Eisbahn zu Mittag, wo es ein vorzügliches Tiroler Gröstl gibt (eines meiner Leibgerichte hier) –, ist Divertimento. Das zweite Quartett ist als «Quintenquartett» bekannt, wie ich dem Programmheft entnehme, benannt nach den perfekten Quinten, mit denen es beginnt. Ich weiß, dass ich mir das merken und bald eine Gelegenheit finden werde, mit größter Freude sagen zu können: «Ah, die Quintenquartette», auch wenn – nein, ich will ehrlich sein, *weil* – ich mir dabei vorstelle, wie du dabei die Augen verdrehen würdest.

Aber ich muss dir etwas anderes erzählen. Ich habe bereits erwähnt, dass es da diesen Kollegen in einer der Delegationen gibt, der den *Zauberberg* liest – auf Arabisch, auch wenn ich keine Zweifel habe, dass er ihn sehr gut auch auf Englisch, vielleicht sogar auf Deutsch lesen könnte. Sein Name ist Noor, Dr. Osman Noor, und obwohl er nominell die Nummer drei in seiner Delegation ist, kam es mir lange Zeit so vor, als wäre er wichtiger, als sein Status es suggerierte. Gut möglich, dass das an unserer Voreingenommenheit gegenüber den westlicher wirkenden Abgesandten liegt. Man verfällt so leicht der Annahme, dass sie für uns diejenigen sind, mit denen sich wesentlich einfacher «Geschäfte machen» lassen – um Maggie Thatcher zu zitieren, die damit Präsident Gorbatschow meinte. Dass sie vernünftiger seien, zivilisierter, anständiger, mehr «wie wir».

Meine eigene Nummer drei, Cruickshank, hat seine eigene Methode, mich zu warnen, wenn er der Meinung ist, ich tendierte zu sehr in diese Richtung. «Orientalismus», raunt er mir zu, um mich an das Buch von Edward Said zu erinnern, das ich vor Beginn der Gespräche allen zur Lektüre gegeben hatte. Ein Buch, das du mir schon vor Jahren dringend ans Herz legtest und das ich, wie Cruickshanks Signale deutlich machen, doch nicht so weit verinnerlicht habe, wie ich gern glauben würde.

Aber um zum Punkt zu kommen: Noor war auch dort, in der Kirche. Nicht bei den Haydn-Quartetten, obwohl der Gedanke gar nicht so grotesk ist, wenn ich nun darüber nachdenke. Immerhin besuchten auch die SS-Offiziere auf dem Gelände von Auschwitz-Birkenau Kammermusikkonzerte, während die Gasöfen ihr infernalisches Werk vollführten. «In der Tat, Mr Behrends», höre ich Noor sagen, «lassen Sie uns nicht die Abgründe der Barbarei vergessen, in die uns *dieser* Kontinent vor nicht allzu langer Zeit gestürzt hat.» Er ist geschickt darin, Dinge in dieser Art gegen uns zu wenden, was vor dem Hintergrund der Geschichte Europas seine Berechtigung hat, nehme ich an, obgleich er sich nie die Mühe macht, zwischen den einzelnen europäischen Ländern zu unterscheiden, von denen nun mal einige eher Opfer der Barbarei waren denn Täter. Hinzu kommt, dass ich mit der Auffassung, der Westen sei an allem schuld, woran die Welt kranke, große Probleme habe. Kolonisierung / Dekolonisierung, Intervention / keine Intervention, Waffenhandel / Waffenembargo, Handel / Sanktionen: Was wir auch tun, wir sind die Verdammten. Und, ja, ja, ich weiß … der Orientalismus.

«Mr Behrends.»

«Dr. Noor.»

Tatsächlich war es der Friedhof, wo wir einander begegneten. Wie auch auf dem Dorffriedhof ist auch hier jedes Grab mit einem kunstvoll gearbeiteten schmiedeeisernen Kreuz geschmückt – jede Menge florale Motive und Schnörkel –, das von einem schlichten Marmorfuß emporragt. Auf einer Plakette aus Messing am Schaft des Kreuzes sind Angaben zu den Verstorbenen verzeichnet (häufig, sehr berührend, sind es verheiratete Paare), dazu kleine ovale Porträts, die in der Regel Mann und Frau in der traditionellen Tiroler Tracht zeigen. Schwarze Kutscherlampen mit roten Kerzen hängen am unteren Ende des Kreuzes, und am Fuße des Grabes stehen weitere Kerzen. Am Abend werden alle Kerzen entzündet und sorgen auf dem schneebedeckten Friedhof für eine festlich funkelnde Szenerie. Im hellen Sonnenlicht der Mittagszeit ist der Anblick noch immer pittoresk, aber die Schmiedearbeiten, die den Tod markieren, bilden nun in gewisser Hinsicht einen stärkeren Kontrast.

Nachdem er mich ohne jedes Anzeichen von Befangenheit begrüßt hatte, ging Noor dazu über, meine Fragen zu antizipieren – adressierte mich auf viel persönlichere Weise, als er es je zuvor getan hatte, wenn auch in seinem gewohnt abgehackten, förmlichen Tonfall.

«Sie sind überrascht, mich hier zu sehen. Sicher haben Sie angenommen, unsere Religion verbiete das. Tatsächlich aber legt sich die islamische Lehre nicht fest, ob der Besuch eines christlichen Friedhofs *haram* ist, wie wir sagen. Einige Gelehrte sind der Meinung, es sei nur dann gestattet, wenn man die *Bewohner des Höllenpfuhls* mit Nichtachtung strafe. Ich sehe, Sie finden diese Vorstellung ebenso geschmacklos wie ich. Als ich in Paris studierte, vor vielen Jahren, zu einer Zeit, in der ich, wie ich zugeben muss, erheblich weniger gläubig war als heute, besuchte ich regelmäßig die dortigen Friedhöfe, und ich habe diese Praxis beibehalten, egal wo ich gerade bin auf der Welt. Nicht zuletzt hilft es, sich daran zu erinnern, dass die meisten Männer durchs Leben und in die nächste Welt gehen, ohne ihre Mitmenschen großartig zu stören, und lediglich eine kleine Spur hinterlassen – ein Schicksal, um das ich sie manchmal beneide.»

Er deutete mit seiner lederbehandschuhten Hand auf das Grab neben sich, erkannte indes gleich anhand der Inschrift, dass es sich dabei um das Grab einer Frau handelte. *Hannah Wächter, *1928, †2000.* Einen kurzen Moment lang herrschte peinlich berührtes Schweigen, dann aber rettete Noor sich selbst – und mich –, indem er lachte. Beinahe losprustete. Was sehr überraschend war, bei einem Mann mit solch eiserner Selbstbeherrschung.

«Verzeihen Sie bitte vielmals, Fräulein Wächter», fuhr er fort, noch immer verschmitzt. «Ich weiß von Ihnen rein gar nichts, außer dem, was hier steht. Aber schon das ist Beweis genug für ein gut gelebtes Leben.»

Liebende Schwester und Tante.

Einen Augenblick lang standen wir schweigend da, in Gedanken versunken. Dann sagte ich: «Ich werde Sie dann mal in Frieden lassen.»

Damit hatte ich nicht Besonderes ausdrücken wollen, es war einfach die Höflichkeitsfloskel, die mir einfiel. Noor allerdings reagierte mit einigem Nachdruck. Nicht wütend, aber offenkundig emotional. Ganz offenbar ging er davon aus, dass meine Worte umfassender zu interpretieren waren. «Sie sollten sich darüber im Klaren sein, Mr Behrends, dass wir alle uns einen solchen Ausgang inbrünstig wünschen.»

Meine erste Reaktion war Vorsicht, was dich nicht überraschen wird. Ich erwiderte nichts. Nickte bloß. Ich hatte ihn gehört, signalisierte ich, hatte dazu aber keine Meinung.

Noor wandte mir seine ganze Aufmerksamkeit zu. Das hätte für mich der Moment sein müssen, den Blick abzuwenden. Aber aus irgendeinem Grund tat ich es nicht. Stattdessen hielt ich seinem Blick sogar stand. Mehr noch, meine Augen waren regelrecht beredt. Ich hätte nur deshalb keine Meinung dazu, erklärten sie, weil ich keine haben *durfte*. Das müsse er verstehen, insistierten sie. Versetzen Sie sich in meine Lage, fügten sie noch hinzu – machten die Dissonanz perfekt. Die Verbindung war unterbrochen. Es war Noor, der den Blick schließlich abwandte.

Ich war enttäuscht. Diese verdammte Vorsicht, dachte ich, aber nur kurz. Nur einen Moment später dann dachte ich, nein, ich bin zu Recht vorsichtig, es ist mein Beruf, meine *Pflicht*, vorsichtig zu sein. Ich begann, darüber nachzudenken, ziemlich verzögert, wie unsere Begegnung wohl für andere aussehen musste: Wie wir beide auf einem stillen Friedhof ein privates – man könnte beinahe sagen, heimliches – Gespräch führten, nicht nur außerhalb des Hotels, sondern auch außerhalb des Resorts. In unserer Branche tendieren die Leute dazu, und das mit Recht, solche Treffen mit Argwohn zu betrachten. Und während sich so etwas für mich berufsschädigend auswirken konnte, bedeutete es für Noor womöglich sogar eine Gefährdung seiner persönlichen Sicherheit.

Und doch führte mich das Ganze zu folgendem Gedanken: dass ich keinen Moment an Noors Ehrlichkeit zweifelte oder daran, dass er sich ganz spontan geäußert hatte. Ich hatte sogar das Gefühl, dass sein «alle» die andere Delegation miteinschloss und er mich das wissen lassen wollte. Mit anderen Worten, dass das hier keine Kriegslist war. Es nicht darum ging, sich einen Vorteil zu erspielen. Niemand hatte ihn angestiftet. Er hatte von Herzen gesprochen. Er hatte schlicht gesagt, was er sagen wollte, vielleicht sagen *musste*. Nicht so sehr mir, sondern sich selbst.

Du musst dir vor Augen führen, dass der Verhandlungsführer bei Friedensgesprächen stets die Geisteshaltung eines Kriegers hat. Auch wenn der Schauplatz der Kampfhandlungen sich verlagert hat, befindet er sich nichtsdestoweniger auf dem Schlachtfeld. Der Kriegsfall ist ein ständiges drohendes Szenario, Frieden lediglich eine ferne Aussicht. Sollte er das anders sehen, kann er sich gleich ergeben. Frieden um jeden Preis. Aber welcher Mann unterwirft sich einer solchen Erniedrigung? Und doch ist Frieden der Preis, den es an diesem Schauplatz zu ergattern gilt. Und zu den richtigen Bedingungen ist das in gewisser Weise ein Sieg. Zumindest für die Art Kämpfer, zu denen ich jetzt auch Noor zählte: jener Sorte, die gewinnen will, nicht aber zerstören oder auslöschen. Männer, die Frieden erringen, dafür die Lorbeeren einheimsen, den Ruhm gern in Anspruch nehmen und sich damit brüsten, statt die erlittenen Schäden aufzuschlüsseln. Wir suchen in den Verhandlungen nach diesem Typus, sie sind bei jeder kleinsten Hoffnung auf Erfolg der Schlüssel. Vielleicht also lag in Noors Worten doch eine Botschaft. *Mit mir können Sie arbeiten.* Was als eine von Herzen kommende Bitte gemeint gewesen sein könnte oder aber als taktischer Schachzug. Oder etwas von beidem.

Wie du siehst, paddelten meine Gedanken wie wild hierhin und dorthin. Vielleicht interpretiere ich viel zu viel in eine einzige Bemerkung hinein? Aber du musst bedenken, dass sie gleich fiel, nachdem Noor über seinen Glauben gesprochen hatte, direkt nach dem gemeinsamen Hannah-Wächter-Moment. Tatsache ist, dass die Begegnung bei mir für gute Laune gesorgt hat, meinem Tagesmotto gemäß. Mittags langte ich beim Tiroler Gröstl mächtig zu, und mir war bei allem, was ich sonst noch wie berichtet tat, leicht ums Herz wie lange nicht mehr und mein Schritt um einiges beschwingter.

(Divertissement: 23:24 Uhr)

Zu meiner Abendlektüre hat in diesen letzten Monaten (tatsächlich schon einige Monate bevor ich hierherkam) Rebecca Wests monumentales Buch *Schwarzes Lamm und grauer Falke – Eine Reise durch Jugoslawien* gehört. (Am Frühstückstisch kaum zu gebrauchen, wie ich finde.) Ich nähere mich jetzt dem Ende – es fehlen mir von den 1150 Seiten noch knapp 50.

Was hat es eigentlich mit diesen richtig dicken Wälzern auf sich? (Sag nichts.) Ich fühle mich trotzdem zu ihnen hingezogen. Erinnerst du dich an meine Proust-Jahre? Gute drei waren es, wenn ich mich recht entsinne, mit Pausen für Thriller, für Wodehouse und für weniger schwergewichtige Klassiker. Man stelle sich vor: Dostojewski zur Entspannung! Kam vor.

Aber lass mich dir folgende Passage vorlesen:

Menschen sind nicht vernunftbegabt und ziehen nicht in ausschlaggebendem Maße das Angenehme dem Unangenehmen vor. Nur ein Teil von uns ist geistig zurechnungsfähig: liebt das Vergnügen und langwährendes Glück, will die Neunzig erreichen und in Frieden sterben, in einem Haus, das wir gebaut haben, um dort auch jene unterzubringen, die nach uns kommen. Die andere Hälfte ist mehr oder weniger geisteskrank. Zieht das Unangenehme dem Angenehmen vor, liebt Schmerz und die Verzweiflung pechschwarzer Nächte und will in einer Katastrophe sterben, die die Welt in die Steinzeit zurückversetzt und von dem Haus nichts als geschwärzte Ruinen übrig lässt. Unsere hellen Anteile fechten innerliche Kämpfe mit dieser gärenden Dunkelheit aus, und für gewöhnlich erringt keiner der beiden Anteile den Sieg, denn wir sind selbst innerlich gespalten und wollen nicht, dass einer der beiden zerstört wird. Diese Auseinandersetzung lässt sich auch in unserem Leben fortwährend beobachten. Nichts ist seltener als ein Mann, dem man zutraut, dass er nicht doch irgendwann sein Glück wegwirft, egal wie fest er es auch manchmal umklammert. In der Geschichte interessieren wir uns genauso häufig für unsere Verdammnis. Manchmal streben wir nach Frieden, bemühen uns mitunter um für alle verträgliche Grenzen und ausgewogene Antworten in ethnischen Konfliktfällen. Manchmal aber bestehen wir auf Krieg, treten die einzigen Fundamente in den Staub, auf die wir die Leben unserer Nationen hätten gründen können.

Zunächst mal ist mir klar, dass es dir lieber wäre, ich würde dir nicht derart lange Passagen vorlesen. *Ich lese ein eigenes Buch, Ed.* Aber du wirst zugeben müssen, dass sie gut ist. *Gärende* Dunkelheit. Was hat das in diesem Kontext zu bedeuten? Unruhig oder etwas in der Art? Aber es ist nicht entscheidend, oder? Denn es *fühlt* sich einfach richtig an. Aber warum wollte ich dir diese Passage vorlesen, spätabends, kurz vor dem Schlafengehen? Lautete das Motto des Tages nicht: gute Laune? Und worin besteht der Genuss bei etwas so Düsterem, so Freudlosem?

Ich kann es nicht erklären, außer zu sagen (nicht zum ersten Mal): die menschliche Natur. Wir sind widersprüchliche Mistkerle. Kleine Ablenkungen haben ihre Berechtigung. Ich werde jetzt vielleicht ein paar Seiten Wodehouse lesen. Aber wenn ich dann schließlich die Nachttischlampe ausschalte, werde ich das Radio *ein*schalten und zu den Nachrichten des

BBC World Service einschlafen – ich schwöre, das lullt mich regelrecht ein.

Wie mehrere Presseagenturen übereinstimmend melden, sind bei der Explosion einer Autobombe in Lahore mehr als 100 Menschen getötet worden …

Wenn möglich

Grundsätzlich aber ist und bleibt der Schlaf ein unzuverlässiger Partner.

Würde mein Schlaf von Forschern überwacht, oder würdest du die ganze Nacht über mich wachen, ließe sich zweifelsohne feststellen, dass ich mehr schlafe als wach liege. Meiner Wahrnehmung nach – und das ist, was für mich am Ende zählt – liege ich zwar auch nicht durchgängig wach, doch dafür *erwache* ich durchgängig, was kaum erholsam ist, äußert es sich doch in einem durchgängigen Kreislauf von Momenten der Aufruhr – vom unbewussten Zustand in den bewussten und zurück; aus der Traumwelt in die reale Welt und zurück – ein Pingpong-Spiel zwischen dem einen verrücken Universum und einem anderen, wobei der Wachstatus der weniger verrückte der beiden ist, aber vielleicht auch nur, weil er in der Lage ist, seinen Rivalen zu pathologisieren.

Und, ja, einmal aufgewacht, sinke ich meist «einfach so» zurück in den Schlaf, wie du, die du selbst nie eine große Schläferin warst, immer sagtest und daher in der günstigen Position warst, meine Schlafmuster bewerten zu können. Aber wenn das stimmt, und ich muss zugeben, dass ich mich nie daran erinnern kann, ob mich dieses Zurücksinken in den Schlaf irgendwelche Mühe gekostet hat, bedeutet das jedenfalls nicht, dass ich tief und fest schlafe. Im Laufe der Nacht schlafe ich womöglich eine ganze Menge, aber in kurzen Schüben: Stopp / Start, Stopp / Start, Stopp / Start. Nach rechts wälzen, nach links wälzen. Und wieder nach rechts. Und wieder nach links.

Bekommst du eine vage Idee davon, wie irritierend das ist? Stopp / Start. Nach rechts, nach links. *Ja, versteh schon.* Und dann habe ich da dieses nervtötende Kribbeln in den Füßen. Ein Zucken, so als wären meine Füße ängstlich, würden unruhig werden und wissen wollen, wo sie denn nun stehen. Und dieses Gefühl wandert dann in den Rest von mir hinauf, sodass am Ende *Ich* – die bewusste Einheit – derjenige bin, der ängstlich, unruhig, kribbelig, aufregt ist, die Bettdecke mit den Füßen zur Seite befördert, noch einen Schluck Wasser trinkt, die Nachttischlampe wieder einschaltet, noch ein bisschen liest, die Nachttischlampe ausschaltet und sich schließlich, zum Trost, in ein Delirium von Gräueltaten einschaltet: *Sie hören BBC News …*

Natürlich schlafe ich jetzt wesentlich besser als damals. In den Tagen, Wochen danach. Damals, und wie viel länger als zwei Jahre kommt es mir vor, war ich wund von der Doppelanforderung der Trauer. Schmerz und Schuld. Agonie und Unzulänglichkeit. Hatte das Gefühl, trotz all meines Leidens nicht genug zu leiden. Für die Nächte bedeutete das, dass ich zwar ganz normal ins Bett ging, im Bett *lag*, dann aber, wann immer der Schlaf mich zu wiegen begann, einlullte, ich mich gewaltsam wieder herausriss. Wie ein Mann, der sich im Schnee verirrt hat und schon halb erfroren ist, so gern aufgeben würde, sich aber selbst zwingt, bei Bewusstsein zu bleiben. *Ich muss wach bleiben. Ich muss wach bleiben.* Habe ich mir irgendwie vorgestellt, dass, wenn ich bloß die Augen offen hielte, den Schlaf abwehrte, *du* irgendwie dem Tod von der Schippe sprängest? Dass ich in diesem Mausoleum der Vorstellung über deinem zugedeckten Körper gesackt, aber bei Bewusstsein würde spüren können, wie du dich bewegst? Dass diese Lippen, kalt wie Stein, zucken und sich zu einem Kussmund formen – und du atmen würdest? Vielleicht. Als ich so richtig verrückt war – verrückt vor Trauer, verrückt vor Erschöpfung. Diese Nächte haben für mich jetzt die Anmutung von Daguerreotypien. Quecksilberniederschlag auf Silberleinwand. Eine Verwirbelung von Geistern in Monochrome.

In diesen schlaflosen Nachtwachen lag ein gewisser Genuss, das gebe ich gern zu. Ganz sicher aber ging es vor allem um Selbstschutz wie meist bei selbst gewähltem Märtyrertum. Rasender Schmerz schmetterte mich erst auf die Klippen, riss mich mit der Strömung wieder ins offene Meer hinaus, wieder und wieder und wieder, bis er nach und nach einer Betäubung wich und das Ganze nur noch eine reine Übung in Ausdauer war. Der Schmerz verließ den Körper, schwebte unmittelbar über mir, und auch wenn er nicht weniger stark war, so hatte er doch etwas zunehmend Ekstatisches. Ich bewegte mich auf etwas zu. Licht am Ende des Tunnels, wenn du so willst.

Nach ein paar Nächten verließ ich unser Bett und wechselte in das Doppelbett im Gästezimmer, dann in das andere Gästebett in meinem Arbeitszimmer und schließlich in das Klappbett in deinem. In oder vielmehr *von* diesem – nach allgemeingültigen Standards bei Weitem unbequemsten Bett – bekam ich etwas Trost, etwas Seelenruhe. Wahrscheinlich lag das eher an dem Zimmer. Deinem Zimmer, deiner Essenz darin. Spuren in Form von Gegenständen. Ganz normalen Dingen: Büchern, Gemälden, CDs, Krimskrams, wie du dazu gesagt hättest. Nichts wirklich Besonderes, aber durch das abrupte Verlassenwerden mit Bedeutsamkeit durchwirkt. Sie, die Dinge, schienen verwirrt, untröstlich ob deiner Abwesenheit. Sie wirkten verloren, so als wüssten sie nicht, wohin mit sich. Ich stellte sie häufig um, wie ich zugeben muss. Obsessiv vielleicht. (Ich habe und nehme sie noch immer zur Hand. Einige davon.)

Davon, wie ich in deinen Schrank kroch, die Türen zuzog und mich zwischen Seide und Spitzen verlor, die noch immer nach dir dufteten, lass uns gar nicht erst anfangen … bis man mich schließlich überzeugte, mich von deinen Kleidern zu trennen. Wagenladungen von Schmerz wanderten in Gebrauchtwarenläden. Das Ausräumen tat mir gut. Es höhlte mich aus.

Aber ich greife vor.

Auf dem Klappbett schlief ich mehr schlecht als recht, auch wenn du es nicht wahrhaben willst – selbst als es am schlimmsten war –, als dass ich überhaupt nicht schlief. Warum warst du noch immer so anwesend und doch unauffindbar? Du warst einfach da, hätte ich schwören können, gleich unter der Oberfläche und doch vollkommen unerreichbar. Eingeschlossen, emporlächelnd, unter einem Deckel aus Eis. Ich ZERTRÜMMERTE ihn, aber du warst abgetaucht. Quecksilber im Schwarz. Oder aber ich zerschlug meine Fäuste auf dem Glas zu Stümpfen. Während dein Gesicht im Blutnebel verschwand. Warum kamst du nicht zurück, wenn ich dich rief, wenn ich weinte, weinte und weinte? Konntest du mich nicht hören? Wie konntest du mich in diesem Zustand zurücklassen? Diesem, diesem, diesem …

Das war es – ich gebe auf, du hast gewonnen –, was mich schließlich kleinkriegte. Schlaf, katatonisch beinahe, überkam mich. Welch eine Plethora von Positionen ich wohl in jenen zerstückelten Intervallen eingenommen haben muss?

Gemessen daran, in welch verdrehter Gestalt ich mich im Erwachen wiederfand, muss das Ungeheuerliche daran schon wundersam zu beobachten gewesen sein: als Stoffpuppe, Kopf und Arme an der Bettkante herunterhängend; als zerschlagener Körper nach dem Sturz aus einem Hochhaus auf dem Asphalt, die Gliedmaßen verdreht in alle Richtungen; als spastisches Kind, arretiert im Anfallsmodus. Hast du über mich gewacht, mich immer neu arrangiert, dein Spielzeug – als verspielter Geist?

Und die Tage? Ich hatte gerade genügend Energie, um sie schlafwandelnd zu überstehen. Ich war nicht mehr als ein Zombie, ein Untoter. Ich versuchte zu arbeiten, ich ging zur Arbeit. Was genau dachte ich? Tat ich? Alles spielte sich kilometerweit entfernt ab, hinter einem verschmierten Fenster, durch dicken Schaum hindurch. Ich watete durch Klebstoff.

Das motorische Gedächtnis muss eine Rolle gespielt haben, wenn du mir zwei irrige Annahmen gestattest, nämlich einmal die, dass das Gehirn ein Muskel ist, und dann, dass es so was wie ein motorisches Gedächtnis gibt. Tust du nicht? *Ha!* Ich tat trotzdem so einiges. Arbeitete und so weiter. Wurde als bemerkenswert bezeichnet. Für meine Tapferkeit gelobt. Dann nenn es halt Autopilot, ich bin zu müde, als dass es mich noch interessieren würde. In Meetings, selbst wenn ich den Vorsitz innehatte, kippelte ich mit dem Stuhl, streckte mich ständig, ließ mein Kopf Kreis um Kreis beschreiben … bis mein Kinn krachend von einem Aufwärtshaken gestoppt wurde, aus heiterem Himmel, der meinen Kopf nach hinten fliegen ließ und mich wieder zu Bewusstsein kommen ließ. Wo waren wir stehen geblieben? Runde um Runde, schwindelerregend.

Dann, eines Tages, nachdem ich mich nach Hause geschleppt hatte, so wie Männer ein Boot an Land schleppen, schlief ich aufrecht sitzend am Küchentisch ein. Siedelte ins Bett über, keine Ahnung, wie – irgendetwas, irgend*jemand* musste mich dorthin getragen haben –, und schlief eine ganze Woche, einen Monat, eine Sekunde, eine Nacht. Wie lange spielt keine Rolle, lediglich wie *tief*! Ozeantiefes Vergessen. Unergründlich. Bis heute ist nichts aus diesem Schlaf an die Oberfläche gelangt. Was dort unten passiert ist, bleibt dort unten. Dann, ganz plötzlich, kam ich explosionsartig wieder zu Bewusstsein. Mitsamt der Taucherkrankheit. In Form der scheußlichsten Kopfschmerzen und heftiger Übelkeit, gefolgt von totaler Erschöpfung. Ich musste – stell dir vor – mich ins Bett legen. Und danach war ich tagelang zerbrechlich wie Glas, bis eine kristallene Glocke schließlich hell tönend meine Genesung signalisierte.

Ich hatte ganz offenkundig eine Art körperlichen und emotionalen Zusammenbruch erlebt und überstanden. Aber würde ich ihn als kathartisch beschreiben? Ich wünschte, alles verliefe immer derart gradlinig: sprich, dass einen im Leben immer alles direkt voranbringt.

Im Rückblick markierte er das Ende der ersten Phase, so weit würde ich gehen. Irgendetwas war verarbeitet worden, aufgearbeitet, so wie sich ein Fremdkörper durch das System bahnt, durch drastische Maßnahmen wie Fieber und Delirium ausgestoßen wird. Jetzt war mir weinerlich zumute, selbstmitleidig, sentimental, mitunter hysterisch, ich war jedem gegenüber schlecht gelaunt, durchgängig erschöpft, trank zu viel, aß zu wenig, dann zu viel, aber ich funktionierte einigermaßen.

Und ich, ja, das muss ich zugeben, *schlief*.

Stopp / Start, Stopp / Start, Stopp / Start.

Nach rechts wälzen, nach links wälzen. Und wieder nach rechts. Und wieder nach links.

Tage

Ich habe nichts zu berichten. Ich meine, ich könnte dir natürlich detailliert die Fortschritte beschreiben, die wir bei diesem oder jenem Thema gemacht haben, oder auch die Rückschritte bei anderen, aber das wäre für dich genauso zermürbend, wie es für uns war. Und ich könnte dir von Wanderungen und Abendessen und Unterhaltungen und Büchern erzählen, aber ich würde mich bloß wiederholen.

Friedensverhandlungen bekommen nach gewisser Zeit ein sich wiederholendes Muster, ein Muster wie das der Teppiche an Orten wie diesem Konferenzzentrum, wo eine polygonale Struktur das Auge so hypnotisiert, dass es Richtung Unendlichkeit verschwimmt. Irgendwo am Ende gibt es dann eine Tür, eine dieser Fluchttüren mit Stangengriff, die man mit beiden Händen bedient, im Notfall, oder irgendwann sonst, wenn es schlicht und einfach nötig ist, ins Freie zu gelangen.

Ah. Man tritt hinaus in Neuschnee, knirschend in der Kälte der Dämmerung, und atmet in tiefen Zügen – frische Luft! –, auch wenn dieser Bereich Teil der Lieferantenzufahrt ist. Es ist der Raucherbereich für das Küchenpersonal. Das zum Großteil aus migrantischen Arbeitern besteht. Die ihren Frauen und Freundinnen daheim Nachrichten schreiben. Nach Innsbruck oder Izmir. Es gibt einen Hochsicherheitszaun, ein Flutlicht ist angegangen. Noch ein paar Atemzüge, dann geht es wieder hinein. Wir fahren in fünf Minuten fort.

Man verweilt. Wieder dieser halluzinatorische Äther des *Zauberberg*. Weil nichts geschieht, scheint sich die Zeit zu dehnen. Der narkotische Effekt des Tag für Tag für Tag. Ein langsames, süßes Absinken in Richtung irgendeiner Lösung, die genauso gut der Tod sein kann.

Unsere Gäste können jederzeit abreisen, hinab in ihre Täler fahren. Die Sicherheitsvorkehrungen dienen ihrem eigenen Schutz. Das Hotel wurde wegen seiner abgeschiedenen Lage abseits des Dorfes ausgewählt. In gewisser Hinsicht sind wir abgeschnitten. Aber den Gästen steht es frei zu kommen und zu gehen. Uns allen.

Aber irgendetwas jenseits des hypnotischen Rhythmus der Tage sorgt dafür, dass wir bleiben. Noch einen Tag und noch einen.

Ein Buch

Das, dachte ich, ist entweder ein Buch oder eine Bombe. Ein ziemlicher Gedankensprung, das muss ich zugeben – zumal von einem tatsächlichen Sprung (nach hinten) begleitet. Um genauer zu sein, landete ich gleich bei der «oder»-Variante, verharrte nicht beim «entweder», denn «entweder» hätte doch keinen Anlass zum Springen geboten, selbst bloß so zum Spaß, wie sehr ich mich auch für gewöhnlich freue, versteh mich da nicht falsch, ein Buch geschenkt zu bekommen.

Tatsächlich wurde das Buch erst dann zur Variablen, zu diesem Zeitpunkt in meinem Gedankengang, als ich dachte: Das ist eine Bombe, die so *aussehen soll* wie ein Buch, oder vielmehr ein Päckchen, das so aussehen soll, als enthielte es ein Buch, tatsächlich aber eine Bombe enthält. Denn so würden sie denken, schlussfolgerte ich, womöglich nicht sonderlich logisch. Sie würden dafür sorgen, dass die Bombe nicht zu offensichtlich *wie eine Bombe* aussieht. Sie sollte zum Beispiel weder schwarz noch kugelförmig sein, in Farbe und Größe nicht wie eine Bowlingkugel aussehen, aus der oben ein Pfeifenputzer rausguckt, der wie eine Wunderkerze zischt. Und denkt nicht einmal über ein Bündel roter Dynamitstangen nach, an dem ein alter Wecker festgeklebt ist, einer von der Sorte, die oben rechts und links zwei silberne Schellen haben, auf die jeden Augenblick das Hämmerchen rasselnd eindreschen, die Zündung auslösen wird und dann … BUMM!

Aber dies hier war schließlich ein ernster Vorgang, kein

Tom-und-Jerry-Cartoon. Wir reden hier von raffinierten Terroristen und nicht, nicht von … Tom und Jerry.

Was mich zu dem Gedanken führte: Security. Wo war sie? Jene Wachposten in schwarzen Uniformen, die das Wort «Security» in Rot und Weiß auf die Brusttaschen gestickt trugen. Wieso hatten sie nicht den Flur gesichert, das Gebäude vollständig evakuiert? Warum war ich in meinem gestreiften Schlafanzug nicht über den Balkon, die Hubrettungsbühne des lokalen Feuer- und Rettungsfahrzeugs (mir kamen unangenehme Bilder von Rettungsgurten und Flaschenzugapparaturen in den Kopf) in sichere Entfernung gebracht worden? Wo war der Roboter, der einem Staubsauger ähnelnd den Teppichboden entlangschnurrte, um dieses buchförmige Päckchen zu untersuchen, bei dem es sich, wie jeder Dummkopf sehen konnte, um eine *Bombe* handelte? Wo war der Spürhund? Wo das Entschärfungsteam, verdammt noch mal?

Und man stelle sich vor, dachte ich, dass das alles an meinem Geburtstag passiert (du erinnerst dich?), einem Tag, an dem, sicher, das könnte man einwenden, die Wahrscheinlichkeit, dass jemand ein Buch vor meinem Zimmer deponiert, um so vieles höher war als sonst, während die, dass jemand eine Bombe deponiert … ungefähr so hoch war wie an jedem anderen Tag auch. Also verschwindend klein, vernachlässigbar bis quasi nicht existent. Aber vergiss nicht, dass da zu meinen Füßen dieses buchförmige Päckchen lag. Und das sind ja genau die heimtückischen Spielchen, die diese gerissenen Teufel spielen, oder etwa nicht? Das Geburtstagskind, in Gedanken bei dir, reißt also den gelben, wattierten Umschlag auf, entsorgt diese irgendwie unangenehmen grauen Fusseln darin, die zwar nicht aus Asbest sind, einen aber daran erinnern, in der Hoffnung ein Buch zu entdecken, nur um …

Nun, zu verraten gibt es jetzt eh nichts mehr …

Ein Buch zu entdecken.

Lach mich nicht aus.

Tut mir leid.

Das sollte es auch.

Tut es, Ed.

Jetzt ist es zu spät.

Du hast die Möglichkeit, dass irgendetwas dieser Art auch dir passieren könnte, stets geringschätzig abgetan. *Wie hoch ist die Wahrscheinlichkeit, Ed?* Und dann ging es darum, von Meteoriten getroffen zu werden oder im Lotto zu gewinnen, und um andere Dinge, die bei einer Wahrscheinlichkeit von eins zu einer Million niemals passieren würden. Und du hast mich überzeugt, Anna. Hast mich gehabt. Hast mich überzeugt zu denken, Angst zu haben sei töricht, auch wenn ich recht hatte. Denn es stellte sich heraus, dass du das Schicksal, die Götter, herausfordert hattest, dir das Gegenteil zu beweisen. Ein gefährliches Spiel, Götter hin oder her. Weil nämlich, stell dir vor, es *einen* treffen musste. Den einen. So funktioniert Wahrscheinlichkeitsrechnung, Anna. Bei eins zu einer Million ist eben einer die Eins. Und das musstest du sein.

Insofern, ja, vielleicht hatte *das* etwas damit zu tun: Wenn ein Meteorit einen Treffer landet, wieso dann nicht auch einen zweiten? Dein Verlust musste nicht bedeuten, dass ich verschont bleiben würde. Man vergesse auch jene *Explosion einer Autobombe in Lahore* nicht. Meine ständige Diät. Schwerer jedoch wog die Tatsache, dass wir hier in höchster Alarmbereitschaft leben – womit wir wieder näher am *Kern* des Problems wären, wie ich dich sagen hören kann (lange würdest du es nicht zulassen, dass ich dir all das anlaste).

Das Sicherheitspersonal – es existiert tatsächlich – hält uns durchgängig zur Wachsamkeit an. Denn wir wissen sehr wohl, dass es unterschiedliche Kräfte gibt, die es gern sähen, scheiterten die Gespräche, und die nicht zögerten, dieses Ziel durch Terror zu erreichen. Ich selbst bin für einen solchen Anschlag womöglich nicht das erste Ziel. Die Unterhändler der verfeindeten Parteien und im Besonderen deren Anführer sind am stärksten bedroht, sowohl durch Extremisten auf der eigenen Seite als auch durch die Reaktionäre der Gegenseite. Aber als Vorsitzender der Verhandlung bin auch ich gebrieft worden, worauf ich achten sollte, wozu auch, genau, wattierte Briefumschläge gehören, sie wurden Leuten in vergleichbaren Positionen bereits verschiedentlich zugeschickt und enthielten zwar nachweislich keine Sprengstoffe, aber gesundheitsschädliche Chemikalien, die üble Verätzungen verursachen können, in anderen Fällen auch gefährliche Pulver, einschließlich Anthrax, die selbstverständlich auch tödlich wirken können.

Tatsache ist, ich hätte das Sicherheitspersonal rufen müssen. Mich an die übliche Vorgehensweise halten sollen. Aber nachdem ich im ersten Moment so überzeugt gewesen war, es sei eine Bombe, war ich im nächsten schon vom Gegenteil überzeugt. Weshalb ich mir das Päckchen schnappte, es aufriss und feststellte, dass es sich dabei um …

Ja, in Ordnung, hab's verstanden. Kommt da noch was Neues in der Geschichte?

Du klingst plötzlich so gereizt. Ungeduldig mit mir. Ganz wie die Alte, wenn ich das so sagen darf!

Ja, ich habe mich an deinen Geburtstag erinnert. Und, ja, ich hätte deine Bedenken nicht einfach so abtun sollen. Ja, ich vermisse dich. Ja, ich liebe dich. Aber jetzt irgendwann …

Fein, die Sache ist nämlich die: Es handelte sich nicht einfach um irgendein altes Buch. Sondern, wie manche formulieren würden, um *das* Buch. Für jene einer bestimmten Glaubensrichtung zumindest. *Der Koran* lautete der Titel auf dem Umschlag.

Tatsächlich war ich gar nicht so sehr überrascht. Auch auf die Gefahr hin, zu sehr ins Mystische abzugleiten – *bitte nicht* –, war ich nämlich, nachdem ich befunden hatte, das Päckchen enthalte ein Buch, davon ausgegangen, dass es sich dabei höchstwahrscheinlich um den Koran handeln würde. Und zwar aus dem Grund, dass ich mittlerweile sicher war, von wem das Buch stammte – und wie aufs Stichwort fiel eine kleine Karte heraus: Noor.

Eine kleine Bemerkung vorneweg: Es war keine Geburtstagskarte, und das Buch war auch kein Geburtstagsgeschenk. Aber denk bitte nicht, ich würde mich selbst bemitleiden. Stimmt schon, mit meinem Stapel Zeitungen waren keine Karten oder Geschenke abgegeben worden an diesem Geburtstag. Aber vergessen hatten ihn meine Kollegen nicht, sie hatten alle zusammen eine Glückwunschkarte unterschrieben und überreichten sie mir beim Fünfuhrtee, wo es außerdem einen kleinen Kuchen mit Kerze und eine genuschelte Version von *Happy Birthday* gab.

Selbstredend stimmten die beiden Delegationen nicht mit ein. Ein Fraternisieren dieser Art findet nicht statt. Und ich habe auch keinen Grund dafür anzunehmen, dass Noor überhaupt von meinem Geburtstag wusste. Die kleine Karte jedenfalls ließ in keiner Weise darauf schließen. Dort stand einfach:

Werter Mr Behrends,
in der Hoffnung auf Frieden.
Mit den besten Wünschen,
Dr. Noor.

Und doch, trotz der Schlichtheit, der vermeintlichen Unschuld, warfen die Nachricht, das Geschenk, vor allem aber der Absender jede Menge Fragen auf, die in meinem Kopf Pingpong zu spielen begannen, das kannst du mir glauben. Einen vagen Eindruck meiner ersten Reaktion vermittelt am besten mein reflexhaftes Verhalten.

Zunächst öffnete ich meine Tür (ich wiederhole mich hier). Sprang dann angesichts des Päckchens schockiert zurück. Näherte mich dann quasi auf Zehenspitzen wieder, während ich die Optionen Bombe oder Buch in der Weise gegeneinander abwog, wie ich sie bereits ausführlich geschildert habe. Als Nächstes riss ich das Päckchen auf, mit einer eher unbesonnenen Bewegung, wie ich hinzufügen könnte. Dann das Buch, die Nachricht. Und um zum Punkt zu kommen: Dann folgte ein verstohlener Blick nach links und rechts, um zu sehen, ob irgendjemand etwas oder alles beobachtet hatte, und dann sogar ein weiterer nach oben, um zu überprüfen, ob es im Flur Überwachungskameras gab. (Was nicht der Fall ist, was vielleicht einen Verstoß gegen die Sicherheitsregularien darstellt, aber keinen, der mich in dem Moment großartig beunruhigte.) Schließlich der Hechtsprung zurück in meine Suite, der, ganz im Einklang mit dem cartoonhaften Charakter der ganzen Episode, stark in Richtung *letzter Rest Badewasser verschwindet in Ausguss* oder *winziges Objekt wird von Staubsauger verschluckt* tendierte. Links, rechts, zurück, krach: Ich war wieder in meinem Zimmer. Niemand hatte auch nur irgendetwas gesehen. Puh.

Ich sag ja, cartoonhaft.

Und doch spürte ich, als ich mich aufs Bett setzte, mit meinem Exemplar des heiligen Buches, wie sich ein Gefühl tiefer Ruhe meiner bemächtigte. Ich fühlte mich geerdet, ruhig, im Augenblick präsent und darüber hinaus. All das. Was ich bei Caroline gelernt habe. Und in den Kursen, zu denen sie mich geschickt hat. Ich war zunächst skeptisch gewesen, aber es hat geholfen. Denn ich ergab mich eben nicht Gedanken der Sorte *Was hat er vor?* oder *Was führt er im Schilde?*. Plötzlich ging mir auf, wie ermüdend es war, so zu denken. Nichts für bare Münze zu nehmen, sondern alles durch ein fein gesponnenes Sieb der Argwohn geben zu müssen, allen Taten stets irgendein Motiv, oder zumindest einen Hintergedanken hinzuzufügen. Sicher, ich habe den Vorsitz dieser Friedensverhandlungen inne, sagte ich mir, aber ich bin auch ein Mensch, und ein Mitmensch hat Kontakt zu mir aufgenommen, zunächst auf dem Friedhof und jetzt, indem er mir ein Exemplar dieses Buchs geschenkt hat, das ihm so teuer ist, und zwar aus Respekt, Höflichkeit –, kann ich es sagen – *Freundschaft*, weshalb es doch das Mindeste ist, es in diesem Geiste anzunehmen. Ich war so beflügelt von diesen Gedanken, dass mir beinahe euphorisch zumute war. Das Leben ist gut, die Welt ist gut, *Menschen* sind gut – ein Gedanke, der mich selbst überraschte. Denn ich habe es sonst nicht so mit Beschwörungsformeln. In meinem Metier spricht einfach nicht sonderlich viel dafür, darauf zu setzen.

Das Gefühl hielt nicht an. Aber das macht nichts. Genauso wie es nichts macht, dass ich den Koran auch nur durchblättern werde. Ich bin nicht die Zielgruppe, so viel steht fest, nachdem ich mich schon früher daran versucht habe und gescheitert bin. Was aber zählt, ist die Geste, die Hoffnung, ja die Erwartung, dass ich dieses Geschenk anerkennen werde, aufgrund der Umstände, unter denen es mir gegeben wurde, noch mehr aber wegen dem, der es mir gegeben hat. Und sollte mich das zu einem alten Weichei machen, vielleicht sogar einem *gefährlichen* alten Weichei, dann sei's drum.

Noor ließ sich natürlich den ganzen Tag über nichts anmerken – in jeglicher Hinsicht. Kein Zucken, kein Blinzeln. Tatsächlich das Gegenteil davon. Ganz zweifellos ging er besonders beherzt zu Werke, damit ich nicht auf falsche Gedanken kam – eine Herangehensweise, die ich respektierte. Wir brachen zeitig ab. «Herrschaften, ich habe den Eindruck, es gibt für die verbleibende Stunde wenig Aussicht auf Fortschritt, und wir haben heute schon intensiv verhandelt. Dürfte ich also vorschlagen, dass wir uns vertagen? Bitte warten Sie im Auditorium, bis wir grünes Licht haben, hinausgehen zu können.» Mit einem halben Auge hatte ich meinen Geburtstagstee im Blick, das will ich einräumen. (Ich hatte bereits eine Vorahnung, dass das Team etwas plante.) Danach gesellte sich ein kleineres Grüppchen zu mir an die Bar. Dann aß ich mit meiner Stellvertreterin zu Abend, Valery. Ein Arbeitsessen.

Spät wurde es nicht, wir haben morgen einen langen Tag. Ich stellte die Geburtstagskarte auf den Tisch in meiner Suite, neben den Koran, der nie wieder geöffnet werden sollte. Dein Bruder hatte mir eine Nachricht geschrieben. Anständig von ihm, sich zu erinnern, dachte ich. Hatte er früher nie.

Mit De Vries auf der Herrentoilette

Die kräftige Färbung musste von der Rotweinsoße herrühren, die Dichte von den Semmelknödeln, die Textur von den Cranberrys und dem Rotkohl und die stechende Schärfe von der ungarischen Paprika. Das zumindest war mein erster Gedanke. Aus dem Bauch heraus, quasi. Dann aber wurde mir klar, dass das Wildschweingulasch, die Hauptspeise am Vorabend, sich rein rechnerisch nicht derart rasch seinen Weg durch mich hindurch gebahnt haben konnte. Trotz seines Erscheinungsbildes, ging das, womit ich mich konfrontiert sah, mit höherer Wahrscheinlichkeit auf den Hecht mit Salzkartoffeln vom Abend zuvor zurück, das Birchermüsli und die Backwaren vom gestrigen Morgen und den Aufschnitt, den Kartoffelsalat, das Sauerkraut und die Essiggurken vom Mittagsbuffet – und auf weitere frühere Mahlzeiten in der Woche.

All jene unter uns, die weder Deutsche noch Österreicher sind – zudem die Jüngeren –, zeigen sich in der Gaststube entsetzt von der traditionellen Konstruktionsweise der Toiletten, die den Besucher am Ende der Sitzung dazu einladen, die Ergebnisse seiner Anstrengungen genau in Augenschein zu nehmen, ausgebreitet wie im Labor gleichsam auf einem Bord aus makellosem Porzellan. Ich vermute allerdings, dass ich nicht der Einzige bin, der sich einen Moment für einen faszinierten Blick nimmt. Und einen weiteren, um sich an dem Gestank gütlich zu tun, was einen, eine solch starke intime Kraft wohnt dem inne, an Dr. Freuds irritierende Kloschüssel-Lektüren denken lässt – «Schau mich an, spiel mit mir, hab mich lieb …»

(Ich kann übrigens deinen Gesichtsausdruck sehen. Wie ich diesen Ausdruck *liebe*. Wenn du *Ed!* rufst. Du ziehst die Nase kraus, schüttelst dich vor Ekel, tust so, als wärst du wirklich abgestoßen, dabei weißt du sehr wohl, dass eine ehrlich erzählte Liebesgeschichte genauso voller Kacke, Fürze, Hintern und Pimmel wäre, über die man sich austauscht, wie voller Gerede à la *Fick mich härter*, *Lutsch mir den Schwanz* oder *Leck mir die Pussy*. Und komm mir auch deswegen jetzt nicht wieder mit *Ed!*, weil ich nämlich *weiß*, wie heiß es dich macht. *Oh, wie feucht ich bin, oh Gott, ich komme, ich komme …* Man könnte beinahe sagen, dass wahre Liebe nur existiert, wenn zwei Menschen ohne Vorbehalte sowohl Babysprache als auch Vulgärsprech miteinander teilen; wenn die schmutzige Seite der Intimität keine Grenzen kennt.)

Aber genug davon. Zack! Die Betätigung der Spülung bei diesen Toiletten sorgt für ein Absaugen von solcher Wucht, dass sogar die schwersten Einlagerungen hinab- und um die Krümmung rauschen wie ein Bond-Bösewicht, der durch ein geborstenes Flugzeugfenster ins Freie gerissen wird. Alles, was auf dem Bord verbleibt, ist eine Schmierspur, die der folgende Wasserstrudel ärgerlicherweise nie restlos zu entfernen vermag. Einige beherzte Streiche mit der Klobürste sind immer vonnöten.

Ich sage das einfach so, merke ich, ganz als ob das Säubern der Kloschüsseln unter Männer übliche Praxis sei, wenngleich es tatsächlich jede Menge Männer gibt, die mit Vergnügen (das Wort ist wohl gewählt) mehr als nur Spurenelemente (ebenso) fäkalen Beweismaterials hinterlassen. Ein Überbleibsel archaischer Reviermarkierung? Sie kommen gar nicht darauf, die Klobürste zu benutzen, einen Spritzer Reiniger oder Raumspray zu verwenden, ein wenig den Inhalt des Duftschälchens durchzuwalken oder ein bisschen mit den Duftstäbchen zu wedeln, die es in den schickeren Etablissements gibt, zu denen dieses hier, natürlich, gehört. Dein Bruder fällt mir da ein. Nicht *Ed!* also diesmal, sondern *Max!*

Der Mann allerdings, der aus einer Kabine am Ende des Raums trat, als ich aus der dem Ausgang am nächsten gelegenen kam, hatte mit deinem Bruder nun so überhaupt nichts gemein. Das machte bereits der Ausdruck wilder Panik in seinen Augen deutlich, als er mich sah. Er verfolgte wohl die Rein-und-raus-ohne-gesehen-zu-werden-zudem-so-wenig-Spuren-hinterlassen-wie-möglich-Strategie. Genauso wie ich.

Wenn wir beim Betreten der Herrentoilette feststellen, dass eine der Kabinen belegt ist, oder hören, wie andere Männer sich in Stellung bringen, während wir dasselbe tun, ist der Plan stets, die anderen Insassen einfach zu überdauern, egal wie lange es sich auch zieht. Das Geschäft will natürlich erledigt werden, aber unsere Taktik unter diesen Umständen ist, unsere Anstrengungen mit der akustischen Tarnung zu synchronisieren, die die schamfreien Aktionen der anderen Gäste bietet. Und erst wenn wir das trockene Schlucken der Spülung hören, das Entriegeln der Kabinentür, den Wasserschwall am Waschbecken und das Tosen des Händetrockners (einmal, zweimal oder wie oft auch immer), trauen auch wir uns ins Freie.

Aber unserem Typus Mann droht eine innerbetriebliche Gefahr: nämlich dass wir keine Verantwortung für andere unserer Art übernehmen können, andere Heimlichscheißer sozusagen, die, sind keine Geräusche mehr zu vernehmen, nachdem nur Augenblicke zuvor noch Elefanten-Tuba gespielt und Fassbomben aus niedriger Höhe in tiefe Gewässer abgeworfen worden waren und dergleichen mehr, annehmen, die Luft sei rein, nur um dann Seit an Seit mit uns zu den Waschbecken zu schreiten, just mit dem Szenario konfrontiert, das wir alle zu vermeiden gehofft hatten, zu dessen schlimmsten Aspekten die Notwendigkeit zählt, irgendwie gegenseitiges Erkennen zu signalisieren und die eine oder andere Höflichkeitsfloskel auszutauschen.

Im absoluten Kontrast dazu der Typus Mann, zu denen dein Bruder gehört und den ein solches Szenario nicht im Mindesten beunruhigt, im Gegenteil, er genießt es regelrecht. «Meine Güte, das Ei wollte ich schon lange legen.» Oder: «Dem Nächsten, der da reingeht, wünsche ich alles Gute.» Oder noch direkter: «Es gibt doch nichts Besseres als einen guten Schiss, oder?» Alles Dinge, die ich möglicherweise dir sagen würde, genauso wie dieser Mann neben mir seiner Frau, in unseren jeweiligen Boudoirs schmutziger Intimität, aber die wir nicht einmal im Traum zu einem anderen Mann sagen würden, also zueinander, in diesem Fall, auch wenn es uns nichts ausgemacht hätte – in einer etwas modifizierten Situation –, mit offenen Hosenställen, Schwänze in der Hand, Schulter an Schulter nebeneinanderstehend, mit stetigem Strahl, oder sogar einem donnernden, in die tropfenförmigen Pissoirs zu zielen. Und ich habe «dieser Mann» gesagt, als hätte ich nicht gewusst, wer er war, dabei wusste ich das natürlich. Unser Team ist relativ klein.

De Vries ist sein Name. Ein Holländer. Ein ernster Zeitgenosse, auffallend gewissenhaft in seiner Arbeit, selbst innerhalb eines auffallend gewissenhaften Teams. *Meines* Teams, dachte ich, begleitet von einem Gefühl heftiger Zuneigung trotz der grauenhaften Situation.

De Vries, seidig blonde Haare, beinahe feminin, wenn auch oben ausdünnend, trägt eine dieser mittlerweile altmodisch wirkenden Brillen mit Drahtgestell, die irgendwie stets dafür sorgen, dass die Augen des Trägers müde, wund gerieben und gerötet aussehen. Wir haben erst ein einziges Mal ein paar Worte gewechselt, die nichts mit den Gesprächen zu tun hatten, als er mich auf die Mandelhörnchen hinwies, die seiner Meinung nach besonders köstlich waren. Wir hatten an dem Tag eine gute Sitzung gehabt, die Stimmung war ausgelassen. Ein Mandelblättchen war an seiner Oberlippe hängen geblieben. Ich hätte ihn darauf hinweisen können, tat es aber nicht, und es blieb dort – ein hängendes Blättchens, dachte ich so bei mir, ganz nebenbei – einige Minuten lang während des Nachmittagstees, bis er, veranlasst durch irgendein Gefühl, es mit einer feuchten Kuhzunge wegleckte.

Vor den Waschbecken jetzt war es De Vries, der das Schweigen brach. «Ich wollte das schon eine ganze Weile loswerden», setzte er an, augenscheinlich beiläufig, auch wenn mir klar war, was für eine Überwindung es ihn kostete, mich unter diesen Umständen überhaupt anzusprechen. Doch zu meiner Überraschung hatte er begonnen, sich in dem raffiniert beleuchteten und unverschämt schmeichelnden Spiegel über dem Waschbecken zu inspizieren. Jeder Mann, der etwas auf sein Äußeres gibt, wäre hochzufrieden mit dem, was er in diesem Spiegel sieht – ich wundere mich regelmäßig, wie hübsch und distinguiert (und jung) ich darin aussehe. Aber De Vries wirkte gequält. Allerdings nicht aufgrund von Äußerlichkeiten, wie ich mir einbildete. Und tatsächlich, als er seine Drahtgestellbrille abnahm und noch tiefer in das Spiegelglas hineinsah, war es, als blicke er in die eigene Seele, den Kummer darin, den unergründlichen Schmerz … Obwohl er natürlich genauso gut einfach seine Mitesser untersucht haben konnte. «Aber ich wollte Ihnen noch mein tiefstes Beileid aussprechen.»

Gerade weil ich es für möglich gehalten hatte, De Vries habe Innenschau betrieben oder sein Mitesser inspiziert, war ich besonders perplex, ihn etwas in dieser Richtung sagen zu hören. *Das* und nichts anderes. Hätte er mich direkt angesehen, statt sich auf unterschiedlichste Weise zu absorbieren usw., hätte er den bestürzten Ausdruck in meinem Gesicht gesehen und es womöglich dabei bewenden lassen. So aber fuhr er einfach fort – dessen ungeachtet:

«Mir ist bewusst, dass es nun bereits einige Jahre zurückliegt.» Er war nun mit dem Spiegel fertig und wusch sich gründlich die Hände, pingelig, ja geradezu ärgerlich penibel, unter dem laseraktivierten Wasserhahn. «Aber ich nehme an, dass der Schmerz nicht wirklich nachlässt.» Er zog abrupt die Hände zurück und schüttelte das Wasser ab. «Der Gedanke, ohne meine Susi zu sein, meine Susi auf diese Weise zu verlieren …»

Er schwieg einen Moment lang, und ich, noch immer geschockt, noch immer ratlos, wie ich darauf reagieren könnte, war zunächst einmal völlig perplex wegen der Tatsache, dass seine Frau Susi hieß, *Suusiee* (Schmusi) – nach meinem Gefühl ein total seltsamer, unpassender, ja beinahe obszöner Name für eine Frau im Leben eines Mannes wie De Vries. Ich konnte ihn mir mit einer Angela oder einer Marion vorstellen, selbst mit einer Theresa, aber einer *Susie*? Ausgeschlossen.

«Es muss einfach furchtbar sein», kam De Vries zum Ende und klopfte mir auf die Schulter, einer an Abgedroschenheit kaum zu überbietenden Geste der Brüderlichkeit, bevor er zum Händetrockner ging und dann den Raum verließ, um nie wieder mehr als ein paar Worte mit mir zu wechseln, mit allerhöchster Wahrscheinlichkeit jedenfalls.

Ich stand nach De Vries' Abgang noch eine ganze Weile vor dem Waschbecken. Mehr um etwas zu tun zu haben als aus irgendeinem anderen Grund, spritzte ich mir Wasser ins Gesicht, so als müsste ich meine Fassung wiedererlangen. Dabei war ich gar nicht sonderlich emotional. Und bei Gott, mitunter bin ich vor Trauer schier überwältigt. Ich strauchele und krümme mich zusammen, mein Herz schlägt wie wild, und meine Beine knicken weg. Ich muss unterbrechen, was ich gerade tue, mich entschuldigen, eine Pause machen …

Aber so war es diesmal nicht. Vielmehr war ich abgestoßen von De Vries' – mir fällt kein anderes Wort dafür ein – *Taktik*. Er war in eine unangenehme Situation geraten, wie ich sie womöglich ermüdend genau beschrieben habe. Dabei ging es doch aber lediglich darum, Herrgott noch mal, dass ich wusste, dass er gerade geschissen hatte. Mehr nicht. Jetzt mal knapp zusammengefasst. Was für ein Mensch entscheidet sich unter solchen Umständen – entschuldige, dass ich brülle –, SEIN BEILEID AUSZUSPRECHEN? Und das außerdem lange nachdem der Zeitpunkt verstrichen war, bis zu dem man dies tun sollte, ohne dass es, wie ich meinen würde, mehr als unangemessen wirkt. Ein Mensch, der mich kaum kennt und dich ganz sicher nicht gekannt hat und der weder einen Grund noch das Recht hat, uns zu bemitleiden, der uns aber – und das war es, was mich so traf – offensichtlich *tatsächlich* bemitleidete. Oder zumindest hatte er sich vorgestellt, wie das wohl so war, und den Schmerz gespürt oder den Schatten des Schmerzes – jene Wolke, die sich für einen Moment vor die Sonne schiebt – und wollte das zum Ausdruck bringen. Er hatte irgendwo gelesen, dass es für die Menschen, die jemanden verloren haben, zum Schmerzhaftesten gehört, dass niemand mit ihnen über die Person spricht, die sie verloren haben, aus Angst, den anderen aus der Fassung zu bringen oder etwas Falsches zu sagen. Das alte Klischee. Die nützliche Lüge.

«Fick dich!», formte ich wütend mit den Lippen in Richtung der Tür, durch die er verschwunden war, auch aus meinem Leben (dessen konnte ich mir nach dieser Sache immerhin ziemlich sicher sein). «Fick dich und fick Susie.» Hierbei brachte ich, als Dreingabe, noch den Mittelfinger ins Spiel, den ich aber schnell zurückziehen musste, ihn vielmehr Teil einer vagen, schöntuenden Geste meiner Hand werden lassen musste – in etwa die eines Zauberers beim Abrakadabra –, als ein anderer Mann, wie aufs Stichwort, die Toilette betrat.

«Alles in Ordnung, Edvard?», erkundigte sich der Mann. (Sein Name tut nichts zur Sache. Er wird nicht wieder auftauchen. Auch wenn er mich, wie die Anrede mit Vornamen suggeriert, recht gut kennt. Viel besser als De Vries.) Ich vermute, er dachte, ich sei wegen etwas verzweifelt, hätte womöglich gar geweint, hätte aus irgendeinem Grund an dich gedacht, als ob ich nicht die ganze Zeit über an dich denken würde, als würde ich dir nicht von diesen Gedanken berichten und all meinen anderen Gedanken, pausenlos, unentwegt, und ließe dich niemals durchatmen, schlafen, *gehen* …

Stopp.

«Alles in Ordnung, François, vielen Dank», antwortete ich munter. (Okay, sein Name ist François. Aber das musst du nicht wissen, wie auch sonst nichts über ihn.) «Tatsächlich habe ich gerade eben …» Ich hielt inne, um den Effekt zu verstärken. Ich konnte kaum glauben, dass ich das jetzt sagen würde. «… so ein richtig dickes Ei gelegt.»

Und damit – es fühlte sich enorm befreiend an, das muss ich sagen – ging ich hinaus.

Zu viel?

Ich merke schon, die letzte Episode hat dir nicht sonderlich gefallen. Vielleicht hast du recht. Vielleicht ist das so eine Art Geschichte – auch wenn sie mir passiert ist und ihm niemals passieren würde –, die jemand wie Max hinkriegen kann, ich aber nicht.

(Zufälligerweise sehe ich Max nächste Woche. In Berlin, wo seine neue Ausstellung eröffnet wird. Ermutigt durch die Nachricht, die er mir zum Geburtstag geschickt hat, habe ich mich selbst eingeladen. Ich werde natürlich auch zu einigen Meetings gehen, wenn ich da bin. Ich hatte eh vor, irgendwann zu verreisen. Eine schnelle Hauptstädte-Runde zu drehen.)

Ich wollte einen irgendwie leichteren Ton anschlagen, mehr nicht. Manchmal weiß ich nicht genau, wie ich die Dinge zur Sprache bringen soll, was ich sagen muss und was ich weglassen sollte. Ich bin mir nicht sicher, was dich derzeit so interessiert. Was ich sagen kann und was nicht. Die Situation ähnelt den Tagen, als wir erstmals miteinander ausgingen, uns kennenlernten. Als wir uns aber noch *nicht* kannten, zumindest noch nicht sonderlich gut, und es Missverständnisse und Tritte in Fettnäpfchen gab, häufig recht trivial, die aber alles in Gefahr hätten bringen und beenden können, noch bevor es begann. Sodass wir getrennter Wege gegangen wären. Nie miteinander gelebt und uns geliebt hätten. Mich graust es bei dem Gedanken daran, wie leicht, wie arglos.

Vor Kurzem habe ich mir eine Fernsehserie angeschaut, in

der ein Paar eine Affäre hat. Sie heißt *The Affair*, und es spielt dieser Schauspieler mit, den du in *The Wire* so mochtest. Ich weiß nicht mehr, wer sie mir empfohlen hatte. Nach einer Sexszene sieht man, wie sich die junge Frau im Badezimmer die Hände wäscht. Der Mann kommt herein, nackt, klappt den Klodeckel hoch und beginnt zu pinkeln. «Zu früh?», fragt er, als er sieht, wie überrascht das Mädchen schaut, leicht angeekelt, alarmiert sogar.

Manchmal fühle ich mich in jene frühen Zeiten versetzt. Bin nicht sicher, wo ich eigentlich stehe. Zu früh? Zu viel?

Aber ich habe ja auch schon lange nichts mehr von dir gehört.

Deine Stimme.

Es kommen keine Antworten mehr.

Sie waren ohnehin leiser, seltener geworden. Im Allgemeinen sagt man, dies sei ein gutes Zeichen. Aber die Allgemeinheit liegt in diesen Dingen komplett falsch, wie ich festgestellt habe. Ich erinnere mich, wie Caroline darüber lachte.

Es ist schon komisch, dass ich keine Aufnahme von deiner Stimme habe, obwohl unser gemeinsames Leben so gut dokumentiert ist. Aber in meinem Bewusstsein kann ich sie hören. Ja, ich kann den Ton und die Modulation deiner Stimme ganz genau hören – ziemlich tief und rau (darüber haben wir immer gelacht, die raue Art, wie du «rau» sagtest). Ich höre sie jetzt. Aber es ist, als hättest du aufgehört, mit mir zu sprechen.

Na ja, es ist ja nicht so, als ob das nicht hin und wieder vorgekommen wäre.

Immer noch nichts.

Gent

Zwar leben in der Stadt mehr als eine Viertelmillion Menschen, und sie liegt bloß eine halbe Stunde von Brüssel entfernt, aber viele Jahre lang war Gent «unser Geheimnis». Zum einen hatten damals nur wenige unserer Freunde, von denen alle in Brügge und viele in Antwerpen gewesen waren, je Gent besucht. Einige behaupteten sogar, noch nie davon gehört zu haben. Oder nur vielleicht irgendwann mal. Gent war, wie du es einmal in der Erwartung, dass es sich ändern würde, formuliert hast, wie «eine Indieband, bevor sie in die Charts einsteigt».

Unsere dauerhafte Verbindung zu Gent ging, wie das bei solchen Dingen oft der Fall ist, auf unseren ersten Besuch zurück, der einfach wunderbar gewesen war. Ich erinnere mich nicht mehr an den genauen Anlass – ein Geburtstag oder Jubiläum war es nicht, das weiß ich –, aber es stimmte einfach alles. Es war Winter: kalt und blau, kalt und schwarz – mit Sternen! Unser Besuch war weder zu lang noch zu kurz gewesen – ein verlängertes Wochenende womöglich. Wir wohnten in einem Boutique-Hotel, lange bevor das bloß klein und überteuert bedeutete. Wir entdeckten ein winziges Restaurant, das wir gleich am ersten Abend zu unserem Stammlokal ernannten. Außerdem hinterließ überraschenderweise – denn du warst bis dahin nie eine große Liebhaberin mittelalterlicher Kunst gewesen – Gents wohl bekannteste Sehenswürdigkeit, der Genter Altar, einen tiefen Eindruck bei dir. Bei diesem ersten Besuch schauten wir ihn uns gleich zweimal an und kehrten dann bei jeder folgenden Reise wieder zu ihm zurück.

Wir versuchten nie, unsere Liebe zu Gent zu analysieren, auch wenn das natürlich ein Leichtes gewesen wäre. Die Stadt kam in perfekter Weise unserer «hocheuropäischen» Empfindsamkeit entgegen, unserer Liebe zu Geschichte, Kunst, Architektur, zur Kultur generell. Zu gutem Essen, guten Weinen, gutem Leben. Gleichzeitig hatte sie etwas Schräges, Unkonventionelles, eine Stadt sowohl für Studenten als auch für Touristen, auch wenn sich das eigentlich nur darin äußerte, dass die Pinnwände in den Cafés voller Poster hingen, haufenweise Fahrräder an den Geländern angeschlossen waren und wir manchmal in den frühen Morgenstunden unter unserem Hotelfenster Johlen und Lachen hörten. In Kontakt kamen wir mit Studenten nicht – genauso wenig wie mit Einheimischen.

Natürlich war diese lächerliche, diese herrliche Vorstellung, dass Gent auf gewisse Weise von uns «entdeckt» worden war, auch ein Faktor, auch wenn wir im Laufe der Zeit natürlich permanent eines Besseren belehrt wurden. Die Freunde, denen wir von Gent erzählten, schienen nun allesamt für EU-Institutionen gearbeitet zu haben oder sogar ganze oder halbe Belgier zu sein. Oder Holländer. Für sie wurde es ein Spiel zu sagen: «Ah, Gent, natürlich …», um dann von Lüttich, Namur oder Durbuy zu schwärmen. Allesamt Orte, an die es uns nie verschlug.

Aber warum erwähne ich das alles? Ich bin nicht in Gent, falls du das denken solltest. Ich bin seither nicht mehr dort gewesen. Der Grund sind die Nachrichten – die die Abläufe hier bei den Gesprächen ernstlich in Mitleidenschaft gezogen haben, da die für den Anschlag verantwortliche Gruppe Verbindung zu einer der Verhandlungsparteien hat. *Mutmaßlich*

Verbindungen hat, sollte ich sagen. Verbindungen, die vehement bestritten werden. «Sie können sich sicher vorstellen, dass wir eine solche Gräueltat niemals billigen würden», schien Noors Gesichtsausdruck zu sagen, als sich unsere Blicke auf dem Flur trafen. «Nicht zu einem für unser Fortkommen derart entscheidenden Zeitpunkt», gelang es ihm noch hinzuzufügen, als ich vorbeieilte, den Kopf gesenkt, um seiner Einflussnahme zu entgehen. Er war es, der im letzten Augenblick zur Seite trat. Nachdem er seinen Standpunkt klargemacht hatte. Ich war auf dem Weg zu einem Vier-Augen-Gespräch mit seinem Chef, dem Botschafter Sabbagh. Wir hatten den ganzen Tag über auf Gold-Level gearbeitet: als Zeichen ernsthafter Bemühungen.

Es begann mit der anderen Verhandlungsseite, die – mit atemberaubendem Zynismus, da liegt Sabbagh richtig – erklärte, sie würde sich für den Tag zurückziehen als Zeichen des Respekts für die Toten. «Die Märtyrer von Gent», wie sie sie nannten, was wie der Name eines weiteren Altars klang, wie ich in einem schwachen Augenblick dachte. Nicht gänzlich angemessen womöglich. Sie hätten eine Mahnwache in ihrem Gebetsraum abgehalten, wie man mir mitteilte, allerdings nicht gebetet. Offenbar ist es Moslems untersagt, für die Seelen Ungläubiger zu beten. Hielt Noor an dieser offensiven Haltung fest?, fragte ich mich. Vielleicht nicht. Dann ermahnte ich mich dazu, damit aufzuhören, darüber nachzudenken, was Noor wohl denken mochte. Wichtig war die Linie der ganzen Gruppe, die befand, respektvoller reagiere man, indem man die Gespräche fortführe und den Friedensprozess weiter vorantreibe – eine Reaktion, die natürlich genauso eigennützig war wie der Rückzug der Gegenseite, egal wie sehr ich auch persönlich mit ihr sympathisieren mochte.

Neunundfünfzig Tote. Achtundachtzig Verletzte. Nicht die höchste Opferzahl, die wir in den letzten Jahren erlebt haben, aber allein die Tatsache, dass wir uns schon beinahe an Massaker dieser Größenordnung gewöhnt haben, sagt einiges. Es war eine Amokfahrt – zwei Lkw, die bei der Kundgebung einer rechtspopulistischen Partei in die Menge rasten. Der Anführer ist für seine vehemente Anti-Einwanderungspolitik bekannt, und er und seine Anhänger sind, gelinde gesagt, nicht die angenehmsten Zeitgenossen, aber das ist nicht der Punkt und ganz sicher keine Rechtfertigung. Er selbst, De Smet, blieb wie die meisten Parteifunktionäre unverletzt. Die Opfer waren zum größten Teil einfache Anhänger, neugierige Zuschauer oder einfach Passanten – aber eben auch Gegendemonstranten. Dennoch kannst du dir sicher vorstellen, was das für politische Auswirkungen auf dem ganzen Kontinent hat.

Sabbagh hat den ganzen Tag über insistiert, dass die Gruppe, die sich zu dem Anschlag bekannt hat, kein Verbündeter mehr sei. «Die Allianz, die es kurzzeitig gab, war ohnehin stets lose», fügte er hinzu. «Aber zu einem bestimmten Zeitpunkt drohte das Regime, uns zu zerstören, wie Sie ja wissen, Mr Behrends. Die Situation war kritisch. Wie soll ich sagen? Wir waren eine bunt zusammengewürfelte Armee – oppositionelle Kräfte, unterschiedliche Separatistengruppen und, ja, religiös motivierte Kämpfer ohne ein gemeinsames Kommando und allein durch die verzweifelte Lage zusammengeschweißt.»

Die Informationen, die ich den Tag über erhielt, deuteten allerdings nicht nur darauf hin, dass die Verbindung enger war, als Sabbagh mir suggeriert hatte, sondern auch durchaus weiterhin bestand. Weniger klar war hingegen, in welchem

Ausmaß der Anschlag tatsächlich von der fraglichen Extremistengruppe gesteuert worden war. Die Fahrer der Lkw, die beide in Nähe des Tatorts erschossen worden waren, wurden als Jungs aus der Gegend identifiziert, in Brüssel geboren und radikalisiert, «selbst gezüchtete Terroristen», wie man so sagt.

«Mr Behrends ist ja ein Kenner der Geschichte dieses Kontinents, wie ich weiß», warf Noor ein. Er hatte an der Sitzung am frühen Abend teilgenommen, aber nicht sonderlich viel beigetragen, um ehrlich zu sein. «Mr Behrends wird sich also sicher der Allianz zwischen Großbritannien, den Vereinigten Staaten und Stalins Russland erinnern, um einen gemeinsamen Feind zu besiegen, das größere Übel, Nazideutschland. Manchmal …»

«Ja, ja, ja», fiel ihm Sabbagh ungewöhnlich schroff ins Wort. Er lag mit seiner Einschätzung, dass die von Noor gezogene Parallele bei mir zu diesem Zeitpunkt aller Wahrscheinlichkeit nicht sonderlich gut ankommen würde, goldrichtig. Noor, leicht erschüttert, zog sich aus dem Wortwechsel zurück. Ein Nicken. Der Rücken versteifte. Er hatte sich ganz klar übernommen. Geschah ihm recht. Diese Korrektur war überfällig gewesen. Ein Stück weit war damit die eigentliche Ordnung wiederhergestellt. Noor musste sich vergegenwärtigen, dass ich hier die wesentlich ranghöhere Figur war, ein hoch angesehener Diplomat mit langjähriger Erfahrung. Zu sehr war der Eindruck entstanden – lediglich als feine atmosphärische Verschiebung zwischen uns wahrnehmbar –, dass wir gleichberechtigte Partner in einem gemeinsamen Vorhaben seien. Zumindest aber zwei Männer, die einander auf eine Weise verstanden, die anderen abging. Aber da lag er falsch. Ich hatte die Gespräche weiterhin mit der gewissenhaftesten Unvoreingenommenheit geleitet. Es gab keine besondere Nähe zwischen mir und Noor. Und sollte ich ihm diesen Eindruck vermittelt haben, war das eine Verfehlung meinerseits. «Die Sache ist die, Mr Behrends», fuhr Sabbagh fort, sprach mich nun direkt an. «Wir verurteilen schon seit Langem alle Aktivitäten dieser Terroristen. Das sind Schlächter und Barbaren. Was hier passiert, ist, dass das Regime …»

Wir arbeiteten den ganzen Tag über an ein paar Formulierungen. Eine Stellungnahme, die Sabbaghs Vorgesetzter, vor Ort in der Region, unterschreiben konnte. Ein Prozess, der durch das alles andere als hilfreiche Statement, das die Gegenseite unmittelbar nach dem Anschlag hastig abgegeben hatte, zusätzlich erschwert wurde. Dies und vor allem ihre Mahnwache waren Schritte, die sich destabilisierend auswirkten, wie ich fand. Indem sie sich für den Tag zurückzogen, hatten sie uns in Richtung Gegenseite gestoßen und so die fein austarierte Balance der Gespräche erschüttert. Die Abwesenheit einer Seite fühlte sich zunehmend ungut an. Im Laufe des Tages, zu spät, ging mir auf, dass wir nicht so viel Zeit darauf hätten verwenden sollen, etwas für Noors Vorgesetzten zu erarbeiten. Die Gegenseite, die Seite des Regimes, hatte ihre Karten schlauer ausgespielt, kam mir der Gedanke. In Wahrheit aber wusste ich nicht, was ich denken sollte – außer, dass ich die Angelegenheit überaus schlecht gehandhabt hatte.

Und die ganze Zeit über dachte ich an Gent. Nicht in erster Linie an die Bewohner der Stadt oder die Opfer des Anschlags, sondern an den Vrijdagmarkt und an andere Plätze, an Brücken, Straßen, Kanäle und Cafés. Ich erinnerte mich an Orte, die wir lieb gewonnen hatten, und dachte, wie sehr mein idealisiertes Bild beschädigt und vielleicht sogar verändert worden war. Nicht grundlegend, aber von nun an würde es da diese Verschiebung geben, wenn ich an Gent dachte. Es würde den Augenblick geben, in dem einem dieser fürchterliche Anschlag einfiel. Bevor ich mich an unsere glücklichen Zeiten dort erinnerte, unser Zusammensein, an das, was Gent im Kern für uns versinnbildlichte.

Das klingt sicher alles ziemlich selbstfixiert, aber als ich am späten Abend zum ersten Mal einen Fernsehbericht anschaute, ließ ich «unser Gent» gleichsam hinter mir, genauso wie die Gedanken an die Konsequenzen für die Gespräche. Der Korrespondent nutzte einen gängigen Kniff zur Rahmung, indem er seinen Report mit der Geschichte eines fünfjährigen türkischen Mädchens einleitete und abschloss – Elif, «der kleinen Elif», wie sie bald allenthalben hieß –, die das erste namentlich bekannte Opfer war, und das jüngste.

Ein Kind von Einwanderern muslimischen Glaubens, beim Angriff auf eine Demonstration gegen Einwanderer von Islamisten getötet: Die Logik entging uns nicht. Ebenso wenig wie die Ironie, wenn es denn Ironie war. Uns war klar, dass man uns manipulierte. Aber mitnehmen tat es uns trotzdem. (Und ich sage «wir», weil ich in den Augen der anderen aus meinem Team Tränen sah, als wir in der Hotellobby gemeinsam den Bericht ansahen. Da mochten wir auch noch so abgehärtet sein.) Um diese Emotionen in uns auszulösen, war das Element der Manipulation tatsächlich von zentraler Bedeutung. Bis zu dem Zeitpunkt hatte allein die schiere Größe des Anschlags verhindert, ihn verarbeiten zu können, und außerdem kanalisierten wir die Wut, die Angst und den Kummer, die er hervorrief, indem wir uns mit den geopolitischen Konsequenzen befassten. In gewisser Weise war dieses Ventil unser Glück. Wir konnten uns einreden, wir arbeiteten daran, dass «aus dieser Tragödie letztlich auch etwas Gutes erwachsen werde», dass wir mithalfen, Bedingungen zu schaffen, unter denen so etwas «nie wieder passieren» werde, dass wir einen Frieden zu stiften halfen, der ein «dauerhaftes Mahnmal» sein werde. Genau dieselben Plattitüden wurden von Politikern und gesellschaftlichen Funktionsträgern in Gent und weit darüber hinaus verbreitet. Derselben Taktik folgend: abzulenken. Aber sich von tiefen Gefühlen ablenken zu wollen, geht eben nicht lange gut. Auch das habe ich von Caroline gelernt.

Da war es hochwillkommen, dass man die Dimension der Gräueltat hatte zusammenschnurren lassen, sie auf die Größe einer zum Knutschen süßen Fünfjährigen reduziert hatte, ausgerüstet – wie auf dem Bild von ihr zu sehen – mit einer Pudelmütze, einem bunten Anorak und einem Peppa-Wutz-Rucksack. Derart neutralisiert, war das Entsetzen gerade noch erträglich unerträglich. Das Häppchen elterlicher Trauer erschütterte uns für einen Augenblick – das trockene Schlucken, dieses bodenlose Erschaudern –, bevor man uns am anderen Ende wieder entließ, wo Trauer sich süß anfühlt, beinahe gut, als bewegendes Zeugnis der uns alle verbindenden Menschlichkeit.

Du? Nein, du wurdest nicht erwähnt, so wie an den meisten Tagen, obgleich die Nichterwähnung heute noch etwas absichtlicher wirkte, da natürlich jeder an dich dachte. Außerordentliche Anstrengungen wurden unternommen. Stirnen legten sich in Falten, Augenpartien verhärteten sich: Damit sollte mir gezeigt werden, dass ich, du, wir in ihren Gedanken waren, in ihren Gebeten gar, aber sie niemals etwas derart Krasses tun würden wie … Obgleich Noor, unmittelbar nach Ende der Sitzung, ansetzte, etwas zu sagen. «Dürfte ich vielleicht kurz ein paar persönliche Worte …» Woher kam diese Verzweiflung? Wieder unterbrach ihn Sabbagh, etwas ahnend oder auch nicht. Noors Demütigung war damit absolut. Es mag sogar noch schlimmer für ihn kommen. Ich empfand eine primitive Freude. Nach meinem Gefühl konnte der Tag gut eine Dosis Boshaftigkeit vertragen. Nachsicht in jedweder Form hätte mir den Rest gegeben.

Noors Frau – gib zu, du erwartest, dass ich sage: starb bei einem Luftangriff oder wurde von einer Autobombe getötet – lebt noch. Ihren Wohnort nennt seine Akte nicht explizit. Sie hat sich zu unterschiedlichen Zeiten in Damaskus, Amman, Kairo und Tunis aufgehalten. Sie ist Ärztin wie du. Pädiatrie statt Psychiatrie. Noor selbst hat einen Doktor in Philosophie. Besitzt Abschlüsse der American University Beirut, der Sciences Po, der King Abdulaziz University. Kennengelernt haben seine Frau und er sich an Ersterer. Es existiert nicht ein einziges Foto von ihr, was überrascht und ihr etwas Mysteriöses verleiht – vermutlich zu Unrecht. Wäre sie eine «Person von besonderem Interesse» hätte eine Drohnen- oder Satellitenaufnahme von ihr beschafft werden können, wo auch immer sie sich in der Welt befindet, vor oder auch nach ihrer Elimination.

Apropos Akten: Besitzen auch sie etwas Ähnliches über uns? Natürlich tun sie das. Wir alle suchen nach Eitelkeiten und Schwachpunkten. Wo man nachbohren kann. Oder schmeicheln. Was sie wohl über mich wissen? All das gehört zur Psychologie dieses Spiels. Dass ich mich das frage. Dass ich mich selbst nicht einfach nachschlagen kann. Dass ich weiß, was ich über sie weiß, nicht aber weiß, was sie über mich wissen.

Ich habe es bislang nicht erwähnt, gedacht aber habe ich es: Für jedes unserer Gents haben sie Hunderte ertragen. Sie haben ihre Freitagsmärkte, die nicht nur einmal, sondern mehrfach attackiert worden sind. Wo die Stände zwischen noch nicht beseitigtem Schutt aufgestellt werden, auf Stein, wo bräunliches Blut festgebacken ist, fast wie in Erwartung eines Selbstmordanschlags oder einer schweren Autobombe. Beerdigungen werden angegriffen und die Rettungssanitäter, die herbeieilen. Man schichtet Tote auf Tote auf Tote. Aus Schmerzensschreien werden Rufe nach Rache und daraus wiederum Schmerzensschreie. Und so geht es weiter. Und auch sie haben ihre Annas. (Nicht Noor, aber einige Mitglieder beider Delegationen haben Ehefrauen verloren.) Und Armeen kleiner Elifs …

Ah, habe ich mich nun selbst hintergangen? Armeen: Ist das das angemessene Wort? Denke ich mitunter an Armeen, die Bomben in ihren Peppa-Wutz-Rucksäcken transportieren? Denke ich in gewisser Hinsicht, dass ihre Toten weniger zählen als unsere? Ist es das, Mr Behrends?

Ja, da ist etwas Wahres dran, Dr. Noor, wo Sie so insistieren. Hier liegt der Grund dafür, warum ich mich so energisch jeder Form von versuchter Relativierung verweigere. Um bei dem Thema zu bleiben, das Sie selbst aufgebracht haben: Kinder als Täter und Opfer. So tief würden wir niemals sinken. Es gibt Grenzen, die wir niemals überschreiten würden. Es gibt moralische Unterschiede, die unüberwindbare Gräben darstellen. Womit ich nicht sagen will, wir seien nicht darin verwickelt, wenn auch indirekt durch Allianzen, Mittelsmänner, Waffengeschäfte, diplomatisches Versagen, Geschichten, die lange zurückreichen. Wir sind darin verwickelt, weil wir Menschen sind. Dieser Erreger betrifft unsere Art als Ganzes und infiziert uns alle. Darum sind wir hier.

Krieg mag auf unserem alten Kontinent derzeit unvorstellbar sein, aber wenn man bedenkt, welche Kriege dazu nötig waren, an diesen Punkt zu gelangen! Kriege schierer Zerstörung, Grausamkeit und Verderbnis! Von solcher Bösartigkeit, dass wir uns schließlich, nach Jahrhunderten, Jahrtausenden und dem letzten großen Blutbad – und das wiederum nach einem Krieg, der eigentlich das Ende aller Kriege bedeuten sollte – offenbar gegen Kriege immunisierten. Und die nächsten sechzig, siebzig Jahre höchstens gelegentlich etwas aufflammte. Auf dem Balkan, in der Ukraine. Nichts aber, was das Nervensystem des *Pax Europaea* ernstlich getroffen hätte. Aber wer kann schon sagen, ob diese neue Normalität von Dauer sein wird? *Das Ende der Geschichte*, erinnern Sie sich? Fukuyama hat das nie verwunden. Ich habe letztes Jahr in Davos einen Vortrag von ihm gehört. Er hatte ein neues Buch veröffentlicht, aber dafür interessiert hat sich niemand.

Zwischenzeitlich haben wir etwas anderes für uns entdeckt, damit uns nicht langweilig wird. Das Friedens*business*. Brokerage und Arbitrage. Immer wenn es irgendwo auf der Welt einen Krieg gibt – und daran herrscht kein Mangel, dafür sorgen wir –, bieten wir unsere Dienste an. Weltmännische Vertreter der skrupellosen Protagonisten werden eingeladen und in Luxus unter Quarantäne gestellt. Unsere besten Resorts, einst Sanatorien zur Behandlung von Tuberkulose und anderen chronischen Erkrankungen, sind nun Sanatorien zur Behandlung von Kriegen. Unsere Zauberberge, so hoffen wir, werden ihren genesungsfördernden Zauber anwenden. Die Wasser unserer Kurorte werden auf psychosomatischer Ebene heilsam sein.

Ich sehe da ein nüchternes und riesenhaftes graues Steingebäude vor mir. Von klerikalem Charakter, vielleicht ein Priesterseminar oder das Refektorium eines Klosters? Mit zwei Reihen gotischer Bogenfenster, die obere höher und ornamentaler als die darunter. Ein spitzes Ziegeldach, durchbrochen von Gauben. Riesenhaft ragt das Gebäude aus der Schwärze des Kanals und spiegelt sich darin. Eine Tür, Stufen, die zum Wasser hinabführen. Ein Boot gibt es nicht. Und in keinem der Fenster brennt Licht. Das Bild ist herrlich düster – vielleicht irrlichtert eine Fledermaus aus einem der Fenster –, in jedem Fall irgendwie mysteriös.

Aber das ist natürlich noch nicht alles. Das Gebäude ist kunstvoll illuminiert, um just diesen Effekt zu erzielen. Tatsächlich ist sogar das gesamte mittelalterliche Viertel so beleuchtet – man werfe einen Blick auf den Genter Beleuchtungsplan, entworfen 1998, der zahllose Preise gewonnen hat. Viele andere Städte sind dem Beispiel gefolgt.

Eine Stadt als Bühne, ein brillanter Fake: das frühe Mittelalter subtil elektrifiziert. Nicht zu vergessen die flächendeckende kosmetische Säuberung und die Reparaturen. Vorderfronten, so restauriert, wie sie nie ausgesehen haben.

Und wenn man uns einblendet, wirst du sehen, wie wir von «unserem» Restaurant zurück zum Hotel laufen, Hand in Hand, angenehm angetrunken, ein bisschen scharf aufeinander. Ich glaube, es war gerade Frühling geworden. Ein milder Tag, aber die Luft des späten Abends war noch eisig. Ein sehr gemütliches Bett in einem etwas überheizten Zimmer wartete auf uns. Wir würden womöglich den Sex auslassen und dafür herrlich schlafen. Beinahe postkoital. Vielleicht würden wir am Morgen mehr in Stimmung sein. Vielleicht auch nicht.

Gerade ist der Ober mit meinem trockenen Martini und einem kleinen Schälchen gesalzener Cashews zurückgekommen. Ich bedanke mich. Sein Name ist Anton, glaube ich, aber danke ihm nicht namentlich. Ich bin nie der Typ gewesen, der das tut. Vielleicht ist das schade, aber so ist es. Ändern werde ich mich nun nicht mehr.

Ich sitze in der Bar, falls du dich wunderst. Ja, *schon wieder*. Ich habe es geschafft, mir den Chesterfield neben dem großen offenen Kamin zu sichern. Cruickshank behauptet, sein Wohnheimzimmer (er war in Exeter) sei kleiner gewesen als dieser Kamin, den man tatsächlich schon als «begehbar» beschreiben kann. Der Holzstoß draußen ist übermannshoch und erstreckt sich bis zum Ende des Gebäudes. Mit Ketten, einem Schlitten und einem Schneemobil werden ganze Bäume den Berg hinabgeschleppt. Dann gehen die Männer mit Motorsägen zu Werke. Während der Sitzungen können wir den Krach hören. Wie die Metallzähne sich durch das Holzfleisch beißen.

Ich habe erst spät entdeckt, welch reinigende Wirkung Holzhacken auf den Geist hat. Gladstone war ein großer Fan, wie ich in seiner exzellenten Biografie von Jenkins las, die ich ebenfalls dabeihabe. Im Sommer habe ich oben in Urke meinen eigenen Stoß angelegt. Mehr Holz, als ich im Winter je verbrennen werde. Irgendwann wird jemand die Hütte mitsamt dem Holzstoß kaufen. Du bemerkst, dass ich nicht erben sage. Dieser Gedanke trifft mich für einen Augenblick ziemlich hart. Gleichzeitig aber tut der wunderbare Gin sein Werk. Mit der disharmonischen Salznote, für die die Olive sorgt. Ich weiß schon jetzt, dass ich heute Abend zu viel trinken werde, aber was zum Teufel! Es war ein verdammt harter Tag. Aber hier mit meinem Martini vor dem Feuer zu sitzen macht mich froh. Im Schoße des Luxus, könnte man sagen. Der süße Duft des Holzfeuerrauchs ist ungemein beruhigend. Was für ein Holz ist das? Eine Fichtenart, nehme ich an.

Ich merke, wie ich ohne große Qual an dich denken kann. Ich vermisse dich, aber der Gedanke zerfleischt mich nicht. Das habe ich dem Drink zu verdanken, kein Zweifel. Darum trinke ich. Wegen der Unschärfe und dem Verschwimmen. Ein scharfer Geist ist wie ein Messer. Lass mich in den Nebel abgleiten, ja? Lass mich in dieser Unschärfe und Verschwommenheit ein Gent heraufbeschwören, das so nie existiert hat.

Good man

Er trug einen Wintermantel im Militärstil, theatralisch lang, der Saum war vom Schneematsch auf den Straßen durchnässt und fegte den Boden. Eine schlanke junge Frau an der Rezeption befreite ihn davon und taumelte unter dem Gewicht. Ein Kollege musste ihr helfen, den Mantel hochzuwuchten und an einen der Messinghaken in dem mit roten Vorhängen abgetrennten Garderobenbereich zu hängen, wo er wie ein Rennpferd im Absattelring dampfte.

Max wickelte sich derweil aus einem Schal, der handgestrickt aussah und das auch sein mochte, zweifellos aber zu einem stolzen Preis in einer Designerboutique erstanden worden war. Wer sollte denn auch für ihn stricken? Du vielleicht, vor langer Zeit. Als Mädchen. Seitdem niemand mehr.

Die junge Frau legte sich den Schal über den Arm und wartete, während er seine Schiebermütze abnahm, bei der es sich um ein größeres, ausladendes Modell handelte, wie aus Zeiten der Großen Depression. Diese hier bestand aus einem Patchwork grellbunt karierter Tweedstoffe. Bevor er sie ihr reichte, machte er großes Gewese darum, die Mütze an seinem Oberschenkel abzuklopfen, um die die Oberseite bedeckende Schicht aus graupeligem Schnee zu entfernen. Silberne Tröpfchen gingen zu Boden, landeten auf der großen roten Fußmatte des Restaurants, in der in goldfarbenen Borsten der Name eingearbeitet war: *Opernzimmer*. Als finale große Geste griff er sich in die Brusttasche und holte eine große Handvoll Münzen hervor, die er in die Trinkgeldschale aus Messing prasseln ließ.

Was für ein Auftritt. Ein Auftritt, den man, wie Max weiß, heutzutage von ihm erwartet, nachdem er diese Erwartungshaltung im Laufe der Jahre selbst geschaffen hat. An allen Tischen in Türnähe hatten sich die Köpfe gedreht. Und er war noch nicht fertig.

«Ed – VARD!», brüllte er, als er mich plötzlich entdeckte – oder so tat, als ob –, wie ich allein an einem zentral platzierten Tisch saß, der groß genug für sechs Personen war. (Den Tisch hatte er reserviert. Und wir speisten *à deux*, soweit ich wusste.) Dann boxte er triumphierend in die Luft wie der Reiter des Rennpferdes und vollführte ein kleines Freudentänzchen. Jetzt sah das gesamte Restaurant zu Max hinüber, sich wundernd, überlegend: «Wer um alles in der Welt ist das?»

Sogleich dann aber: «Er ist es, oder?»

(Er kam übrigens eine halbe Stunde zu spät zu unserem Mittagessen. Ich sagte nichts, und er ebenso wenig. Und bevor du etwas sagst: Ich war ziemlich glücklich. Ich hatte mir ein oder zwei Aperitifs gegönnt – und ich hatte mein Buch. *Bech in Bedrängnis*, wenn du es genau wissen willst. Nicht, dass ich mich nicht darauf freute, Max zu sehen. Es ist immer ein Ereignis.)

Zuerst einmal ist erwähnenswert, dass er einen buschigen Bart trug, was ihm ausgezeichnet stand, muss ich sagen, auch wenn er dadurch sicher zehn Jahre älter aussah als 56, da der Bart vorwiegend und auffallend weiß war. Er hatte auch etwas zugelegt, seit ich ihn zuletzt gesehen hatte, und schien außerdem – war trifft es besser – nicht sonderlich gepflegt. (Mittlerweile hatte er den Tisch erreicht und mich in eine von Rückenklopfern begleitete Männerumarmung gezogen.)

Es ging von ihm der Geruch – eine stechende Note – eines Mannes aus, der sich gerade aus dem Bett eines anderen Mannes gewälzt hatte, wo er dessen Frau schlafend zurückließ – was natürlich sehr gut hätte sein können. Obgleich das Aroma nicht ganz dem entsprach – oder nicht *nur*.

Will man alles nicht wissen?

Zu diesem Zeitpunkt hatten einige Leute Max erkannt, und die nächsten fünf Minuten war er damit beschäftigt, sie forsch zu umarmen, ihnen die Mobiltelefone abzunehmen und Selfies zu schießen – wie ein Profi, sollte ich hinzufügen. Jedes einzelne zeigte er hocherfreut all jenen, die sich um uns versammelt hatten, als handelte es sich dabei um ein Wunder: Seht euch dieses Telefon an! Es kann Fotos machen! Ich habe ein Foto gemacht! Ist das nicht fantastisch!

«Jede Menge Übung», erklärte er, als ich bemerkte, er sei ja mittlerweile ein richtiger Könner. (Und, ja, ich gebe zu, ich habe auch schon ein paar Selfies gemacht. Ich auf dem Berg, ich auf dem Hauptplatz, so diese Richtung. Obwohl ich mich manchmal frage, für wen ich die eigentlich mache. Wer wird sie sich anschauen? Vermutlich ich selbst.) Nachdem er seinen großen Auftritt absolviert hatte, ließ Max sich am Tisch nieder und studierte die Weinkarte. Erst falsch herum, dann richtig. In dem Moment ging mir auf, dass die Erklärung für seine Könnerschaft im Selfie-Schießen Max die Möglichkeit gegeben hatte, einerseits selbstironischen Charme zu demonstrieren, gleichzeitig aber die Aufmerksamkeit auf seine Bekanntheit zu ziehen – und das war typisch für ihn. «Andererseits habe ich praktisch verlernt, Autogramme zu geben», drang es hinter der Weinkarte hervor. Es war ein riesenhaftes, klobiges Teil aus rotem Leder, das sicher vierzig Seiten Weine enthielt. (Letztendlich entschied er sich gegen Wein. Für uns beide, bevor ich Einspruch erhob. Ich trank dann einige große Gläser Riesling. Er ein Glas Milch.) «Im Großen und Ganzen also *plus ça change, plus c'est la même chose, n'est pas?*»

Es war typisch Max – und irgendwie liebenswürdig –, das bekannte Epigramm in voller Länge zu zitieren. Sein grässlicher Akzent im Französischen verstärkte die Wirkung nur noch. Obwohl er immer wieder für längere Zeit in Frankreich, Italien, Deutschland und Spanien gelebt hat, ist es ihm nie gelungen, eine der Sprachen zu erlernen. Dafür hat sein Englisch einen eigentümlichen Akzent bekommen, so als wäre es nicht seine erste, seine einzige Sprache.

«Hat wer ursprünglich gesagt?», schob er nach, schaute dabei über eine weitere neue schmückende Requisite seiner Affektiertheit hinweg: eine Lesebrille. Riesig und aus Schildpatt. Kreisrund.

«Keine Ahnung.»

«Kommst du nie drauf.» Wiederum liebenswert. Ich hatte längst beschlossen, es nicht einmal zu versuchen. «Gibst du's auf?»

Ich nickte. Wie ein Kind, das traf es.

«Jean-Baptiste Alphonse Karr.»

«Nie gehört.»

«Eben.» Er hatte bereits Alphonse Karrs Wikipedia-Seite auf seinem überdimensionierten Smartphone aufgerufen und hielt es mir hin. «Hast du was davon gelesen?» Er hatte zu einer Liste aller Alphonse-Karr-Romane heruntergescrollt.

Le chemin le plus court (1836)
Geneviève (1838)
Voyage autour de mon jardin (1845)
Feu Bressier (1848)

Fort en thème (1853)
Les Soirées de Sainte-Adresse (1853)
Histoires Normandes (1855)
Au bord de la mer (1860)
Une poignée de verités (1866)
Livre de bord (1879–80)

«Nö.»

«Genau wie der Rest der Welt. Aber sieh dir das an …» Er scrollte nach oben. «Alphonse Karr hat eine Zeitschrift gegründet, war Blumenzüchter, und es sind eine Reihe von Pflanzen nach ihm benannt, insbesondere Dahlien und eine Bambusart. Außerdem war er dem Angeln ‹zugetan›. Und er hat in Nizza gelebt und ist in Saint Raphaël gestorben. Obwohl man sich seiner also nur wegen eines einzigen Epigramms erinnert – wobei man sich ja eher an das Epigramm erinnert als an ihn –, sollte uns der gute alte Jean-Baptiste nicht leidtun.»

Ich gebe zu, ich habe Freude daran: an Max' Berühmtheit. Ich würde nicht mit ihm tauschen wollen, aber es gefällt mir, der Satellit eines Stars zu sein. Den Planeten Max zu umkreisen unterscheidet sich nicht groß davon, hinter den Weltenlenkern zu stehen, wenn ein Abkommen unterzeichnet wird. Einen Augenblick lang gibt man sich der Fantasie hin, dass die Leute denken: «Wer ist das? Sieht wichtig aus. Ich wette, er ist derjenige, der die ganze Arbeit gemacht hat und eigentlich den Applaus bekommen sollte», nur um dann zu realisieren, dass niemand so denkt, dass auch *man selbst* unter vergleichbaren Umständen nicht so denkt – und der Gedanke ist eine Erleichterung. Ist er wirklich. Die Nähe zu den Großen reicht mir völlig. Ich bin bloß ein Westentaschen-Biggie.

Er erfasst all das intuitiv, dein Bruder, weshalb er mich von Zeit zu Zeit halb spitzbübisch (ich ziere mich auch nur halb) ins Rampenlicht zerrt. Bei der Vernissage am Abend versuchte er es wieder.

«Hier ist der Typ, der wirklich wichtig ist», sagte er und stellte mich irgendwelchen Leuten vor, die kein Interesse hatten, mich kennenzulernen, egal wie wichtig ich auch sein mochte, was sie offenkundig ohnehin bezweifelten, es aber über sich ergehen lassen mussten, weil es Max war, der mich vorstellte, und in Max' Gesellschaft zu sein, mit Max *gesehen* zu werden, war der Grund, warum sie hier waren, wie Max sehr wohl wusste, weshalb sie mich mit Freuden duldeten. «Ich bin der Radaubruder in der Familie», fuhr er fort, «während Ed hier der Friedensstifter ist.»

Wie du dir denken kannst, war Max mit dieser seiner Formulierung besonders glücklich. Er kramte sie im Verlauf des Abends wieder und wieder hervor.

«Sandrine, Schatz, Darling! Sandrine, das hier ist mein Schwager, Ed.» Sandrine, wer auch immer sie gewesen sein mochte, eine Sammlerin, eine Galeristin, selbst Künstlerin, jemand wohl Bekanntes in dieser Welt, jemand, der, anders als ich, eindeutig in diese Welt *gehörte* –, reichte mir schlaff die Hand. «Ich bin der Radaubruder in der Familie, während Ed hier der Friedensstifter ist.» Ein Kichern seitens Sandrine oder von wem auch immer. Eine höfliche Nachfrage bezüglich dessen, was genau es denn sei, was ich täte. Große Erleichterung, wenn ich darüber hinwegging. Noch größere Erleichterung, wenn ich das Gespräch wieder auf Max lenkte. «Wie auch immer, wir dürfen nicht zulassen, dass Max an seinem großen Tag von sich ablenkt. Tief im Innern ist er unglaublich scheu, wissen Sie.» Wieherndes Lachen diesmal.

Mein bester Augenblick. Das *Danke, vielen Dank*, das den Sandrines zu diesem Zeitpunkt durch die Köpfe ging, war ihnen beinahe von den Lippen abzulesen. Da hatten sie gedacht, sie säßen nun für mindestens zwanzig Minuten mit dem Langweilerschwager in der Falle, bloß dass just dieser Schwager sie vor diesem Los bewahrte – was mich womöglich zu einer etwas weniger langweiligen Person machte, auch wenn sie sich nicht bei diesem Gedanken ertappen lassen würden. Ob ich verstünde, warum man es nicht von ihnen erwarten könnte, sich für mich zu interessieren, zumindest nicht heute Abend, sagten ihre Blicke. Selbstverständlich, antworteten meine. Vielsagende Blicke, wieder einmal.

«Das Problem mit Ed ist, Sandrine», sagte Max, entschlossen, unsensibel zu sein, «dass er bescheidener ist, als ihm guttut.»

Erneut ein alarmierter Ausdruck in Sandrines Gesicht. Die Sache war doch geklärt, oder etwa nicht? Niemand wollte über mich reden. Nicht einmal *ich* wollte über mich reden, kapierte Max das denn nicht?

Ich sprang bei, indem ich lachte. Mir war ein Gedanke gekommen – ein ziemlich hübscher, wenn ich das so sagen darf. Bescheiden mag ich sein, aber sicher nicht *zu* bescheiden. Denn die Wahrheit ist, dass Bescheidenheit das Wichtigste ist, vielleicht sogar das Einzige, worin ich gut bin. Ich werde häufig gefragt … nein, lass mich das noch mal neu formulieren: Hin und wieder werde ich gefragt … was ich eigentlich genau tue. Und bei diesen Gelegenheiten fragen die Leute nicht bloß, um das Mindestmaß an Höflichkeit aufzubringen so wie Sandrine. Diese Leute wissen, dass ich Friedensgespräche leite, und wollen tatsächlich herausfinden, worin diese Tätigkeit besteht. (Es gibt diese Leute.) Und doch ist meine

Antwort meist wenig mehr als eine bescheidene Bemerkung. «Möglichst wenig zu tun», zum Beispiel. Oder: «Zuzuhören. Zu versuchen, dass die Show weitergeht. Hier ein Stichwort zu liefern, dort einen Anstoß zu geben.» Etwas in dieser Art. Diese Bemerkungen haben sicherlich eine gewisse Oberflächlichkeit, gleichzeitig wohnt ihnen aber essenzielle Wahrheit inne. Denn die Kunst, die Fähigkeit, der Trick besteht bei Friedensverhandlungen darin, es so aussehen zu lassen, als sei die Einigung allein das Werk der beiden sich bekriegenden Parteien gewesen, als wären sie ohne Intervention von außen zu einer Übereinkunft gelangt. Ich bin also gut darin – ich merke, ich wiederhole mich –, etwas zu erledigen, ohne dem Augenschein nach sonderlich viel getan zu haben. Und auch wenn es bei einer solchen Tätigkeit keine Preise zu gewinnen gibt, ohne sie gäbe es gar keine Preise. Ich habe schließlich in den vorderen Reihen des Rådhuset in Oslo gesessen. Bin im Garten des Weißen Hauses namentlich erwähnt worden. Was ganz schöne Angeberei ist und das Risiko birgt, das oben Gesagte gleich wieder zu nivellieren, warum ich nichts von dem je zu irgendjemandem sagen würde, außer zu dir. Bescheidenheit um meiner selbst willen, du verstehst.

In der Zwischenzeit hatte Sandrine, offenkundig erfolgreich, das Gespräch auf ein anderes Thema gelenkt, auch wenn gleich erkennbar war, dass sie weit davon entfernt war, Max' volle Aufmerksamkeit zu erregen, während er, der sich den Spaß nicht nehmen ließ, die ganze Zeit über mit hungrigen Augen die Menge nach seinem nächsten Opfer absuchte … Aha!

«Günter! Günter, du kleiner Wichser. Günter, dass ich ein kleiner Radaubruder bin, weißt du, hier nun aber …»

Ein paar Worte zu dem Ort. Nachdem man die Möglichkeiten ausgeschöpft hatte, Kunstgalerien in stillgelegten Umspannwerken, Klavierfabriken, Synagogen oder Schlachthäusern unterzubringen, war diese wiederum in einer leer stehenden Kunstgalerie unterbracht. Und, nein, nicht in einer alten Galerie, die man aufgemöbelt und dann neu eröffnet hatte, solltest du das einwenden wollen. Oder eben nicht so richtig. Denn offenkundig hatte man die ursprüngliche Galerie in ihrem heruntergekommenen Zustand unangetastet gelassen, wenn auch das «offenkundig» einen entscheidenden Vorbehalt darstellt. Tatsächlich hatte man die Zeichen des Verfalls sorgsam belassen, sie selbst noch etwas verstärkt und irgendwie aufpoliert. Zum Beispiel indem man kunstvoll beschädigte Gemälde (mit Graffiti verunstaltet, die Rahmen zerbrochen, so in der Art) an die vor Feuchtigkeit streifigen, aufgeplatzten und blasenwerfenden Wände gehängt hatte und einen ramponierten, mit Ornamenten verzierten Brunnen so neu positioniert hatte, dass sich darin der Schnee sammelte, der durch ein zerbrochenes Oberlicht hineinfiel. Eine Heizung fehlte im Gebäude, sollte ich vielleicht hinzufügen, und als Lichtquelle dienten brennende Fackeln. Es gab Bottiche mit Glühwein, und an einem Spieß röstete ein Wildschwein. Max' Wintermantel, Schal und Mütze, dazu noch Ohrschützer, waren perfekt für das Setting. Die meisten Frauen trugen Pelz. Lustige Pelze, merkwürdige Pelze, aber ich bin sicher, auch den einen oder anderen Fuchs oder Nerz gesehen zu haben. Ich war sowohl zu dünn als auch zu schick angezogen.

Den Versuch, die Arbeit zu beschreiben, die Max ausstellte, werde ich unterlassen. Ich weiß, ich bin wie Jim in diesem Lied: Ich habe als Einziger den Durchblick, nicht nur unter den Gästen einer Vernissage, sondern auch in der Öffentlichkeit. Ich will nur so viel sagen, dass Max' Genialität meiner

Ansicht nach (ich weiß, dass du das schon hundertmal gehört hast) darin besteht, dass er damit durchkommt. Noch immer. Mittels der schieren Kraft seiner Persönlichkeit – dieser gewinnenden, großzügigen, liebenswerten Persönlichkeit; dem wahrlich Großartigen an ihm.

Und man muss Max lassen, dass er keine Behauptungen über Bedeutung, Sinn oder Vorzüge seiner Arbeit von sich gibt. Es ist, was es ist, lautet seine gleichbleibende – schlaue – Antwort auf jegliche Bitte um Erläuterung. Ich vermute – okay, ich weiß –, dass er vermutet (oder weiß), was ich davon halte, weshalb seine Wertschätzung meiner Arbeit gegenüber umso großzügiger ist. Wohingegen meine eigene vermeintliche Demut etwas Blechernes bekommt. Im Kampf um die Selbstgefälligkeitsquote bin ich der Gewinner der papierenen Krone. Wer von uns beiden hat letzten Endes gleichzeitig fünf Einzelausstellungen auf vier Kontinenten? Wer ist derjenige, dem eine Dokumentarfilmcrew überallhin folgt?

Aber zurück zum Opernzimmer: Es saßen, wie ich vermutet hatte, nur Max und ich an unserem großen Tisch. Und wo ich gerade den Dokumentarfilm erwähnt habe, so war der Regisseur nicht der Meinung, es lohne sich, Max beim Mittagessen mit seinem Schwager zu filmen. «Eine willkommene Pause», erklärte Max lachend, als ich, nachdem er mir von dem Film erzählt hatte, die Abwesenheit des Filmteams ansprach. «Mittlerweile kann es passieren, dass ich auf dem Pott sitzt, gerade scheiße und plötzlich sehe, dass die Kameras laufen.»

Siehst du, Selbstironie und «ich bin ein Star» in einem kleinen Satz zusammengepackt.

Aber die ganze Radaubruder / Friedensstifter-Nummer kam für die Kameras bei der Vernissage doch noch zu Aufführrung, und Max ließ mir zusätzlich sein zärtliches Würgegriff-und-Haarverstrubbel-Programm angedeihen. Ich war danach knallrot im Gesicht, mein Haar stand in alle Richtungen ab, und ich sah aus wie ein Volltrottel. Ich hasse es, wenn er das macht, aber ich spielte artig mit, lächelte tapfer, deutete einen freundlichen Boxhieb in den Magen an, der in jeder Hinsicht sein Ziel verfehlte. Nicht mitzuspielen, lässt einen noch dümmer dastehen. Genauso wie darum zu bitten, überhaupt nicht gefilmt zu werden, vielen Dank.

Nicht, dass ich das vorgehabt hätte. Denn ich bin ja Teil von Max' Geschichte – eine nicht uninteressante Randfigur, nicht zuletzt aufgrund dieses zusätzlichen «Wer-hätte-gedacht-dass-die-beiden-verwandt-sind»-Aspekts. Den Leuten gefällt, dass Max und ich derart gegensätzliche Charaktere sind, weshalb ich das Interview der Rolle gemäß absolvierte – also den hart arbeitenden Diplomaten gab, den sein charismatischer Künstlerschwager eher verwirrt. Ich mache mir keine Illusionen darüber, wie selten ich in dem fertigen Film tatsächlich auftauchen werde. Ich werde einzig die Funktion haben, zum Kern von Max' Geschichte überzuleiten, zu der Episode, in der seine Schwester brutal ermordet wird. Max wird sich ausführlich zu dem Anschlag äußern, über seinen Kampf sprechen, mit dem Verlust zurechtzukommen. Aber er wird auch dafür gesorgt haben, dass es nicht in erster Linie um ihn geht. Wird versucht haben, den Fokus auf dich zu lenken – deine brillante Karriere, die jäh beendet wurde. Auch ich werde erwähnt werden. Mein Kummer. Mein Verlust. Und der Kummer, den Max zeigt, wird tief empfunden sein. Ohne es darauf anzulegen, wird er in der Episode eine gute Figur machen, da bin ich sicher. Die Zuschauer werden eine verletzlichere Seite von ihm kennenlernen, und seine Bekanntheit wird sich noch steigern. In den von ihm so geliebten sozialen Netzwerken wird es allerdings auch Gegenreaktionen geben, Leute werden ihm vorwerfen, eine persönliche Tragödie auszuschlachten, um die eigene Popularität zu mehren. Er wird mit Würde und Zurückhaltung auf diese Beschuldigungen reagieren, dafür noch mehr Beifall erhalten, dafür wiederum stärker angefeindet werden. Er kann nicht gewinnen, und er wird gewinnen. So läuft das nun einmal heutzutage. Das weiß ich aus meiner eigenen, weniger hochtourigen Erfahrung. Max ist ein Meister dieser Kunst.

Braucht er dieses strapaziöse Pensum, um die Lücke zu füllen, die dein Tod hinterlassen hat? Fast scheint es so. Ihr beiden – so unterschiedlich in vieler Hinsicht – habt euch immer nahegestanden. Dein Tod hat ihn niedergeschmettert. Sein Gewicht, ein wogendes Meer der Tränen an meiner Schulter, werde ich niemals vergessen. Hart rangenommen hat er sich gleichwohl schon immer. Man bringt es sonst nicht so weit wie er. Und doch, fünf Ausstellungen auf vier Kontinenten und all das … Manchmal machte er beim Mittagessen den Eindruck, als sei er am Ende seiner Kräfte. Immer dann, wenn er nicht seine Show abzog – und die meiste Zeit über tat er das nicht. Tatsächlich redete hauptsächlich ich. Er hörte ruhig zu, aufmerksam, manchmal distanziert. Nickte hin und wieder beinahe ein, vermittelte ansonsten aber stets den Eindruck, als interessiere er sich für die Fortschritte der Verhandlungen, die weiterführenden geopolitischen Erwägungen, die Leute in meinem Team und all die anderen Dinge, die ich so dringend hatte erzählen wollen. Es ist rührend, dachte ich mit einem warmen Gefühl, dass er sich immer Zeit für mich nimmt, wenn ich anrufe oder ihm schreibe und ein

Treffen vorschlage. Was ich sparsam tue, in dem Wissen, wie knapp seine Zeit ist.

Ich sei in Österreich, hatte ich ihm diesmal erklärt, leitete Gespräche in einem Tagungszentrum in den Bergen.

«Ja, das hattest du mir erzählt …»

Ich hätte noch etwas Urlaub gut und gesehen, dass bald seine Ausstellung eröffnet werde, und ich hätte eh vorgehabt, irgendwann nach Berlin zu kommen, weshalb ich also überlegte …

«Natürlich», begann er, wie immer erst mal etwas vorsichtig. Dann aber steigerte sich seine Begeisterung schrittweise.

«Komm zur Vernissage.» Und: «Lass uns zum Abendessen treffen. Die Stadt unsicher machen.» Und: «Das sind tolle Neuigkeiten. *Good man!*»

Ich erinnere mich, den Ausspruch *good man* zum ersten Mal während meines ersten richtigen Cricketspiels im Internat in England gehört zu haben. Ein anderer Junge war von einem harten Ball ins Suspensorium getroffen worden, jenen faszinierendsten Teil der Ausrüstung (zumindest für einen zur Hälfte norwegischen Jungen), eine Art Schamkapsel aus Plastik, die innerhalb des Jockstrap (ebenfalls erstaunlich) getragen wird, um einen vor all den bösen Folgen dessen zu bewahren, was meinem Mitspieler passiert war. Auch wenn ich «bewahren» sage: Es tut trotzdem höllisch weh. Später in der Saison sollte mir das Gleiche passieren. Und zu diesem Anlass, genau wie beim ersten Mal, verwendete der Schiedsrichter lobend den Ausdruck *good man*, um unserer relativen Tapferkeit Respekt zu zollen – uns tränten die Augen, aber wirklich geweint wurde nicht –, während uns gleichzeitig suggeriert wurde, dass man just das von uns erwartete. Man war also kein «guter Mann» aufgrund persönlicher Integrität, begriff ich. Denn *good man* meinte nicht «Du bist ein guter Mann», sondern meinte eher «Gut, du bist ein Mann». «Gut» war mit anderen Worten kein Adjektiv, das man einer Person aufgrund von Tugendhaftigkeit zubilligte, sondern man billigte es jedem Mann zu, kraft dessen ein Mann zu sein, in der Erwartung, sich angemessen mannhaft zu verhalten, was ja für sich bereits eine hehre Annahme ist, woher die generelle Zustimmung rührt, die in dem Ausdruck liegt.

Es gab indes eine Einschränkung, untermauert durch den Zungenschlag, den *good man* damals und eigentlich immer in meinen Ohren hatte; nämlich, dass man davon ausging, dass es sich bei dem Mann, der sich angemessen männlich verhielt, und zwar aufgrund eines angeborenen Gespürs dafür, dass alles andere sich schlicht nicht schickte, um einen *Englishman* handelte, der sich auch wie ein *Englishman* benahm, und nicht um irgendeinen Mann an sich, der sich anzupassen versuchte. Und während eine kolossale nationale Arroganz in dieser Annahme liegt, so liegt doch auch eine gewisse Großzügigkeit darin, wie ich finde, denn seit diesem ersten Mal auf dem Cricketfeld habe ich viele Male festgestellt, dass dieser ehrwürdige englische Status auf jeden Mann übertragbar ist, der sich der Bewertung würdig erweist. Ein *good man* ist eben auch schlicht derjenige, der sich wie ein *Englishman* verhält, wie es jeder tun kann, wenn er sich nur genügend Mühe gibt.

Wofür ich mich intuitiv allumfassend erwärmen kann, denn was auch immer man über englische Männlichkeit sagen kann – und ich spüre, dass du bereitstehst, eine ganze Liste herunterzurattern –, dann doch immerhin, dass sie die Tugend besitzt, nicht aggressiv machohaft zu sein, sondern eher von einer gewissen Zurückhaltung, einer Grundanständigkeit und einem – wenn auch selbstbezogenen – Sinn fürs Lächerliche. Hierin liegt zu großen Teilen der Grund, warum ich im Laufe der Jahre eine englische Sensibilität entwickelt habe, wenn auch eine, der Cricket herzlich egal ist (und das nicht nur wegen des Balls, den ich in die Eier bekam), und warum es mich in den meisten Fällen nicht stört, für einen Engländer gehalten zu werden – was, worauf angesichts dieses Exkurses leicht zu schließen ist, häufig vorkommt, selbst wenn es in der Welt der Diplomatie mehr und mehr zu einem Nachteil wird. Wenn nicht im Leben überhaupt.

Ich erwähne all das, weil ich, als das Gespräch am Mittagstisch mit Max erlahmte, just zu diesem elaborierten Vortrag zur Bedeutung des Ausdrucks «guter Mann» ansetzte, den er über alle Maßen genoss – ganz wie ich gedacht hatte, schließlich gehört er doch just zu dieser Sorte *Englishmen*, auch wenn seine andere Persona, die des Rockstars der Kunstwelt, damit in Konflikt zu stehen scheint. (Man denke an Mitglieder von Monty Python oder «Sir» Mick Jagger, um dieses Spannungsverhältnis nachzuvollziehen.) Diese Tatsache lässt besser verstehen, was Max als Nächstes sagte.

«Alles gut und schön, Ed, aber du bist in umfassenderem Sinne ein guter Mensch», behauptete er. «Das sage ich ständig zu anderen Leuten.»

«Was du besser nicht tätest», erwiderte ich, zum einen, weil das mein ehrliches Gefühl war, aber auch, weil ich nicht wusste, was ich unter diesen Umständen sonst dazu hätte sagen sollen. Ich will mich nicht wiederholen, aber eines lehrt die Etikette des «guten Mannes» auf jeden Fall, nämlich sofort Einwände zu erheben, sollte jemand behaupten, man sei doch in viel grundsätzlicherem Sinne ein guter Mensch.

Genau das hätte ich zu Max sagen sollen, da es die plötzliche Ernsthaftigkeit torpediert und ihn zum Lachen gebracht hätte. Aber es kam mir nicht in den Sinn. Und so saßen wir da und grinsten einander verlegen an, wenn auch nur einen Moment lang.

«Wenn du wüsstest, was ich manchmal denke, was so in mir lauert, würdest du das ganz sicher nicht sagen – oder denken», fuhr ich schließlich fort.

«Ach das …», sagte Max. «Geistige Onanie. Der alte Thomas von Aquin. Wenn das eine Sünde ist, landen wir alle in der Hölle. Du verfolgst gute Absichten, tust gute Taten, es ist dir *vergönnt*, gute Dinge zu tun. Anders formuliert: Du bist ein Glückspilz.»

«Da würde ich dir allerdings zustimmen.»

«Natürlich …», fügte er rasch hinzu, Panik flackerte in seinem Blick auf. Er wollte das ausführen. Aber ich kam ihm mit einem *natürlich* meinerseits dazwischen. Winkte quasi ab. Denn ich *bin* ein glücklicher Mensch. Glücklich, so lange so viel Glück genossen zu haben und das in vielerlei Hinsicht noch immer zu tun. Kannst du dir vorstellen, wie ich ohne dieses Glück klargekommen wäre?

Bei der Vernissage empfahl ich mich, sobald der Anstand es erlaubte, nachdem sich meine Verpflichtungen als Max' Schwager doch rasch dezimiert hatten. Max protestierte. Ich solle «sie» doch zum Abendessen begleiten, und dann «wer weiß»? Aber ich habe mein ganzes Leben damit zugebracht, mich von solchen Abenden mit offenem Ausgang zu absentieren, was ich bedauere und auch nicht bedauere. Es entspricht mir einfach nicht; muss es wohl, sonst würde ich es nicht weiterhin so handhaben. Habe ich daher im Leben vieles verpasst? Zweifellos. Hätte ich anders leben können? Ich habe es nicht getan.

Max zog mich in eine weitere Männerumarmung, bevor er mich gehen ließ. Er roch besser: nach Paraffin, nach Rauch, nach dem gerösteten Fleisch des Wildschweins, den teuersten Frauenparfüms. Vielleicht war da auch irgendwo etwas Farbe dabei. Terpentin. Jedenfalls eine berauschende Mischung.

Jetzt wird es wieder ein paar Monate dauern, bis wir uns wiedersehen, und wer kann schon wissen, wo das sein wird? Wissen wir voneinander überhaupt, wo der andere gerade lebt? Und ich meine nicht die tatsächliche Adresse, sondern einfach die Stadt oder auch nur das Land. Ich glaube, er hat seinen Hauptwohnsitz in Helsinki. Aber er ist außerdem in New York und Chile «zu Hause». Ich mag mich irren. Außer meiner alten Tante Else in Ålesund ist Max der einzige lebende Verwandte. (Cousins, die ich seit fünfzig Jahren nicht gesehen habe, berücksichtige ich nicht.) Als man mich durch die eingefrorene Stadt zurück zum Hotel fuhr, dachte ich darüber nach und war eigentümlich zufrieden damit. Wie viele Male werden wir uns noch sehen? Sollten wir uns die kommenden zwanzig Jahre zweimal jährlich treffen, würden es noch vierzig Treffen sein. Ausreichend. Ich werde mich im Vorfeld darauf freuen, danach Freunden davon erzählen, sie in dem Augenblick jedoch nicht gleichermaßen genießen. Mich zumindest nicht rundum wohl dabei fühlen.

Beinahe hätte ich es vergessen. Er hatte doch einen Sohn. Die Vergangenheitsform scheint angemessen, obwohl der «Junge» natürlich sehr wohl am Leben ist. Ich glaube, Max hat ihn seit vielen Jahren nicht gesehen. Ich auf jeden Fall nicht. Bist du ihm ein oder zwei Jahre vor deinem Tod begegnet? Ich sollte mich erinnern. Erwähnt hat Max ihn jedenfalls nicht. Und auch ich habe nicht nach ihm gefragt. Aber es gibt ihn da irgendwo. Er lebt noch immer bei seiner Mutter in Frankreich oder den USA – vielleicht aber auch nicht. Er müsste jetzt 18 oder 19 sein. Könnte zur Universität gehen, zur Filmhochschule oder zur Kunstakademie. Christoph. Ich habe also noch einen Verwandten mehr, in gewisser Hinsicht, als ich noch ein paar Augenblicke zuvor dachte. War er bei deiner Beerdigung? (Ich erinnere mich nicht sonderlich gut an jenen Tag.) Ich glaube, das war er, jetzt, wo ich darüber nachdenke.

Nun, zu meiner wird er ganz sicherlich nicht kommen.

Phil und Babs

Am nächsten Tag hatte ich die üblichen Treffen mit Ministern und Offiziellen. Ich erwähne sie, auch wenn ich nichts darüber zu sagen weiß: Sie waren reine Routine, auf ihre Weise nützlich, im Großen und Ganzen erfreulich. Genau wie bei der Endlosschleife von Tagungen, Konferenzen und Seminaren, die ich außerdem besuche, besteht das hauptsächliche Ziel dieser Treffen darin, sich weiterhin zu treffen, im Gespräch zu bleiben. Wir treffen uns, um uns wieder treffen zu können. Wieder miteinander zu sprechen. Es mag so scheinen, als hätten diese Treffen keine große Wirkung, oder überhaupt keine. Uns, mehr als jeden anderen, bedrückt dieser Gedanke. Aber man überlege sich nur für einen Augenblick, was passieren würde, wenn diese Treffen aufhörten.

Bedeutungsschwangere Pause.

Und zwar?

(Du bist also zurück.)

Nein, erklär mal.

(Es ist, als wärst du nie weg gewesen.)

Ich geb's auf.

Okay, die Zukunft der Menschheit hängt davon nicht ab. Die diplomatische Routine dient in vielerlei Hinsicht dazu, die diplomatische Routine aufrechtzuerhalten. Und jetzt wiederhole ich mich. Aber …

Einige dieser öden Treffen sind ziemlich wichtig. Sie helfen, Kriege zu beenden, den Frieden zu sichern. Verstanden. Macht weiter so.

Es wurde häufig bemerkt, du seist nicht die typische Ehefrau eines Diplomaten. Wenn auch nicht häufiger als einmal in deinem Beisein.

«Weißt du, Kevin, das ist im besten Fall ein ziemlich dubioses Kompliment, gleichzeitig aber geradezu beleidigend gegenüber anderen Ehefrauen und Partnerinnen …»

Aber lass mich erzählen, was ich erzählen wollte. Auf dem Weg von einem Ministerium zum nächsten, ich ging Unter den Linden entlang, fiel mir auf, dass ich den Lindenbäumen selbst nie sonderlich viel, im Grunde keinerlei Beachtung schenke. Da Winter war, trugen die Bäume kein Laub. Aber ich bin den berühmten Boulevard häufig entlanggelaufen, im Frühling, Sommer und Herbst, und während ich wahrnahm, dass er von Bäumen gesäumt ist, und natürlich wusste, dass er nach ebendiesen benannt wurde, sind die Linden doch sozusagen stets an mir vorbeigegangen. Der Gedanke veranlasste mich, sie mir dieses Mal genauer anzusehen. Ihre Rinde, das Muster der Äste, die Gestalt der Bäume vor dem Hintergrund des bleifarbenen Himmels. Ich kann nicht behaupten, dass mich die Inspektion sonderlich lange fesselte. Nach einer Minute oder zwei waren die intensive Kälte und die Tatsache, dass ich mich rechtzeitig zum nächsten Termin einfinden sollte, eine willkommene Ausrede, meinen Weg fortzusetzen.

Als ich Martin, dem stellvertretenden Außenminister, davon berichtete, lachte er und erzählte mir eine Geschichte. Offenbar hatte Hitler 1936 die Linden abholzen und durch kleinere Bäume ersetzen lassen, die die riesigen Nazi-Fahnen nicht verdecken würden, wie die Linden es getan hatten. Das sorgte allerdings für derartige Empörung in der Öffentlichkeit, dass er sich fügen musste und wiederum Linden pflanzen ließ.

Jetzt musste ich lachen. «Die unbekannte Seite des Führers», sagte ich. «Der in der Lage war zu sagen: ‹Hey! Tut mir leid, hab einen Fehler gemacht.›»

Martin sah beunruhigt aus. So hatte ich es nicht gemeint, aber mir ging auf, dass meine Bemerkung bei einem Deutschen die Frage aufkommen lassen musste, warum, wenn der Druck der Öffentlichkeit die Linden hatte retten können, so wenig Anstrengungen unternommen worden waren, die Juden zu retten. Ich betrachte Martin als Freund, als jemanden, mit dem ich offen reden kann. Aber wir haben nur einmal über die Schuld gesprochen, die das deutsche Volk am Aufstieg des Nazismus trägt, an der Zerstörung des Kontinents, am Holocaust. Wir hatten in gelöster Atmosphäre in einem kleinen Restaurant am Wannsee zu Mittag gegessen und uns einige ausgezeichnete Flaschen Piesporter schmecken lassen, als das Thema aufkam. Martins Laune verschlechterte sich dramatisch. Er prangerte das Verhalten der Generation seiner Großeltern mit einer Heftigkeit an, sodass ich mich fast veranlasst sah, sie in Schutz zu nehmen. Sein Großvater war Zollbeamter gewesen, erinnere ich mich, und also zwangsweise Mitglied der NSDAP. Aber es gab keinen Grund zur Annahme, dass er etwas anderes gewesen sein könnte als einer der guten Männer, die nichts getan hatten. Ein Held sicher nicht, aber wie viele von uns sind das schon? Ich persönlich bin mir keinesfalls sicher, dass ich in der Situation anders gehandelt hätte – Dachau riskiert oder den Klavierdraht genommen. War Martin sich dessen so sicher? Ich bezweifelte das. Aber er ist Deutscher, ein gestandener deutscher Politiker zudem, und konnte als solcher nicht auch nur das geringste Maß an Empathie seinem Großvater gegenüber zeigen, aus Angst davor, wie das auf mich wirken würde, einen nicht deutschen Diplomaten, obgleich einen Freund.

Eine Bürde, die alle seine Landmänner und Landsmänninnen tragen – nicht unangemessener Weise vielleicht. Martin würde sich sicherlich nie beschweren, auch wenn er die Schuld gern los wäre, die qua Sippenhaft auf ihm liegt. Du, erinnere ich mich, warst der Meinung, dass kein Brite im 21. Jahrhundert je behaupten dürfe, die Missetaten des Empire, der Sklavenhandel und der ganze Rest gingen ihn nichts an. All das abgestorbene Gewebe verhindere eine vollständige Heilung, so dein Argument. Man könne nicht so tun, als tauchte einfach eine neue Generation mit makelloser Haut auf, nicht gezeichnet von den Sünden der Väter und Großväter. «Und Mütter und Großmütter», fügte ich scherzend hinzu. «Von ihren Sünden auch», räumtest du verdrossen ein. Teil unserer Aufgabe sei es, auch wenn es gelte, nach vorn zu schauen und im Jetzt zu leben, die fällige Wiedergutmachung für die Untaten unserer Vorfahren zu leisten, fuhrst du fort. Nicht durch sinnlose Scham, sondern durch aktive Bemühungen um Reparation. Vielleicht nicht zwingend in Form finanzieller Kompensation – auch wenn man darüber sicher streiten könne – , sondern in Form fairerer Handelsabkommen, besseren Zugangs zu Märkten, vor allem aber, indem man sich in internationalen Angelegenheiten angemessen respektvoll und wertschätzend verhalte.

Martin, dem nun sichtlich unwohl war, saß hinter seinem riesenhaften Schreibtisch aus dunklem Holz in seinem Büro mit hohen Decken und Doppeltüren, gerahmt von schweren Vorhängen, die auf einen Balkon führten, den er, wie er mir bei einem früheren Besuch erzählte, bislang nur einmal betreten hatte. Das sei so ein Balkon, von dem ein Politiker seinen Anhängern zuwinken könne, die unten auf der Straße seinen Namen skandierten, hatte ich bemerkt. «Da siehst du's», hatte Martin trocken erwidert. Vor den Doppeltüren hingen schwere Netzvorhänge aus weichem Metallgewebe, das verhindern sollte, dass bei einer Bombenexplosion Glas hineinflog. Eines der Themen, über das wir sprachen, war die Bedrohung durch eine solche Gewalttat. Nach Gent war man überall in Europa nervös. In den vergangenen Tagen hatte es in Berlin mehrere Festnahmen gegeben.

Ich hatte den ganzen Tag in eindrucksvollen öffentlichen Gebäuden verbracht. War durch von Säulen gesäumte Vorbauten geschritten und hatte in mit Fresken verzierten Hallen mit Marmorböden gewartet. War endlose Flure entlanggeführt worden, deren Wände Porträts von Staatslenkern des 19. Jahrhunderts oder Kriegspanoramen zierten. Oder aber alles war aus Glas, und es gab sonderbare Palmen, Wasserwände und unbedacht in Auftrag gegebene abstrakte Gemälde, während schnittige Panoramalifte durch das unvermeidliche Atrium zischten. In einigen Bauten aber war das Skelett des alten Gebäudes zum prägenden Bestandteil des neuen Stils geworden – charakterisiert durch Reduktion, den Willen zur Wiederaneignung und ein Gespür für Makel und Unvollkommenheit. In dieser Stadt der rekurrierenden Albträume des 20. Jahrhunderts können sich Architekten an durch Bomben und Feuer geschwärzten Trümmern, Einschusslöchern aus dem Häuserkampf, eingeritzten Botschaften politischer Gefangener, politischen Schmierereien und dem Geist der deportierten und ermordeten Berliner Juden abarbeiten, wenn sie sich denn trauen.

Und dann gibt es da noch die Mausoleen der alten DDR, in denen noch immer ein ganz bestimmter institutioneller Mief hängt, trotz aller Einverleibungs- und Neuerfindungsbemühungen seitens des neuen Deutschlands. Die jungen

Wilden unter den Architekten wissen mit der düsteren Ironie zu spielen, um maximales Schaudern zu erreichen. Das alles gibt es in London oder Paris nicht, geschweige denn in Genf oder Stockholm. Ich könnte deswegen hier nicht leben, auch wenn ich liebend gern zu Besuch komme.

Aber ich erwähne die Opulenz der Gebäude nur, um dem gegenüberzustellen, wie wenig Einfluss sie auf den Verlauf von Verhandlungen haben. Ein Meeting in einem Prunkzimmer voller Spiegel oder einem mosaikgeschmückten Palazzo ist auch nur ein weiteres Meeting. Mitunter schaue ich tatsächlich hinauf in eine Kuppel oder ein Gewölbe und versuche, mich aufzuschwingen. Aber irgendetwas – die Härte meines Stuhls, der Mann dort, der niest, ein trivialer und irrelevanter Gedanke – holt mich immer wieder auf den Boden der Tatsachen zurück. Ergeht es den Weltenlenkern anders, den bedeutenden – oder vermeintlich bedeutenden – Männern und Frauen? Sehr wahrscheinlich. Ein Gedanke, der bestenfalls ziemlich alarmierend ist. Besser, man bleibt bescheiden angesichts der Größe der Aufgabe und versucht demütig sein Bestes, denn scheitern tut man ja häufig genug. Man sollte sich von diesen Kathedralen der Macht nicht blenden lassen und die eigene Wichtigkeit zu hoch einschätzen.

Auf dem riesigen Tisch, in Martins Richtung zeigend, für mich aber dennoch gerade noch zu sehen, stand ein gerahmtes Foto seiner Frau und seiner kleinen Kinder. Sein zweiter Versuch. Den heutigen Zeiten gemäß hat Martin dieses Mal eine Menge Windeln gewechselt. Es ist ihm wichtig, rechtzeitig zum Abendessen zu Hause zu sein. Er liest Gutenachtgeschichten vor. Es mache ihm Freude, behauptet er.

«Du hast keine, wie ich höre», hatte Martin gesagt. «Kinder, meine ich.»

Das war bei einem Umtrunk in New York, kurz nachdem man uns einander vorgestellt hatte. Wir hatten beide irgendetwas bei der UN zu tun. Was, weiß ich gerade nicht mehr.

«Stimmt, ich habe keine», erwiderte ich.

Ein Grund, warum ich mich zu Martin hingezogen fühlte, war die unverhohlene Neugier, die unsere Kinderlosigkeit in ihm hervorrief.

«Ich finde das interessant, mehr nicht», fuhr er fort, streckte die Hand aus, um sich vom Tablett eines vorbeikommenden Kellners ein Bambusspießchen mit Satay-Hühnchen zu nehmen. «Kinderlose Paare.»

Ich riskier's mal: Martin hat diese typisch deutsche Unverblümtheit. Du würdest mich sicher üblen Schubladendenkens beschuldigen, aber er kommt nun mal gleich zum Punkt, auf eine Weise, die für mich etwas typisch Deutsches an sich hat. Aber nichts Unfreundliches. Zumindest in seinem Fall. Ganz im Gegenteil sogar.

«Ich muss zugeben, sie sind mir suspekt.»

Jetzt musste ich lachen. Martin hatte seinen Satay-Spieß aufgegessen und sah sich nach einem Kellner um, auf dessen Tablett er das Bambusstäbchen ablegen konnte.

«Beide Male hatten wir, meine Frauen und ich, nach ein paar Jahren Kinder. Geheiratet wurde eh.»

Die Tochter aus erster Ehe leidet an einer schweren Essstörung, einer seiner Söhne ist ein bekannter Schauspieler. Mittlerweile hat Martin ein enges Verhältnis zu seinen Kindern. Und seiner ersten Frau, auch sie eine Schauspielerin, ist er freundschaftlich verbunden, trotz ihrer entschiedenen Kritik an der Regierung, dessen Mitglied er ist. Auch das hat irgendwie etwas sehr Deutsches an sich.

«Anna, meine Frau, wollte nie welche», sagte ich.

Ihm das geradeheraus zu sagen – dass du diejenige warst, nicht ich, die keine Kinder wollte – war in gewisser Weise ein weiteres Zeichen. Dafür, wie sehr ich diesem Martin Frink vertraute, wie sehr ich ihn mochte. Der sich gerade zum dritten oder vierten Mal Wein nachschenken ließ. Der die Hand nach einem weiteren Häppchen ausstreckte: dieses Mal nach einem Kanapee mit Rindfleisch aus dem Wok und süßer Chilisoße. Der rote Cocktailspieß, der das Fleisch durchbohrte, ähnelte einem winzigen Degen, entsinne ich mich. (Lustig, diese kleinen Details, an die man sich manchmal erinnert. Aber meine Erinnerung an den gesamten Wortwechsel ist minutiös.) Da kein Tablett in Sichtweite war, auf dem er den kleinen roten Degen hätte deponieren können, steckte er ihn sich stattdessen in die Brusttasche seines Jacketts. Im Laufe unseres Gesprächs folgten einige weitere Cocktailspieße. Ich entsinne mich, wie ich dachte, dass sie erst in der Reinigung entdeckt werden würden. Aus irgendeinem Grund machte mich dieser Gedanke traurig.

«Agnostisch» laute der Begriff, den ich stets verwende, um meine Sicht zum Thema Kinderkriegen zu beschreiben, erklärte ich ihm. Du hingegen seist der Überzeugung gewesen, unser Leben wäre ohne sie besser.

«Und war es das?»

Siehst du, was ich mit Martins Unverblümtheit meine?

«Ja, ich denke schon. Eine kontrafaktische Hypothese ist natürlich nicht möglich.»

Die Signifikanz dieses Gesprächs wird dir nicht entgangen sein. Und du verstehst, warum es für mich von so herausragender Bedeutung war. Denn mir ist klar, dass es dir nicht gefiel, wenn ich die Sache nicht in genau dieser Präzision darlegte. Zum Beispiel in den vielen Interviews, die ich gab. Oder wenn ich öffentliche Vorträge hielt, was ich noch immer tue, wenn auch immer seltener.

Meine Angst dabei war, dass es dich irgendwie unsympathisch erscheinen lassen könnte, wenn ich sagte, du habest nie Kinder gewollt. Kalt- und hartherzig. In zu starkem Maße auf deine Karriere und dein eigenes Vergnügen fokussiert. Eine zutiefst konventionelle Sicht, keine Frage, sogar reaktionär, ich höre dich schon sagen: *Also, zunächst einmal ist das durch und durch sexistisch. Kein Mann* … Aber aus demselben Grund – verzeih mir; es wird noch schlimmer – habe ich mich auch nie an dein aufbrausendes Temperament gewöhnt, oder dass du nicht gerade romantisch warst oder überhaupt sonderlich empfindsam. Es ging nicht nur um Kinder. Auch für Tiere hattest du wenig übrig. Konntest Dummköpfe nicht ausstehen – oder Scharlatane. Genauso wie du keine sonderlich hohe Meinung – *seien wir ehrlich, ich hatte eine schlechte Meinung* – vom Rest deiner britischen Mitmenschen hattest. Von den meisten Menschen, wenn wir schon dabei sind.

Aber **dich** *habe ich geliebt, Darling.*

Ich erinnere mich an einen Interviewer, der in jenen Tagen kurz danach zu mir sagte, Weihnachten müsse ja für mich eine besonders schwere Zeit sein, woraufhin ich an deine Ambivalenz – ach, sagen wir doch, wie es ist, regelrechte Abscheu – gegenüber Weihnachten denken musste. (*Können wir uns darauf einigen, einander keine Geschenke mehr zu machen?*) Ich musste laut lachen. Der Interviewer sah mich überrascht an, und ich entgegnete: «Der größte Weihnachtsfan war Anna nun wahrlich nicht.» Der Mann guckte traurig, und ich hatte das Gefühl, hinzufügen zu müssen: «Aber klar, in diesen besonderen, der Familie vorbehaltenen Zeiten, fehlt sie mir natürlich umso mehr.» *Verräter*, konnte ich dich knurren hören.

Ja, ich habe mich schuldig gemacht, für dein Bildnis, dein Denkmal eher Pastelltöne gewählt zu haben, und – nachdem mehr Zeit vergangen war – auch für mein Gedenken. Auch wenn die gelebte Realität durchaus anders war, sich wesentlich rauer darstellte. Wenn du im Raum warst. Die herumkeifte und mich reizte. Mir Vorträge hielt und *ja, was noch?* Die ich mitunter nicht ertrug. Von der ich mir manchmal wünschte, sie würde sich …

Einfach verpissen?

So in etwa.

Es mag eigenartig erscheinen, aber die Erinnerungen an solche Auseinandersetzungen tun mir im Herzen am meisten weh. Du konntest eine verdammt schwierige Frau sein (*und du ein verdammt schwieriger Mann.* Zugegeben). Aber ebendiese Frau, dich, vermisse ich am meisten. Vielleicht habe ich just aus dem Grund an der Erschaffung einer sanfteren Version, die nicht du bist, mitgewirkt. Es macht mir das öffentliche Trauern erträglicher, das noch immer Teil meines Lebens ist. Ich erinnere und ehre dich so quasi aus der Distanz. Und auch wenn ich weiß, wie sehr du all das verachtest und verhöhnst, werde ich noch einige Jahre lang Gedenkfeiern dir zu Ehren besuchen, Anna Dupont. Ob es dir gefällt oder nicht, in bestimmten Kreisen warst du eine hoch angesehene, beinahe geliebte Figur – oder bist dazu geworden. Manchmal muss ich lachen (und dann muss ich ein ernstes Gesicht machen, weil mich die Leute so verdutzt anschauen), wenn ich höre, wie man dich bei diesen Zusammenkünften beschreibt als jemand, der «stets an Frieden und Versöhnung geglaubt» und «Menschen zusammengebracht» habe und eine «große Heilerin» gewesen sei. Zugegeben, du warst in deinem Bereich eine Pionierin, hast das Leben vieler Menschen verbessert, sogar gerettet, hast dich eingesetzt und vieles erkämpft, hauptsächlich im Bereich psychischer Gesundheit, aber eine sanfte, friedliebende Schlichterin?

Wem sagst du das!, höre ich dich antworten. *Das ist deine Schuld, Ed. Dein Umgang mit meinem Tod hat dazu geführt, dass die Leute mich in dieser Weise erinnern. Wäre es nach mir gegangen, hätte ich sie gebeten,* ihm *den verdammten Kopf abzureißen …*

Darum ist Martin für mich ein solches Himmelsgeschenk: Weil ich von Anfang nicht den Druck verspürt habe, dich irgendwie anders darzustellen, als du tatsächlich warst. Du hättest ihn gemocht. Und er dich. Er sagt das zumindest häufig.

«Mochte sie die Kinder von anderen?»

«Nicht besonders.»

«Und sie hat sich auch nicht sonderlich bemüht, das zu verbergen, nehme ich mal an», sagte er lachend. Auch ich lachte. «Klingt gut, die Frau. Meine Kleinen hätten sie vergöttert. Sie lieben nichts mehr als Erwachsene, denen sie vollkommen egal sind.»

Als ich das letzte Mal in Berlin war, besuchte ich die Frinks zu Hause. Ihr Haus, ein Neubau, war überraschend bescheiden, so wie hochrangige Politiker in bestimmten nordeuropäischen Ländern es häufig bevorzugen. Die Kleinen vergötterten auch mich, wie ich hinzufügen darf, obwohl ich kein so harter Brocken bin.

Die Kleinste, Ruthie, platzte gleich damit heraus: «Deine Mama ist tot.»

«Ganz der Vater», sagte Martin lachend, der mit dem Wein hereinkam. «Seine Frau, nicht seine Mama», korrigierte die Ältere. «Du kannst trotzdem mit uns spielen», sagte Ruthie. Ich wollte gern, aber Martin brachte die Kinder ins Bett. Er ließ mich mit seiner Frau Fredda allein, während er sein Gutenachtprogramm absolvierte. Wie viel haben wir verpasst?, frage ich mich manchmal.

Lass uns nicht davon anfangen.

Du wieder.

Ist vielleicht besser.

In Martins Büro lenkte ich das Gespräch auf die Fortschritte der Verhandlungen, erwähnte, wie die Bundesregierung womöglich hinter den Kulissen den Druck erhöhen könnte, wie man die ganze Sache in anderen Hauptstädten bewertete. Sandwiches und Kaffee wurden serviert, während wir sprachen. Mittlerweile waren wir in die Sessel am Kamin umgezogen. Es brannte kein Feuer. Martin schlug vor, sich am Abend auf einen Drink zu treffen. Fredda und die Kinder seien bei Freddas Mutter in Würzburg. Aber ich musste zum Flughafen. Weiter nach London, Paris, Genf, dann zurück auf den Berg.

Später am Nachmittag lief ich ein letztes Mal Unter den Linden entlang. Graupel fiel, und das unerbittliche Grau des Tages wurde allmählich von der einsetzenden Dunkelheit abgelöst. Wieder dachte ich daran, wie oft ich im Laufe der Jahre diese Straße entlanggelaufen war – und dieses Mal bezog ich auch dich in die Erinnerung ein. Wie oft *wir* diese Straße entlanggelaufen waren, nie zu den Bäumen aufgeschaut hatten, nach denen sie benannt war (das galt auch für dich), und eben nie – und das traf mich härter – die Verbindung hergestellt hatten. Verstehst du, was ich meine?

Deinem Schweigen entnehme ich – und sieh mir meine kindische Freude nach –, dass du es *fast* nicht gemerkt hättest, warum ich hier so vom *Hölzchen aufs Stöckchen* komme – es auf Baumwitze geradezu angelegt habe.

Unter den Linden. Bäume.

Wie wir zusammen Kreuzworträtsel gelöst haben, erinnerst du dich? Wie einer von uns eine harte Nuss knackte und, statt dem anderen einfach die Lösung zu verraten, nur blasiert sagte: «Ach, *natürlich.*» Und wie der andere dann (in den meisten Fällen ich) entgegnete: «Es passt nicht so recht, jetzt einfach so *natürlich* zu sagen, als läge es auf der Hand, nachdem du zwanzig Minuten lang verständnislos draufgestarrt hast.» Und wie du sagtest (für gewöhnlich warst du es): «Ich habe nicht verständnislos draufgestarrt, ich habe intensiv überlegt und sehe jetzt, es *lag auf der Hand*. Hat uns die ganze Zeit angelacht.»

Und dann lachtest du über meinen Gesichtsausdruck, nicht amüsiert, und begannst zum Beispiel zu skandieren (oder zu singen): Dadadadadadadada – dad – daa … Wort mit sechs Buchstaben, endet mit *an*. Ich schaute nach wie vor verständnislos drein. Dein Gesichtsausdruck: Euphorie pur, reinster Triumph. «Besser wird's nicht», stand dir auf die Stirn geschrieben. «BATMAN. Wort mit sechs Buchstaben, endet mit *an. Dadadadadadadada …*» «Okay, verstanden. Batman. Wirklich sehr schlau.» Deine Freude war so groß, als hättest du dir das Rätsel selbst ausgedacht, nicht bloß die Lösung gefunden. Aber die Sache ist die: Sosehr ich mich auch über dich ärgerte, darüber, wie nervtötend du dich verhieltest, aus reiner Provokation, so sehr liebte ich dich auch in Momenten wie diesen. (Du siehst, hier entwickelt sich ein Leitmotiv.) Und ich liebte es so sehr, Teil dieses in sich geschlossen Kreises eines Paars zu sein. Dieser straff gespannten, hochgestimmten Trommel. Sich selbst genug, übertrieben intrinsisch.

Und, hast du die Lösung schon? Nö. Du schmollst. Ich liebe

dich immer noch. Werde dich ewig lieben. Vielleicht bin ich heute zu hart mit dir ins Gericht gegangen? Habe womöglich uns beide ziemlich unliebenswürdig dargestellt. Eine komische Liebesgeschichte, bis man aufhört, davon auszugehen, wir hätten einander gefunden. Das war kein Glück, denke ich häufig, sondern unvermeidbar. Hatte nichts mit Schicksal oder Vorsehung zu tun. Es war rein algorithmisch. Eine Gleichung, bei der am Ende nur «ist gleich» stehen konnte. Eine zwingende Übereinstimmung. Und wer hätte uns auch sonst wohl genommen?

Die Lösung lautet: Philemon und Baucis. (Bitte sag nicht, es hätte dir auf der Zunge gelegen. Billigerweise wäre nämlich jetzt der Flache-Hand-gegen-Stirn-Augenblick.) Philemon und Baucis: die größte Liebesgeschichte aller Zeiten; mit einem Ende, das alle Liebenden für sich ersehnen und nach dem sie trachten sollten. Hätte man doch einen Wunsch frei: im selben Augenblick zu sterben und so nie voneinander getrennt zu sein. Die Linde, die die Eiche umschlingt.

Du hast es mir vorgelesen, erinnerst du dich? «Zween sind das sämtliche Haus» heißt es in Ovids *Metamorphosen*. Ganz schön gefühlig, die alten Turteltäubchen. Dass es sich um eine der großen klassischen Fabeln handelt, kam der Sache sicher zugute. Bei einem Disneyfilm hätte das schon anders ausgesehen. Obgleich ich mich auch entsinne, wie du meintest, du seist Bücher leid, die ihre Gewichtigkeit durch Nachdichtung griechischer Mythologie unterstreichen. In dem Fall musst du dann dieses Mal Nachsicht walten lassen. Jedenfalls begann ich Unter den Linden, deren kahlen Äste schroff in die Winternacht ragten, plötzlich die alte Geschichte noch einmal zu erzählen. Und zwar mir selbst.

Es gab da diesen Typen, Phil, der ich bin, und seine Frau,

Babs, das bist du. Sie waren arm (na ja, steinreich waren wir nie), und sie waren gut (auch hier: zumindest eher gut als schlecht) und einander zugetan (stimmt, zweifelsfrei) und glücklich (dito, die meiste Zeit jedenfalls). In vielen Versionen der Geschichte wäre über die beiden möglicherweise gesagt worden, die Götter lächelten auf sie herab. Aber Phil und Babs glaubten natürlich nicht an die Götter. Oder an Gott im Singular. Oder an Schicksal oder Vorsehung. (Das hatten wir ja alles bereits abgehakt.) Oder auch nur an Glück. Zumindest nicht in dem Maße, dass gute Menschen dazu leichter Zugang hätten. Glück eignete etwas Brutales. Es wurde ungleich und ungerecht verteilt.

Aber konkretisieren wir erst mal die Sache mit den guten Menschen, bevor wir fortfahren. Phil und Babs hatten einmal für zwei Monate einen Geflüchteten bei sich zu Hause aufgenommen, in einem ihrer zwei Gästezimmer. Wunderbar, oder etwa nicht? Nicht so richtig. Tatsächlich war es für die beiden eine äußerst ungute Erfahrung gewesen. Es lässt sich sogar noch steigern: Sie hatten jede Minute davon gehasst. Und fragten sich, wie es kam, dass andere Leute, darunter Freunde, es als derart bereichernd empfanden, Geflüchtete aufzunehmen, so erbaulich. Sie bezweifelten, dass ihre Freunde da ganz ehrlich waren.

Das Problem war, dass er permanent anwesend war. Er wollte nicht im Weg sein, was auch selten der Fall war. Aber immer, wenn sie da waren, war er es auch. Ezekiel, so hieß er. Er war im Flur, in der Küche, im Wohnzimmer. Wesentlich häufiger allerdings in seinem Zimmer. Gab kaum einen Mucks von sich. War aber doch im Haus, in *ihrem* Haus.

Die drei aßen einige (unangenehme) Male gemeinsam, aber meistens waren Phil und Babs abends unterwegs. Sie waren enorm beschäftigt und hatten das Gefühl, während dieser zwei Monate sogar noch beschäftigter zu sein. Sie gingen frühmorgens aus dem Haus und kamen erst spätabends wieder zurück. Ezekiel hatte einen Schlüssel. Er hatte das Haus für sich allein. Kam und ging. Schließlich, nach zwei langen Monaten, für immer. Er hinterließ eine Dankesnachricht und einen kleinen Blumenstrauß.

Sie wollten einander in die Arme fallen, einen kleinen Freudentanz vollführen, als sie seine Nachricht fanden. Das jedenfalls war es, was jeder für sich empfand – und hätte einer von ihnen dem Impuls nachgegeben, hätten sie es auch sicher getan. Denn als sie sich dies einander eingestanden, Jahre später, befanden sie, es sei dafür noch nicht zu spät. Einander in die Arme zu fallen und durch die Küche zu tanzen, angetrunken, zugegeben, während sie des Tages gedachten, als der arme Ezekiel ihr Haus verlassen hatte. Kommen die beiden dir vielleicht wie gute Menschen vor?

Happy End: Eine Hilfsorganisation hatte für Ezekiel eine Wohnung gefunden. Eine eigene Bleibe. Zweifellos war er dort viel besser aufgehoben als bei ihnen. Aber natürlich bedankte Ezekiel sich von Herzen, dass er bei ihnen habe wohnen dürfen, und schrieb, er hoffe, Phil und Babs kämen ihnen eines Tages besuchen.

Was sie nicht taten. Und sie nahmen auch keine weiteren Geflüchteten auf. Aber sie verdreifachten ihren monatlichen Spendenbetrag für die Hilfsorganisation. Auf der Stelle. Gleich an dem Abend, als Ezekiel ging. Man dankte ihnen in vierteljährlichen Rundschreiben. Pries sie als Wohltäter, Engel oder etwas in der Art. Rasch entsorgten sie die Rundschreiben. Aber die Blumen, die Ezekiel als Zeichen seiner Dankbarkeit hinterlassen hatte, blieben wochenlang frisch.

Es war eine Erleichterung, als sie welkten und starben und Phil und Babs sie schließlich entsorgen konnten.

Aber hier kommt das Merkwürdigste an der Geschichte: Auch wenn sie sich keine Illusionen über ihre Güte machten, über Fortune und gerechten Lohn, so waren sie sich doch noch immer ganz sicher, dass ihnen jenes Fabelende vergönnt sein würde. In ihrer Version würden sie zusammen alt werden und dann sterben und wenn auch nicht in just demselben Augenblick, so doch im Abstand von ein oder zwei Jahren. Ohne viele Schmerzen und friedlich. Das Ende akzeptieren, glücklich, ein gutes Leben gelebt zu haben. Und ja, eine Eiche würde irgendwo gepflanzt werden, um die sich eine Linde winden würde. Sie hatten darüber gesprochen, wie sich das arrangieren ließ. Konnte man einen städtischen Friedhof oder einen öffentlichen Park zu so etwas bewegen? Noch Jahre später würden Leute die Plakette lesen, mit den Köpfen nicken und sagen: «Aha, ein echtes Philemon-und-Baucis-Paar.» Der Gedanke gefiel Phil und Babs besonders, nicht nur, weil sie als ein einander zugetanes Paar wahrgenommen werden würden, sondern als ein belesenes zudem. Das in den Klassikern bewandert war, seinen Ovid kannte.

Es gibt da aber eine Wendung. Womit nicht *die* Wendung gemeint ist. Sondern eine Wendung, die noch wichtiger ist und Letztere quasi ersetzt. Fakt ist, dass ich – der Zurückgelassene, der eines Besseren Belehrte, wie man sagen könnte – noch immer denke, dass die Geschichte von Phil und Babs so hätte enden *müssen*. Unabhängig davon, dass es anders gekommen ist. Der Natur der Dinge hätte es einfach mehr entsprochen, wäre einfach viel *plausibler* gewesen. Ich kann beliebig viele wichtige Erhebungen und Studien von Experten ins Feld führen, die Belege liefern für eine stetig steigende Lebenserwartung, rasante Entwicklungen im medizinischen Bereich, Verbesserungen in der Palliativpflege und Sterbebegleitung, ganz zu schweigen von Untersuchungen, die beweisen, dass mit zunehmendem Alter unsere Angst vor dem Tod abnimmt, sodass wir unser Ende schließlich herbeisehnen. Nie standen die Chancen so gut, wirklich nie, dass wir dahinschwinden werden, während unser Liebster uns die Hand hält, schmerzfrei, ohne Angst und in dem Wissen, dass er oder sie uns bald nachfolgen wird. Wir sind weiß, Westler, gut betucht, hochgebildet und leben in den besten Vierteln der fortschrittlichsten Städte des 21. Jahrhunderts – daher *muss* die Geschichte für uns einfach so enden.

Die Glaubwürdigkeit wird strapaziert, das Ganze kippt beinahe ins Reich des Fabulösen, als eine 55-jährige Frau, eine angesehene Fachärztin für Psychiatrie, eines Nachmittags im Mai im zweiten Jahrzehnt des 21. Jahrhundert ihr Forschungsinstitut im Zentrum Londons verlässt und von einem jungen Mann mit dichtem Bart und «orientalischem» Aussehen, der ein riesiges Schwert schwingt und *Allahu akbar* ruft, enthauptet wird.

Runter mit dem Kopf, zack, weg, tot. Paff! Was soll das sein? Tausendundeine Nacht?

Nein, ein sonniger Tag in London. Eine Eilmeldung mit all ihren Folgen. Eine Riesenwelle. Mit der ich zurechtkommen muss.

Mittlerweile sind weltweit Hunderte junge Frauen in den Genuss eines Dupont-Stipendiums gekommen, um nur eine Initiative zu nennen. Sie schreiben, danken mir, nein, nicht mir, sondern Annas Ehemann, dem Überbleibsel, ein überaus unzureichender Ersatz, sie schreiben, was für ein Vorbild Anna für sie gewesen sei. Welch gute Arbeit sie geleistet habe.

Was für ein toller Mensch sie gewesen sei … Und was für ein guter Mensch ich sei, der die Stipendien in deinem Namen gestiftet hat.

Oh, wie müde einen das machen kann. Wieder dieser schwere Mantel, der uns um die Schultern gelegt wird. In bester Absicht, kein Zweifel. Aber würden wir ihn nicht sofort abwerfen, eintauschen gegen nur einige wenige selbstsüchtige Minuten mehr miteinander? Für ein Fitzelchen gemeinsamer Zeit ohne die Welt da draußen? Du speziell – leugne es bloß nicht – noch zugespitzt, «Zeit für mich». Ganz ohne mich. Was würdest du dafür geben? All das Gute, das du getan hast, wette ich.

Mittlerweile saß ich im Taxi auf der Fahrt nach Tegel, sah durch tränenüberströmte Scheiben eine Stadt, die im Wechsel trostlos und kalt wirkt, dann wieder leicht und warm. Schwarze Flüsse, Kanäle, Wasserwege. Dunkle Industrie- und Wohnklötze. Der Glanz von Geldwirtschaft, Konsum und Lifestyle. Inseln beinahe blockhüttenhafter Heimeligkeit. Eine ausufernde, eigenartig unbelebte Stadt. Für den Moment ist mir meine eigene Insel, dieses überheizte Taxi, ein Trost, wie es später mein Sitz im Flugzeug sein wird. Und das Zimmer im Londoner Luxushotel.

Aber was ist jetzt mit Phil und Babs? Phil ist allein zurückgelassen worden. Kommt sich wie ein Idiot vor oder betrogen – oder beides. Und doch glaubt er *noch immer*, wie wir gesehen haben. Und an diesem Punkt der Geschichte, dem entscheidenden, wird er mit einer fürchterlichen Wahrheit konfrontiert, die sich bereits angedeutet hat. Was, wenn ihrem einen Wunsch doch stattgegeben wurde, nur mit einer kleinen Änderung? Nämlich der, dass auch er auf der Straße niedergestreckt wird. Mit einem zweiten Hieb des Schwertes und er beinahe im selben Augenblick neben Babs stirbt. Und kein hohes Alter erreicht, dafür aber niemals von seiner Frau getrennt wird. Abgemacht?, fragt Mephistopheles. (Die Geschichte hat aus irgendeinem Grund eine faustische Wendung genommen.) Abgemacht?

Ich bin am Flughafen angekommen. Habe den Sicherheitscheck absolviert und sitze in der First-Class-Lounge. Ich mag die Zeit vor dem Boarding eines Fluges. Ich bestelle beim Barmann einen Brandy. Es gibt Dinge, die Trost spenden im Leben. Trügerischen Trost.

Der Nachmittag mit der Frauenuniversität

Niemand hat mich bislang dazu ermutigt, eine neue Beziehung einzugehen. Ganz zweifelsohne «viel zu früh», da sind sich alle einig. Irgendwann wird die Zeit dafür kommen, nehme ich an. Obwohl ich mich frage, ob das tatsächlich je passieren wird. Vielleicht eine dieser anrührenden Altersheim-Romanzen? Selbst dann …

Fürs Erste führe ich noch immer mit dir eine Beziehung. Sie hat zwar den schlimmstmöglichen Schock erlitten, trotzdem fühle ich mich dir noch immer so stark verbunden, liebe ich dich noch immer genauso intensiv wie eh und je. Mehr noch sogar. Was soll daran etwas ändern? Die Zeit, sagen die Leute, wenn auch dankenswerterweise nicht zu mir. Meiner Erfahrung nach ist Zeit ein wenig wirksames Verdünnungsmittel. Sie hilft zwar den rohen Schmerz zu desinfizieren, gleichzeitig aber salbt und pflegt und verschönert sie die Liebe. Weicht sie ein und lässt eine Essenz entstehen. Was zurückbleibt, ist ein vollkommenes Destillat, Liebe in ihrer reinsten Form, hundertprozentig.

Vielleicht nicht die gesündeste Darreichung?

Wie du relativierend hinzufügst. Und hier kommt das Paradoxe: Am ehesten könnte ich mir vorstellen, dass du mir zu einer neuen Beziehung rietest, *nicht jetzt … aber nach geraumer Zeit*. Was auch immer das bedeuten soll. *Wieso schlägst du nicht nach?* (Siehst du, wir zanken so, wie es uns immer gefallen hat.) Aber mich zu erinnern und dich so irritierend schmerzhaft zu vermissen – und hier wieder das Paradox – wird mich davon abhalten und mir zu denken geben.

Aha! Du wirst also schon schwach.

Aber warum fange ich von dem Thema neue Beziehung an? Wo ich es doch nur erwähnt habe, um es gleich wieder zurückzuweisen. Ich glaube, weil es mir ermöglicht, dir meine – verzeih! – unsterbliche Liebe zu erklären. Ich habe auch noch weiter über die Implikationen meiner Phil-und-Babs-Geschichte nachgedacht, meines «Unter-den-Linden»-Moments. Außerdem aber hatte ich, als ich in London war – für einen sehr kurzen Zwischenstopp nur –, etwas, was man ein «Date» nennen könnte.

Aber ich muss mich gleich korrigieren, auch wenn ich Anführungsstriche gesetzt habe. (Warum tue ich das bloß immer wieder?) Denn das Wort «Date» wurde ganz sicher nicht benutzt, oder auch nur angedeutet, weder von unserer Freundin Jean, die meinte, dass es mir vielleicht Freude machen würde, mich mit ihrer Freundin Josephine zu treffen, noch von Josephine selbst. Abendessen war das Wort, das benutzt wurde. Aber nicht einmal im Sinne von Date mit Abendessen. Und die Beteiligten (zu denen ich mich ausdrücklich hinzuzähle) hegten auch Hintergedanken, dass aus dem Abendessen, so es denn gut verliefe, irgendwann einmal Sex, Romantik oder eine Beziehung erwachsen könnte. Nicht sofort zumindest – derart ordinär war man nicht –, vielleicht ja aber «nach geraumer Zeit». Und das ist just das, was das Wort «Date» impliziert. Zumindest nach meinem Verständnis. Liege ich da falsch? Dein Grinsen ignorierend, konsultiere ich mein viel gebrauchtes Oxford-Dictionary: «Eine Verabredung oder ein Treffen zu einer bestimmten Zeit (insb. mit einer Person des anderen Geschlechts)». Dann liege ich wohl falsch.

Oder doch nicht? Ich denke, wir sind uns einig, dass am Ende dieses Eintrags im übertragenen Sinne drei verheißungsvolle Pünktchen stehen. Was aber alles an dieser Stelle keine Rolle spielt, weil wir gar nicht von einem Date sprechen. Und das ist ja der Punkt hier, den ich vielleicht etwas umständlich deutlich gemacht habe.

Ich mache das manchmal, wie mir aufgefallen ist: impliziere Komplexität, wo es keine gibt, außer die von mir implizierte. So vermeidet man später größere Schwierigkeiten. Das ist alles, was ich zu meinen Gunsten sagen kann. Was aber nichts an der Tatsache ändert, dass ich als schmerzleidendes Bündel im Restaurant eintraf. Was ich mit jeder verknoteten Faser meines Daseins ausstrahlte. Das war aus Josephines überaus beunruhigtem Verhalten mir gegenüber allzu ersichtlich. Sie gab sich gleich und dann durchgehend die allergrößte Mühe. War penibel darauf bedacht, jedes mögliche Missverständnis zwischen uns zu vermeiden. Nicht, dass wir das taten. Keiner von uns. Uns missverstehen. Wir verstanden einander perfekt. Wo wir standen. Den Charakter des Abends.

Sie praktizierte dieses … dieses … dieses … den ganzen Abend über. Auch ich spielte meine Rolle, aber zum ersten Mal. Sie hatte das schon mehrfach getan. Es muss unendlich ermüdend gewesen sein. Warum hatte sie diesem Abendessen zugestimmt?, fragte ich mich immer wieder.

Andererseits: Warum hatte ich das getan?

Ein paar Worte zum Restaurant. Obwohl Jean das Abendessen arrangiert hatte, übernachtete ich nicht wie so häufig bei ihr und John. Und aus irgendeinem Grund konnte mich auch sonst niemand unserer Freunde unterbringen. Was in Ordnung war. Ich war nur für eine Nacht geschäftlich in der Stadt, also quartierte ich mich in einem Hotel ein. Aus Gründen, die ich kaum erklären muss, hatte ich nicht vor, zum Essen ins Hotel einzuladen, auch wenn es über ein exzellentes Restaurant verfügt. Ich hätte bei hundert anderen einen Tisch reservieren können, von denen ich einige – bevor du mir zuvorkommst: *auch sicher keines von unseren Favoriten?* – erst nach deinem Tod kennengelernt und lieb gewonnen habe.

Stopp.

Der Gedanke überfordert mich. Und das passiert mir immer häufiger, klar. Orte, Begebenheiten, Erfahrungen, die uns räumlich und zeitlich voneinander trennen – mich hier und jetzt und dich … wo, wann? So weit weg, plötzlich. Und für immer. Dort draußen. Nirgendwo. Worte bleiben leer. Du existierst in keinem von ihnen. Existierst in keinerlei Sinn, der mir irgendetwas bedeuten würde. *Das alles?* Ist lediglich Zauberei meinerseits. *Schau!* Da bist du. Aber ich kann einfach durch dich hindurchgehen. So als wärst du gar nicht da.

Und komm mir nicht mit Himmel oder Transzendenz oder Universum oder was weiß ich wo verstreuten subatomaren Teilchen – oder sonstigem Traumweltzeug. Zumindest nicht, um mich zu besänftigen. Zwing mich nicht, mir ewige Leere auszumalen oder auch ewige Glückseligkeit. Darin mag enormer Trost liegen, aber sie sind dem Zustand immanent. Am Abgrund taumelnd, kann es nur Schrecken und Zurückweichen geben. Und du bist nicht hier unten oder da draußen oder sonst wo. Es gibt dich nicht. Das war einmal. Und ich lerne, damit zu leben, aber es wird immer diese Aussetzer geben, diese Stürze durch Falltüren, bei denen mir das Herz stehen bleibt.

Weiter.

Aber selbst diese Restaurants, die keine Verbindung zu dir haben, erschienen mir irgendwie falsch. Ich wollte mich mit

Josephine an einem Ort treffen, zu dem auch ich keinerlei Verbindung hatte. Also reservierte ich einen Tisch in einem Lokal, das ich noch nicht kannte. Ein Kollege hatte es mir empfohlen. Und auch das war ein Fehler. Das Restaurant selbst war wunderbar. Aber ich hatte dem Abend eine klandestine Note beigegeben. Die Schattierung eines Stelldicheins. Wir waren an einem Ort, wo uns keiner kannte. Und was wäre schon gewesen, wenn? Noch so etwas.

«Weißt du, warum Jean dieses Essen vorgeschlagen hat?», fragte Josephine. Man hatte uns gerade am Tisch platziert. Wasser und Wein waren bestellt. «Weil ich Witwe bin und du Witwer.»

Der Umstand, dass beide einen Verlust zu beklagen hatten, erklärte Josephine, sei für sie die Bedingung, sich einem Abend dieser Art auszusetzen. (Sie ging die Sache gleich von Beginn an äußerst behutsam an. Wies auf Dinge hin, ohne konkret etwas zu implizieren. Meine zu einem Lächeln entblößten Zähne würden bersten wie Glas oder Eis, wenn ich dieses Strahlen ewig beibehielte.) Ihre Freunde legten ihr gegenüber große Achtsamkeit an den Tag, fuhr Josephine fort, weshalb ihnen ein Schicksalsgenosse als relativ «sichere Karte» erschien. Zumindest habe man sich in dieser schwierigen Phase, in der es das Eis zu brechen galt, etwas zu erzählen. (Jener Phase, in der wir uns befanden, in der ich mich, wie ich sagen muss, bereits für diese Frau zu erwärmen begann.) Um nur ein Beispiel zu nennen: Man würde sich weniger vor den Kopf gestoßen fühlen, müsste die neue Bekanntschaft heulend aufs Damenklo rennen, sollte eine zufällige Bemerkung sie aus der Fassung gebracht haben.

Diese Eröffnung war lustig und gut vorgetragen. (Ich behaupte nicht, sie wörtlich wiedergegeben zu haben, sollte ich vielleicht hinzufügen.) Und ich ging davon aus, dass Josephine sie bereits mehr als einmal hervorgekramt hatte. Von Jean wusste ich, dass Josephine bereits seit fünf Jahren Witwe war, sie war mir also drei Jahre voraus. Was sich in diesem Stadium deutlich zeigte.

Der Wein wurde gebracht. Ich schlug vor, sie solle ihn probieren, da ich die Flasche auf ihr Geheiß bestellt hatte. Nach nur minimalem Aufheben, was mir gefiel, signalisierte sie dem Weinkellner nickend ihre Zustimmung. Wir sprachen über dieses und jenes. Die Vorspeisen kamen. Wir begannen zu essen.

Josephines verstorbener Mann, Stephen, hatte im Rollstuhl gesessen, wie sie erzählte. Nicht am Ende seines Lebens oder infolge seiner tödlichen Krankheit oder einer Verletzung, sondern von Anfang an, noch bevor sie ihn kennengelernt und sich in ihn verliebt hatte. Diese Information trug sie sachlich vor, ganz so, als wäre es nichts Besonderes, wenn eine vollständig gesunde Frau sich in einen doppelseitig gelähmten Mann verliebte, was es – zumindest für mich – noch immer ist.

Zu meiner Beschämung, meiner gesteigerten Beschämung vielleicht, war mein nächster Gedanke der, wie das mit dem Sex wohl funktioniert hatte. Ich erinnerte mich an eine Begebenheit aus meiner Studienzeit, als ein Freund das Auftauchen eines ihm bekannten Paares – der Mann war auffallend groß gewesen, mindestens zwei Meter, die Frau genauso auffallend klein, nicht größer als 1,55 Meter – mit den Worten kommentiert hatte: «Hier kommt Team Sex unmöglich.» Daran, wie mein Freund und ich bis spät darüber spekuliert hatten, wie Organe und Körperöffnungen bei diesem Unterschied von 50 Zentimetern auszurichten seien. Das Rätsel sorgte bei uns für große Heiterkeit. Die Durchführbarkeitsprobleme von Josephine und ihrem verstorbenen Mann fielen natürlich in eine ganz andere Kategorie und, um einiges entscheidender, gingen mich rein gar nichts an. Aber nichtsdestoweniger dachte ich darüber nach und schenkte dem, was Josephine sagte, keine große Beachtung, bis sie einwarf, Stephen sei zuletzt bettlägerig gewesen, was, noch unangemessener, in meiner Vorstellung Bilder davon evozierte, wie sie ihm zu Diensten gewesen war, um seine Bedürfnisse zu befriedigen, die er in diesem späteren Stadium womöglich noch gehabt hatte.

Ich setzte mich aufrecht hin. (*Zu Diensten?* Ich weiß.) Es war vollkommen unangemessen, diese Dinge zu denken, während Josephine, äußerst bewegend, wie ich nun feststellte, jetzt, wo ich ihr zuhörte, von dem leidvollen letzten Lebensjahr ihres Mannes erzählte. Und doch frage ich mich, wenn ich so darüber nachdenke, ob Josephine nicht, indem sie mir den bettlägerigen Stephen quasi auftischte, nicht ein für alle Mal jegliche Aussicht darauf, mit mir im Bett zu landen, ausschloss, samt all dem, was das nach sich ziehen könnte. Nicht nur die zeitnahe Aussicht, sondern auch die inhärente. Jedenfalls hatte es den Effekt auf mich. Was ich nicht erwartet hatte, erwartete ich jetzt umso weniger. Doppelt und dreifach, könnte man sagen.

Auch wenn ich damit Stephen damit womöglich unrecht tat, so hatte sich doch nun ein Bild von ihm fest in meinem Kopf verankert. Unveränderbar. Nicht einmal dadurch, dass Josephine als Nächstes von seinen besten Jahren erzählte, in denen er, obwohl an den Rollstuhl gefesselt, eine äußerst erfolgreiche Werbeagentur gegründet und geführt und auch noch Zeit dafür gefunden hatte, ein paar Theaterstücke zu schreiben, von denen ich eines sogar gesehen hatte, wie mir klar wurde, im Donmar oder im Almeida oder sonst wo. *Greece, Lightning!*, erinnerst du dich? In meinem Fall war es lediglich der Titel.

Natürlich hatte Josephine von dir gehört. Deiner Arbeit wegen, nicht nur wegen deiner Ermordung. Womit sie übrigens sehr taktvoll umging. Sie bekundete zunächst auf wohlabgewogene Weise ihr Beileid und vermied es dann glücklicherweise zu suggerieren, dein «Vermächtnis» biete mir doch sicher einen gewissen Trost. (Was es tut und auch wieder nicht, aber mir gefällt es einfach nicht, wenn davon ausgegangen wird. Ihr sind sicher Stephens Stücke als Brosamen hingeworfen worden, nehme ich an.) Danach ließ sie mir den Raum, über deinen Tod zu sagen, was ich sagen wollte (nicht viel), und darüber, wie ich damit zurechtkam (noch weniger). Das bewog mich, sie an einigen Erinnerungen an unser gemeinsames Leben teilhaben zu lassen, mehr noch an dein Leben und deine Karriere ganz unabhängig von mir. Erst dann trat Josephine wieder mit irgendeiner der gewohnten, aber offenkundig ernst gemeinten, Beobachtungen über dich und die Bedeutung deiner Arbeit in Aktion. Sie hatte selbst psychische Probleme gehabt. (Hat die nicht jeder heutzutage?) Depressionen, Angstattacken. (Ich ebenfalls, wie ich nicht hinzufügte.) Sie ging nicht genauer darauf ein. (Was ich ihr hoch anrechne.)

Gegen Ende dieses Austausches fiel mir auf, dass wir zwar vom jeweiligen Partner gehört hatten und diese zweifelsohne voneinander, wir beide dagegen die unbekannten Variablen waren, die unbesungenen Partner. Wir belachten den Gedanken vorsichtig. Keiner von uns wollte, dass dies in irgendeiner Weise etwas Schicksalhaftes bedeutete, verschlungene Wege, die zu einem verhängnisvollen Zusammentreffen führten. Es gab da nur diese eine spezielle Verbindung, mehr nicht. Der Abend schien sich in die richtige Richtung zu entwickeln, dachte ich.

Dann allerdings wendete er sich zum Schlechteren.

Denn nun begann Josephine, sich ausführlich darüber auszulassen, wie erdrückend Stephens energische Persönlichkeit, seine dominante Art und, gegen Ende, seine Fürsorgebedürfnisse für sie gewesen seien, auch wenn sie ihn sehr geliebt habe. Die vergangenen paar Jahre nach Ende der anfänglichen verheerenden Trauerphase habe sie daher, wie sie gestand, in gewisser Hinsicht als Befreiung erlebt. Eine Karriere als Model, die sie kurz nach der Geburt ihres ersten Kindes und der darauffolgenden Hochzeit aufgegeben habe, habe eine Fortsetzung mit einigem Erfolg erfahren, jetzt wo es *en vogue* war, dass «reife» Frauen in Kleidung Modell standen, die sich lediglich Frauen ihres Alters leisten konnten, und auch nur einige von ihnen. Sie zählte ein paar Magazine auf, in denen sie aufgetaucht war, darunter die *Vogue*, und ich stellte mich ordentlich an, wie ich fand, fasziniert zu klingen, wo dies doch ein Bereich des Lebens ist, der mich in Wahrheit so überhaupt nicht fasziniert.

Allerdings stellte ich mich wohl nicht überzeugend genug an, denn plötzlich lag eine gewisse Unterkühltheit in der Luft. Sie machte ein mürrisches Gesicht (nicht unattraktiv, dachte ich; man konnte sehen, wie sie wohl als junge Frau ausgesehen hatte). Sie hatte von ihrer Arbeit als Fotomodell erzählt, und ich hatte überheblich reagiert. Hatte den erfahrenen Diplomaten gegeben. Sie hatte mehr von mir erwartet. Natürlich kam nichts von dem zur Sprache, ich entnahm das intuitiv ihrem schwelenden Missmut.

Dann erkundigte sie sich, was ich denn so täte, und – touché, könnte man sagen – gab ihrerseits die Parodie von jemandem, der versuchte, interessiert zu wirken, wenn nicht zu verhehlen war, dass das überhaupt nicht der Realität entsprach. Schlimmer noch, sie bestand darauf, mir ihre eigenen Beobachtungen über den Konflikt mitzuteilen, über den sie, so brutal es klingen mag (aber wir erreichten langsam dieses Level), erschreckend uninformiert war. Ich nickte lediglich voller Missbehagen, und ich habe keinen Zweifel daran, dass sich meine Verärgerung – hoffentlich nicht auch meine Verachtung – in irgendeiner Form zeigte. Aus der Kühle war mittlerweile strenger Frost geworden.

Die Hauptgerichte waren serviert worden, und wir hatten die erste Flasche Wein beinahe geleert. (Mein Verdienst größtenteils.) Ich hätte gern eine neue bestellt, aber ich wollte dem Wirrwarr aus Komplikationen, die den Abend zu einer solchen Zerreißprobe machten, nicht noch eine weitere in Form unseres divergierenden Alkoholkonsums hinzufügen. Was bedeutete, wie ich kalkulierte, dass mir eine gute Stunde bevorstand, in der ich lediglich auf ein halbes Glas Merlot und den kühlen Trost von Mineralwasser setzen konnte. Mit einem Dessertwein käme ich vielleicht durch, dachte ich. Obwohl es vielleicht schlauer war, den Nachtisch zu überspringen. Dann gäbe es Brandy zum Kaffee, wenn wir nicht auch den ausließen. Plötzlich verhieß die Aussicht auf einen alleinigen Schlummertrunk im Hotel immensen Trost. Dann würde ich über all das hier lachen, dachte ich und musste dabei beinahe weinen.

Aber jetzt habe ich das Thema schon zu lange umgangen. *Ja*, Josephine war Model. Und, ja, ich nehme an, ich ließ das während unseres Gesprächs hin und wieder fallen, ganz so, als wäre das völlig nebensächlich, als ginge ich regelmäßig mit Models essen. Keine große Sache. Nichts Besonderes.

So war es natürlich nicht. Dies hier war mein erstes Mal. Und, ja, ich war beeindruckt davon, wie es jeder gewesen wäre, wie gut aussehend sie war. Auf die Weise gut aussehend, wie ich hinzufügen sollte, die Models für gewöhnlich zu eigen ist, selbst den «reiferen». (All dies sage ich aus der Perspektive von jemandem, der in keiner Weise Modelexperte ist, könnte ich hinzufügen, womit nun jeder falsche Eindruck ausgeräumt sein dürfte.) Strahlender Teint, ein Körperbau, der etwas Katzenhaftes besaß, gute Haltung. Sie war dünn wie ein Bleistift, und ihr Haar sah äußerst gepflegt aus, selbst für meine ungeschulten Augen. Ich stellte mir vor, wie sie jeden zweiten Tag zum Friseur ging, was in ihrem Metier sicher als Arbeit gilt. Aber eine Sache störte mich an ihrem Haar. Es war lang und schimmerte, war aber omagrau. Fast weiß. Mir ist klar, dass das Mode ist. Mir aber gefiel es, wie gesagt, überhaupt nicht.

Welche Farbe hatten deine Haare?, dachte ich plötzlich. Gibt es so etwas wie schmutziges Blond? Irgendetwas klingelt da, auch wenn das sicher nicht auf dem Etikett steht. Und ich weiß, dass deine Farbe in späteren Jahren aus einer Plastikflasche kam. Oder von deinem Friseur aufgetragen wurde. Wie war gleich sein Name? Er passte so gut, dass es schon wieder witzig war, wenn ich mich recht entsinne. Raimondo oder etwas in der Richtung? Diese Farbe war deine Naturfarbe, die Haarfarbe in deiner Jugend oder als junge Frau – als ich dich kennenlernte –, und zwar ein bräunliches Blond, das perfekt zu deiner unspektakulären, sich seiner selbst nicht allzu bewussten, etwas zerzausten Schönheit passte. Wie auch immer, ich bin mir jedenfalls sicher, dass ich dir nicht auch nur annähernd oft genug gesagt habe, wie wunderschön dein Haar in diesen späteren Jahren ausgesehen hat. Dir Komplimente zu machen war nicht ganz einfach, aber trotzdem.

Aber um deine Frage zu beantworten – nicht gestellt, so doch implizit –, nein, ich «stand nicht» auf Josephine. Eine grässliche Wendung und Vorstellung. Und das lag nicht nur an ihrem Haar. Sie sah eindeutig hinreißend aus, aber wirklich zu ihr hin*gezogen* fühlte ich mich nicht. Stattdessen fühlte ich mich geschmeichelt, das gebe ich zu. Zunächst einmal, weil Jean mich in irgendeiner Hinsicht für eine «gute Partie» für ihre eindeutig wunderhübsche Freundin hielt, und zum zweiten, weil Josephine allem Anschein nach dasselbe empfand. Es war nicht so, dass sie im Vorfeld ein Foto von mir gesehen hätte oder etwas in der Art. (Ich hoffe es jedenfalls sehr. Ich jedenfalls hatte keines von ihr gesehen. Auf die Gefahr hin, den Punkt breitzutreten, es sollte nicht einer dieser Abende sein.) Doch als sie mich das erste Mal sah, ließ sie durch keinerlei Anzeichen erkennen – ein nicht zu kaschierendes Zucken, eine kaum wahrnehmbare Grimasse –, dass sie das Gefühl hatte, man wolle sie mit jemandem verkuppeln, der vom Aussehen her nicht «in ihrer Liga spielte». Was meinem Ego erheblich Auftrieb gab, denn sie war eine «9», mindestens aber eine «8», was mich sicher schlimmstenfalls zu einer «7» machte, oder?

Ja, sicher doch.

Das klingt alles ziemlich töricht, merke ich. Ein eitler alter Mann, der Punkte addiert. Über Ligen und Partien brütet. Aber es ist schön, von Zeit zu Zeit daran erinnert zu werden, dass man noch immer attraktiv ist. Hast du nicht immer gesagt, ich würde immer hübscher, je älter ich werde? Nicht speziell in deinen Augen, obgleich natürlich … (Das Loch kenne ich bereits; ich sollte nicht weiter buddeln.) Sondern generell. Generell? Freunde hätten das beobachtet. Welche Freunde? Egal. Großes Gelächter. Eine dieser Erinnerungen, die gleichzeitig wehtun und heilen. Ich bin froh, sagen zu können, dass das alte Augenzwinkern manchmal zurückkommt. Aber ein Todesfall fordert eben seinen Tribut: beim Aussehen, beim Selbstwertgefühl, bei der Selbstsicherheit.

Diese Phase gab es natürlich. (Will ich davon erzählen? Nicht so recht, aber ich habe das Gefühl, schonungslos ehrlich sein zu müssen.) Und dann gab es diese andere Phase – nicht während der ersten paar Wochen oder Monate, sondern danach, in vielerlei Hinsicht die wohl dunkelste Zeit –, in der ich von dieser sexuellen Spannung umgeben war. Was nichts mit meiner Existenz als attraktivem älteren Mann zu tun hatte, für den sich womöglich einige deiner Freundinnen interessiert hätten. Nichts damit, dass ich ganz objektiv eine «7» war. Es war etwas Elektrisches, Chemisches. Es war mutwillig.

Deine Ermordung hatte daran großen Anteil. Unsere makabre Berühmtheit. Deine Berühmtheit als Tote, meine als Trauernder. Auf einige Frauen hatte die Kombination aus Verletzlichkeit und Stärke, die darin zum Ausdruck kam, wie ich mit deinem Tod zurechtkam, eine aphrodisierende Wirkung. Ein schwacher Charakter nutzt das aus. Oder fällt dem zum Opfer. Was letzten Endes so ziemlich auf dasselbe hinausläuft.

Es kommt noch schlimmer – einige wollten, ich schwöre, gleichzeitig auch mit dir schlafen. Wollten, dass du mit uns im Bett lägest – oder zumindest durch mich mit dir Verbindung aufnehmen. Habe ich mir nur ausgedacht, dass laut dein Name gerufen wurde? Vielleicht. Ich stand auch ziemlich neben mir. Das Ganze mutete wahnhaft, um nicht zu sagen verbrecherisch an. Geficke der abgefucktesten Art. Meine Wortwahl spricht Bände. Abschleppgeschichten, One-Night-Stands, ausnahmslos betrunken, von und mit, wie man fast sagen könnte, Fans. Die mich in meinem schwächsten Moment als Opfer wählten. Aber die Sache beruhte auf Gegenseitigkeit. Der Sex war heißhungrig, animalisch, aber nicht ohne Zartheit und Mitgefühl. Es gab, was es nicht besser macht, schlimmer sogar, am Ende Tränen und Umarmungen. Einsame Menschen, die einander nach Kräften trösteten.

Aber ich werde nicht so tun, als ob ich mich danach gehasst hätte. Na ja, ich tat es und auch wieder nicht. Wie würde das bloß aussehen? Für dich, ja, aber auch – Gott steh mir bei – für die Öffentlichkeit. Erbärmlich, dachte ich, und so kam ich mir ein bisschen erbärmlich vor. Illoyal, dachte ich, und so kam ich mir ein bisschen illoyal vor. Aber gleichzeitig spürte ich Erleichterung. Ich brauchte das. Irgendetwas, ein genauerer Blick ist unnötig, hatte sich aufgestaut, stand kurz vor der Explosion. Diese Frauen waren dankbar dafür. Tat ich etwas Falsches? Vielleicht, aber Konsequenzen gab es keine. Ich ging einfach fort, Nacht für Nacht.

Darum also betrügen Männer, dachte ich. Es geht mehr darum, die Gelegenheit zu haben, als um Verlangen. Während jener kurzen Phase hatte ich Gelegenheiten, und ich nutzte sie, was ich – lass es mich erneut sagen – nicht bereue. Und doch hörte ich nach einer Weile wieder damit auf. Obwohl es ehrlicher wäre zu sagen, *es* hörte auf. Angebote gab es noch immer. Aber sie wurden weniger. Was auch immer mich umgeben hatte – die Spannung, die Aura, das Miasma –, hatte sich verflüchtigt. Plötzlich musste ich mich mehr anstrengen. Oder genauer gesagt, ich hätte müssen, hätte ich es darauf angelegt, was ich nicht tat. Ich wurde wieder mehr der Alte. Ein gewisses Gleichgewicht stellte sich ein. Wollte ich Ablehnung und Demütigung riskieren, nur um mit dieser oder jener Frau zu schlafen? Ich war von meiner Rücksichtslosigkeit abgestoßen, wenn nicht vom Sex selbst. Davon, in gewisser Weise, dass er geholfen hatte. Obwohl ich sicher niemandes Intelligenz beleidige, wenn ich sage, es habe sich dabei um einen nötigen Teil des Heilungsprozesses gehandelt.

Für den Rest des Abendessens – wir ließen das Dessert aus, tranken jedoch Kaffee – genoss ich die Gesellschaft dieser attraktiven Frau, genoss, mit ihr *gesehen* zu werden, wenn auch von niemandem, den ich kannte, was ich nun etwas bedauerte. Ich stellte mir vor, wie all die anderen Gäste dachten, vielleicht sogar zueinander sagten: «Was für ein attraktives älteres Paar.» Und die Vorstellung, dass wir ein Paar waren, hatte keinerlei Bedeutung, da nur Fremde zu diesem Schluss kommen konnten, die zwei Menschen sahen, die optisch gut zueinanderpassten – ansonsten allerdings überhaupt nicht. Diesem Abend würde nichts folgen, das war ein für alle Mal geklärt. Josephine war nicht mein «Typ», und ich nicht ihrer. Jean hatte die ganze Sache eingefädelt, wie mir jetzt klar wurde, weil sie sich dessen vollständig bewusst gewesen war. Sinn und Zweck des Abends war, mich exakt das fühlen zu lassen, was ich jetzt fühlte. Wir bogen auf die Zielgerade ein. Ich hatte mir besagten Brandy bestellt, und Josephine hatte es mir gleichgetan. Jetzt, wo es beinahe vorbei war, gab es keinen Grund mehr zur Eile.

Während wir auf unsere Mäntel warteten, betrat eine auffallend hübsche junge Frau die Lobby. Sie war allein und brauchte nur einen Augenblick, um die Person zu lokalisieren, die sie suchte. Josephine. Ihre Mutter. Natürlich war das kein Zufall. Sie war die Verstärkung, der Notanker. Für den Fall, dass ich alle Signale falsch gedeutet hätte. «Du bist doch auch in der Stadt, oder?» Ich stellte mir vor, wie Josephine ihre Tochter angerufen hatte. «Dann komm doch einfach so gegen, lass mich überlegen, halb elf und sag, du hättest dir gedacht, wir könnten uns doch ein Taxi nach Hause teilen. Nur für alle Fälle.» Josephine lächelte betreten ob ihrer eigenen Durchschaubarkeit. Ich hielt ihr die Hand hin, und sie ergriff sie. Aber um mich auf die Wange zu küssen, musste sie sich weit vorneigen. Das war sie mir schuldig.

Ich sollte hier aufhören. Es wird spät. Ich sitze gerade bei besagtem Schlummertrunk in der Hotelbar. Ein weiterer Brandy. Ich weiß, ich sollte nicht. Aber da ist noch eine Sache, die ich hinzufügen will, bevor ich ins Bett gehe. Morgen habe ich wieder einen langen Tag.

Es gibt da im Konferenzzentrum eine junge Frau, eine Kellnerin oder ein Zimmermädchen. Ich weiß nicht, warum sie mir aufgefallen ist. Hier sind jede Menge Angestellte beschäftigt, viele von ihnen junge Frauen, die beinahe unsichtbar um uns herum arbeiten. Stumm in jedem Fall. Das Mädchen ist nicht attraktiv. Oder vielmehr ist sie lediglich ihrer Jugend wegen attraktiv, was ein Attribut ist – darin waren wir uns einig –, das nur jene zu schätzen wissen, die sie verloren haben, sie hinter sich haben, die, egal wie attraktiv sie einst selbst gewesen sind, von den Jungen als alt betrachtet werden und sonst nichts. Diese Erniedrigungen gehören zum Leben, nehme ich an, wobei die der jungen Frau schwerer zu wiegen scheint, wie ich mir immer vorstelle, weil sie nicht in der Lage ist, die zeitliche Perspektive als kompensierendes Moment wahrzunehmen: Sie fühlt sich *durch und durch* unattraktiv. Kein Junge ihres Alters würdigt sie eines Blickes, da bin ich mir sicher. Diese Beobachtung kann ich getrost machen, grausamerweise – auch wenn ich sie nie unter Jungen ihres Alters gesehen habe –, weil ich mich daran erinnern kann, wie ich in dem Alter war, daran, wie ich selbst insgeheim, brutal, Mädchen ignoriert habe, die aussahen wie sie.

Und ich war ein schüchterner, sensibler Junge. Wurde mir zumindest nachgesagt. Bei Mädchen war ich nicht sonderlich erfolgreich, bei denjenigen, die ich mochte, genau deswegen. Es waren ihre Mütter, die mich ins Herz schlossen, und was hatte man schon davon? Das änderte sich erst, als ich dich kennenlernte. Meine gesamte Studienzeit über gab es im Grunde niemanden. Ich habe mir nie die Hörner abgestoßen. Das kam erst mit dir, genauso wie … was auch immer darauf folgt. *Keine Ahnung. Porridge? Rice Krispies? Coco Pops?* Bitte hör auf. Ich bekomme gleich einen Lachanfall. Dabei will ich doch etwas Ernstes sagen.

Das Mädchen sieht niemanden an, weder mich noch sonst jemanden, während sie den metallenen Servierwagen hereinschiebt und sich anschickt, neues Mineralwasser, Schalen mit frischem Obst und Lokum zu verteilen. Ihr Blick bleibt gesenkt. Das zu sehen schmerzt. Aber sie muss spüren, dass ich sie stets anschaue. In der Hoffnung – auch wenn mir gleichzeitig davor graut –, dass sich unsere Blicke treffen? Ich bin noch immer dieser schüchterne, sensible, brutale, selbstsichere Junge. Würde sie in meine Richtung schauen, würde ich den Blick abwenden – oder meine ich: sie ignorieren? Ich habe Angst vor ihr. Oder will ich sagen: Ich hasse sie?

Die Begebenheit, die mir so viel Magenschmerzen macht, ereignete sich im Anschluss an die wohl qualvollste Sitzung von allen. Man hatte uns die Verletzungen beschrieben, die Studentinnen während der Besetzung der Frauenuniversität beigebracht worden waren. Uns auch Fotos gezeigt. Zerbrochene Flaschen, Holzstücke, Gewehrläufe.

Während der Sitzung war die junge Kellnerin natürlich nicht im Raum gewesen. Aber sie kam danach hinein, um aufzuräumen. Sie und ihre ältere Kollegin, die ungefähr in meinem Alter ist. Und womöglich wegen der Atmosphäre im Raum, irgendeinem eisigen Nachhall, begann das Mädchen zu zittern. Oder zu beben. Sie sah noch bleicher und zerbrechlicher aus als sonst. Mager, dürr, das Gesicht gerötet, das dünne blonde Haar streng nach hinten gekämmt. Sie hat, wie gesagt, nichts wirklich Attraktives an sich. Und doch konnte ich nicht aufhören, sie anzusehen.

So, jetzt weißt du es. Was hast du erwartet? Nichts ist passiert. Das wäre absurd. Aber was wäre, wenn diese Augen, die nie in meine Richtung sehen, mir unmissverständlich zu verstehen geben würden, dass sie wollte? Wollte, du weißt schon. Was sie natürlich nicht tun werden. Und würden sie es, würde ich wegschauen. Mich anders zu verhalten wäre ein kapitaler Machtmissbrauch. Unangemessen in jeder nur erdenklichen Weise. Aber es bleibt eine wiederkehrende Fantasie, selbst nach dem Nachmittag mit der Frauenuniversität.

Ich werde Jean irgendwann eine Karte schreiben, um mich für den Abend mit Josephine zu bedanken.

Aubade nach Larkin

Ich hatte mir, nicht sonderlich fantasievoll, einen Raum in einem Haus im Hampstead vorgestellt, mit hohen Decken, Büchern an den Wänden, voller Büsten und Kuriositäten, schweren roten Vorhängen vor der zweiflügeligen Tür, die hinaus in einen üppigen Garten führt, ein schwerer, roter Teppich aus Damast oder Brokat über eine niedrige Couch geworfen, auf der sich Kissen türmen. Wenig fantasievoll, denn was ich beschreibe, ist – du hast es natürlich längst erraten – Maresfield Gardens Nr. 20, das Freud-Museum, Freuds letztes Domizil. Sein Behandlungszimmer. Oder eine Rekonstruktion davon.

Wir gingen gelegentlich zu Vorträgen ins Museum. Tatsächlich warst du mehr als einmal selbst die Vortragende. Diese Vorträge waren immer hochinteressant, und doch könnte ich dir jetzt nicht eines der Themen nennen. In ein oder zwei Wochen (ich habe auf der Seite des Museums unter «Aktuelles» nachgesehen) findet ein Vortrag mit dem Titel «Auf der Couch: Eine verdrängte Geschichte der analytischen Couch von Platon bis Freud» statt (gleichzeitig der Titel eines Buches, ich habe es gerade bestellt), bei dem Nathan Kravis, «selbst praktizierender Analytiker», erläutern wird, wie die Couch «zum Symbol der Selbsterkenntnis und Selbstbesinnung, aber auch zu einem Ort des Vergnügens, der Intimität, der Transgression und der Heilung wurde».

Weiter heißt es: «Er zeigt überzeugend, dass die Couch – trotz der Ambivalenz heutiger Psychoanalytiker, die dieses

Möbelstück teilweise für ›infantilisierend‹ halten – weiterhin das Sinnbild eines Narrativs der Selbstfindung ist. Das Sprechen im Liegen symbolisiert die Behauptung eigenen Denkens in der Gegenwart einer anderen Person.»

Aber hatte all das denn überhaupt einen Bezug zur Realität? Ich konnte, mit anderen Worten, nicht glauben, «sich jemandem anzuvertrauen» – wie mein Arzt es geschickt formulierte – würde tatsächlich bedeuten, unversehens im Freud-Museum zu landen, direkt auf der Analytiker-Couch. Ich hatte an dem Morgen, bevor ich dorthin ging, schlicht keinerlei weitere Anhaltspunkte. Außerdem versuchte ich, mich abzulenken, versuchte, an etwas anderes zu denken als die erste Sitzung mit einem Trauertherapeuten, die in etwa zehn Minuten beginnen würde, nachdem mich der Taxifahrer am Therapy Center, einem schnörkellosen modernen Bau gleich am Nordring in Mill Hill, abgesetzt hatte. Nicht, dass ich nicht hier sein wollte oder nicht glaubte, es würde mir helfen, oder dächte, ich hätte die Therapie überhaupt nicht nötig. Die Sache war, dass ich genau das dachte. Ich, der letzte, von dem irgendjemand gedacht hätte, dass ich das brauchte. Selbst unter diesen Gegebenheiten. Und ich zähle dich zu den Fassungslosen hinzu, dich, eine große Fürsprecherin therapeutischer Arbeit, selbst praktizierend, wenn auch in einem einigermaßen anderen Feld, wie ich sagen würde.

Dass diese Erfahrung für mich so eigenartig und ungewohnt war, besprachen wir dann auch gleich als Erstes in dem luftigen, hell erleuchteten Raum mit seinen limonengrünen Clubsesseln und dem niedrigen Tisch, darauf – wie ich gleich sah – eine Box mit Papiertaschentüchern. Und dass dieses Fremdheitsgefühl eigenartig war, wenn man deinen Beruf in Betracht zog. Ich nehme an, du hattest selbst ein

Sprechzimmer, oder? Aber ich kann mich nicht entsinnen, es je von innen gesehen zu haben. Oder sie. Denn im Laufe der Jahre müssen es verschiedene an mehreren Orten gewesen sein. Du bist oft umgezogen. Genauso wenig erinnere ich mich daran, dass du mir je einen dieser Räume beschrieben hättest. Oder dass du gesagt hättest, als wir Freuds rekonstruiertes Besprechungszimmer betraten: «Bei mir sieht es ganz anders aus. Meines ist …» Das wäre doch naheliegend gewesen, oder etwa nicht?

Viel von dem, was ich während dieses ersten Termins sagte – und wenn ich vorher gesagt habe: «wir sprachen», hätte ich besser «*ich* sprach» sagen sollen, das ist ja nun mal die Idee –, drehte sich darum, mich nicht an Dinge erinnern, nicht rekapitulieren zu können, ob du dieses gesagt oder wir jenes getan hatten oder nicht. Zu diesem Zeitpunkt war bereits mehr als ein Jahr verstrichen. War das Ausdruck dessen, dass ich die Verbindung zu dir verlor?

Vielleicht. Wie gesagt ließ sich die Therapeutin, Caroline, nicht dazu hinreißen, sich zu dieser oder irgendeiner anderen Frage zu äußern. Caroline, die für mich eigentlich der Vergangenheit angehört, die aber hin und wieder auftaucht. Sie war eine farblose Frau unbestimmbaren Alters, aber vielleicht war das ja ein Trick, den Profis anwandten. Ich war das Zentrum der Aufmerksamkeit, beinahe unsichtbar. Habe ich ihr je ins Gesicht geschaut? Ganz sicher aber habe ich ihr nicht auch nur eine Frage zu ihrem Leben gestellt.

Mir kam in den Sinn – etwas musste ja, sonst hätte Schweigen geherrscht –, dass es ziemlich faszinierend sein müsste, mit *dir* darüber zu reden, wie es war, dich zu verlieren. Auf professionelle Weise. Was hättest du getan, um mir zu helfen? Caroline sagte gar nichts. *Das* zum einen. *Das* vielleicht vor allen Dingen? Und obwohl ich dort sein wollte, dort sein *musste*, konnte ich nicht anders, als mich – wie heißt der Begriff gleich? – passiv-aggressiv zu verhalten. So verhielt ich mich, glaube ich. Obwohl ich womöglich nicht der Richtige bin, das zu beurteilen. Eher dein Metier. Nicht, dass ich eine Antwort erwarte. Wahrscheinlich ist das nicht unüblich unter diesen Bedingungen, oder? Die Klienten oder Patienten, oder wie auch immer ihr sie nennt, brauchen eben eine Weile, bis sie aus der Deckung kommen, sich öffnen.

Ich hatte mich, wie ich begriff, nicht annähernd darum bemüht (und warum spreche ich überhaupt von Mühe?), deine Arbeit zu begreifen. Dein *Lebenswerk*. Schon wieder diese Frage. Diesmal dir gestellt. Was *genau* war es, was du getan hast?

Noch immer nichts.

Die Sache ist die: Die Übereinstimmungen mit der Rolle desjenigen, der Friedensgespräche führt, sind verblüffend. Dieser Gedanke muss mir, dir, während all der Jahre, die wir zusammen waren, doch gekommen sein, während ich Verhandlungen führte und du in einem Gesprächszimmer saßest, das keinerlei Ähnlichkeit mit dem hier hatte. Wir müssen darüber gesprochen haben. Irgendwann. Als du noch am Leben warst. Bevor du tot warst. Ermordet. Enthauptet. Das müssen wir doch.

Viel weiter kamen wir bei diesem ersten Mal nicht. Wir «beließen es dabei». Du, ich und Caroline. Die Stunde war weder im Fluge vergangen, noch hatte sie sich hingezogen. Ich kann mich genauso wenig an das erinnern, was ich nach der Sitzung tat, wie an das, was vorher war. Es wirkt ziemlich drehbuchartig, aber ich glaube, ich lief einfach stundenlang herum. Im Regen. (Nein, das ist zu viel des Guten.) Ging in einen Pub. (Das höchstwahrscheinlich.) Betrank mich. (Ergo.) Hatte einen Filmriss. Doch es gab eine glückliche Wendung. So glücklich wie eben möglich. Ich ging in der nächsten Woche wieder hin. Und in der darauffolgenden. Ich «öffnete mich», wie du es vermutlich nennen würdest.

Dabei kam nicht allein dein Tod wieder hoch oder seine schockierende Natur, sondern auch all das, was auf ihn folgte.

Die Augenblicke nach der Tat waren von Passanten beobachtet und auf Mobiltelefonen festgehalten worden. Die Geschichte ging viral. Binnen einer Stunde war der Tod von Anna Dupont weltweit in den Schlagzeilen. Bestimmte die sozialen Netzwerke.

Die Aufnahmen zeigten, wie der Angreifer von zwei jungen Männern – ebenfalls Muslime, wie sich später herausstellen sollte – zu Boden gerungen und dann von der Polizei in Gewahrsam genommen wird. Die beiden Männer sollten bei der Mahnwache am Abend darauf gemeinsam mit dem 57-jährigen Ehemann der Ermordeten erscheinen, einem lang gedienten Diplomaten, hoch angesehen für seine Arbeit als Verhandlungsführer in internationalen Friedensverhandlungen. Die Mahnwache wurde von Tausenden besucht und live übertragen. Der Ehemann rief zur Besonnenheit auf, zum Dialog zwischen den Menschen, zur Versöhnung zwischen verschiedenen Bevölkerungsgruppen. Er sagte, dies sei, was seine getötete Frau gewollt hätte. Er zeigte große Beherrschung und Würde. So zumindest hieß es. Er wurde sehr gelobt. Von Number Ten, im Parlament und in den Medien. Auch wenn ihm kaum eine Wahl blieb, außer so zu reagieren. Er konnte ja wohl schlecht hysterisch losheulen und blutige Rache schwören, oder?

Kurzzeitig wurde er zu einer Berühmtheit. So läuft das

nämlich heutzutage: dass man allem immer auch etwas Positives abgewinnen muss. Also wurde eine Stiftung im Namen seiner Frau gegründet, die schon in der ersten Woche Hunderttausende Pfund einsammelte. Von jenen Hunderten junger Frauen, die mir schreiben.

Nach einigen Tagen gab es eine Wendung in der Geschichte. Der junge vollbärtige Mann, dem Aussehen nach aus dem «Nahen Osten», den jeder für einen Islamisten gehalten hatte, wurde als Mitglied einer rechtsextremen Partei britischer Nationalisten identifiziert. Er war kein Konvertit, sondern hatte sich vom Islam *abgewandt*. Ali Hadj-Dixon, ein britischer Staatsbürger algerisch-britischer Herkunft, hatte in der britischen Armee im Irak gedient und war durch die Erfahrung radikalisiert worden – obgleich in unerwarteter Weise. Der Mord, den alle für willkürlich gehalten hatten, war offenbar doch gezielt ausgeführt worden. Anna Dupont hatte kürzlich mit einer Delegation aus Ärzten und Rechtsanwälten das Flüchtlingslager von Calais besucht. Im Rundfunk hatte sie die Lebensbedingungen dort angeprangert und an die britische Regierung appelliert, eine größere Zahl Asylsuchender und Migranten in Großbritannien aufzunehmen. Die rechtsextreme Partei britischer Nationalisten hatte sie daraufhin in einem Video verunglimpft, einem Video, in dem ein weniger bärtiger, hellhäutiger wirkender «Corporal Ali Hadj-Dixon» auftauchte.

Der Witwer von Anna Dupont und die beiden jungen Muslime traten gemeinsam bei einer weiteren Veranstaltung auf, wiederholten dieselben Botschaften von Frieden und Versöhnung. In der Zwischenzeit waren auf einige Moscheen und islamische Kulturzentren Anschläge verübt worden. Nach Drohungen radikaler Muslime hatte man die Familie des Mörders unter Polizeischutz gestellt. Die Meinungen innerhalb der Öffentlichkeit gingen wild durcheinander. Jeder beschuldigte jeden. Die Geschichte war außer Kontrolle geraten. #EndtheBlameGame gehörte zu den Top-Hashtags. Dabei war das noch längst nicht alles.

Denn Ali Hadj-Dixon litt, wie sich herausstellte, unter einer schwerwiegenden Erkrankung, ausgelöst von einer posttraumatischen Belastungsstörung. Die Nachsorge, die die Britische Armee den Irakveteranen angedeihen ließ, wurde hinterfragt und kritisiert. Und wie sich zeigte, war er Anna Dupont bereits begegnet. Sie mochte ihm womöglich sogar in irgendeiner Weise geholfen haben, wenn auch nicht offiziell. Ihr Klient war er nicht gewesen. Sie waren einander in Cafés in der Nähe des Forschungszentrums über den Weg gelaufen, wo sie arbeitete.

Mitglieder der rechtsextremen Gruppe wurden festgenommen. Auf das Haus der Mutter eines der festgenommenen Männer wurde ein Brandanschlag verübt. Eine Gruppe radikaler Islamisten bekannte sich zu der Tat, obwohl natürlich Stimmen laut wurden, die Rechtsextremen hätten auch diesen Anschlag selbst ausgeführt und ihn wie die Tat von Islamisten aussehen lassen. Niemand wurde verletzt, das Haus aber schwer beschädigt.

Die Mutter wurde interviewt, und sie gab nicht den Brandstiftern die Schuld, sondern ihrem Sohn und der rechtsextremen Gruppierung, sagte, sie seien für die Spannungen in der Bevölkerung verantwortlich. Sie hätten das alles losgetreten, gab sie an, wofür sie in linken Kreisen gelobt, im rechten Spektrum verurteilt wurde. Sie selbst war, wie herauskam, eine ehemalige Labour-Stadträtin. Mit Verbindungen zur extremen Linken. Die Verschwörungstheorie aber, laut der die rechtsextreme Gruppe die Schuld trug, erwies sich später als haltlos. Der Brandanschlag war das Werk einer bislang unbekannten Gruppe radikaler Islamisten, die umgehend verboten wurde. Die festgenommenen Mitglieder der rechtsextremen Partei wurden nach wenigen Tagen wieder auf freien Fuß gesetzt, Anklage wurde nicht erhoben. Die Antiterroreinheit gab an, man sei davon überzeugt, dass der Täter allein gehandelt habe. Er sei ein einsamer Wolf gewesen.

Der Ehemann von Anna Dupont wurde in einem längeren Interview der BBC nach seinen Gefühlen beim Gedanken an den Täter gefragt. Über den Journalisten, der die Frage gestellt hatte, ging ein Shitstorm nieder. «Wie kann man einem Mann, dessen Frau ermordet worden ist, nur eine solche Frage stellen?» Die Antwort des Witwers lautete: Gar nichts. Oder wenn überhaupt irgendetwas, dann Mitleid. Aber um ehrlich zu sein, wusste er nicht, was er empfand. Verstörung vielleicht. Er lachte, als er das sagte. *Live on air.* Was bei einigen Leuten Unbehagen auslöste. Dem sie auf Twitter und Facebook Ausdruck verliehen. «So zu lachen, wo doch seine Frau auf diese Weise ermordet wurde.»

Eine Woche später erhängte sich der Mörder in seiner Zelle im Hochsicherheitstrakt.

Es folgten eine gerichtliche Untersuchung, Disziplinarverfahren, eine interne Untersuchung innerhalb der Armee, eine Sonderkommission wurde eingerichtet. Bei der Mahnwache anlässlich des ersten Todestages von Anna Dupont wurde der Ehemann in seinem Aufruf zur Versöhnung von der ehemaligen Labour-Stadträtin unterstützt, deren Haus Ziel des Brandanschlags gewesen war, wie auch von ihrem Sohn, dem einstigen Rechtsextremen, der mittlerweile ausgestiegen war und für eine Anti-Extremismus-Einheit des Innenministeriums arbeitete, einer Schwester von Ali Hadj-Dixon und von einem der beiden muslimischen Männer, die Hadj-Dixon zu Boden gerungen hatten. Der andere jedoch fehlte, nachdem Anklage wegen Vergewaltigung in mehreren Fällen gegen ihn erhoben worden war. Später erwies sich, dass er unschuldig war.

Die Geschichte war das reinste Chaos. Hatte viel zu viele Bestandteile. Und nahm so viele Wendungen, dass sie fast zur Farce geworden war. Die *Huffington Post* änderte hastig ihre Headline: *Die schier unerschöpfliche Geschichte*. In den sozialen Netzwerken hingegen sollte etwa *#WhatNext* weiterhin zu den Top-Hashtags gehören. Oder *#WTF*, das Gegenstück dazu.

Anna Duponts Ehemann hingegen blieb während alldem bei seiner zurückhaltenden und würdevollen Haltung, wie man es von ihm erwartete. Er «stürzte sich», wie man so sagt, in die Arbeit für die Anna-Dupont-Stiftung, was dafür sorgte, dass die Reputation Anna Duponts wuchs und wuchs.

Caroline äußerte sich nicht zu der Tatsache, dass ich ihr all dies in der dritten Person berichtete. Du hast es erraten, sie sagte gar nichts. Hörte einfach nur zu.

Die Therapie dauerte zwölf Wochen. Sie half. In gewisser Weise. Lass es mich so formulieren: Ich war am Ende in wesentlich besserem Zustand als zu Beginn. Zum letzten Termin brachte ich einen Blumenstrauß mit. Caroline war überaus gerührt. Nur wenige Patienten seien derart aufmerksam, sagte sie – was mir unwahrscheinlich vorkam.

«Aber eigentlich weiß ich *noch immer* nicht, was Sie eigentlich genau machen», sagte ich. Sie lachte. Und schwieg.

Caroline. Es ist eine Weile her, dass ich an sie gedacht habe.

Aber warum erzähle ich dir das alles? Aus demselben Grund, der mich zur Therapie gehen ließ: die Gedanken.

Meinem Arzt und Freunden zufolge waren diese Gedanken vollkommen nachvollziehbar, und sie nicht zu haben wäre eigenartig gewesen, und dennoch, sieh mich an, sieh, was sie mir antaten, weshalb ich also einen Weg finden musste … um …

Ja, was? Sie nicht zu denken?

Nun, zumindest nicht derart obsessiv. Sie also quasi in den Hinterkopf zu verbannen. Sie waren drauf und dran, mich zu zerstören.

Also holte ich mir Hilfe. Sehr verkürzt dargestellt. Wozu ich unter anderem dank Caroline nun in der Lage bin. Aber was sie genau *tat*, könnte ich dir nicht sagen (ich wiederhole mich). Zweifellos spielten auch andere Faktoren eine Rolle. Die Zeit, die verging, dieser ewige Fels in der Brandung. Vor allem aber Ablenkung. Einem Ball oder einem Hasen hinterherzurennen. Blaise Pascal hat sich dagegen ereifert, aber ich muss sagen, ich schwöre auf meine Fähigkeit, jedwede Ablenkung genießen zu können. Pascals Forderung bestand mehr oder weniger darin, «das ewige Schweigen dieser unendlichen Räume» einfach auszuhalten. Aber er hatte zumindest genügend Anstand einzuräumen, dass auch ihm diese Aussicht, trotz Gott und Erlösung, Angst machte. Der 78. Gedanke ist übrigens ziemlich gut. «Descartes unnütz und ungewiss.» Hier ist kein Zaudern zu erkennen. Und dennoch: Trau keinem Pascalianer, wenn auch ein Montaigne-Jünger im Angebot ist, wie ich immer sage. Sie würden sich selbst nicht als solche erkennen, aber bei den Verhandlungen bestehen beide Seiten stets aus *Ultra*-Pascalianern. Und du hast gesehen, wie es dort läuft. Zwar geht es nicht mehr um Bälle oder Hasen, doch noch immer um Ablenkung.

Manchmal aber schießen die Gedanken vom Hinterkopf ganz nach vorn. Lassen mich erstarren. Ausgelöst durch wer weiß was. Jedenfalls nicht, wie man vielleicht denken würde, durch die Erwähnung – oder Schlimmeres – einer Enthauptung. Videos von Enthauptungen haben im Verlaufe der Verhandlung schon häufiger eine Rolle gespielt. Ich habe sie mir angesehen. Habe mich dazu gezwungen. Und versteh mich nicht falsch, aber dass ich mich dazu gezwungen sah, ist eine gute Sache. Als meine Ernennung zum Verhandlungsführer zur Debatte stand, gab es anfänglich viel Gerede darüber, ob man von mir überhaupt erwarten könne, diese Gräuel zu ertragen, die bei mir einen derart empfindlichen Nerv treffen würden. Wie konnte ich die notwendige emotionale Distanz wahren? Das Entscheidende aber war: Würden die beteiligten Parteien mich je als unparteiisch akzeptieren? Ich will nicht melodramatisch klingen, aber ich hatte das Gefühl, meine Karriere stehe auf dem Spiel.

Vehement brachte ich zum Ausdruck, dass das, was dir passiert war, keinerlei Auswirkungen auf meine Arbeit habe, der ich seit über dreißig Jahren nachging. Du seist ein Terrorismusopfer, Hadj-Dixon aber, man erinnere sich, sei kein Dschihadist gewesen. Kein Islamist. Sondern ein britischer Nationalist, ein Neonazi. Die Leute vergessen das gern, was mich aufbringt, weil es ihm just darum gegangen war, diese Zwietracht zu säen. Dieser letzte Punkt gab den Ausschlag, denke ich. Wie auch immer, jedenfalls wurde ich berufen. Ich bin sicher, das Vertrauen, das die Regierungen in mich gesetzt haben, nicht enttäuscht zu haben. Sicher, es war ein Risiko gewesen. In den Medien hatte es einiges Stirnrunzeln gegeben. Und hin und wieder hörte man abfällige Kommentare.

Ich hatte mich bereits zuvor dazu gezwungen, Videos anzuschauen. Online. Im Darkweb, wie man das wohl nennt. Ich mag mich irren. Zweifellos ungesund, das zu tun. Besessen und morbide. Wie immer versuchte Caroline, sich nichts anmerken zu lassen, als ich beschrieb, wie ich diese Filme ausfindig gemacht, das Gefühl gehabt hatte, sehen und auf irgendeine Weise erleben zu müssen, was dir passiert war: mich selbst in Entsetzen und Blut zu wälzen. Sie gab sich Mühe, aber in ihren Augen und an den zu einem Flunsch verzogenen Lippen konnte ich es erkennen: den offenkundigen Ekel und die Entrüstung. Eine vollkommen natürliche Reaktion. Mittlerweile schaue ich diese Videos nicht mehr, erklärte ich. In ihrem Blick eine gewisse Erleichterung. Aber aufzuhören hatte nicht geholfen. Oder anders gesagt, ich hatte diese Gedanken noch immer, und in gewisser Weise waren sie sogar noch schlimmer geworden.

Heute kamen sie wie so häufig in den frühen Morgenstunden, während ich, zur Abwechslung – solche Gedanken habe ich nämlich auch –, über Larkins *Aubade* nachdachte. «Viel bleibt vielleicht; den Tod verhindert keine Kunst.» Du hattest solche Angst vor dem Tod. Schon seit du ein kleines Mädchen gewesen warst, wie du mir erzählt hast. Weshalb du niemals ohne «Menschen oder Alkohol» sein wollest. Oder Arbeit. Ich lag wach, zwar nicht um vier, aber nicht wesentlich später, und erinnerte mich an all das und daran, wie sehr du den Leuten auf den Wecker fallen konntest, insbesondere mir, indem du ständig irgendwelche Zeilen aus dem Gedicht zitiertest – «… mit ihrem riesigen von Mottenfraß durchlöcherten Brokat» –, und dann, ganz plötzlich, dachte ich nicht mehr über *Aubade* nach, sondern an deine Enthauptung.

Kannst du dir vorstellen, diese Worte auszusprechen? Manchmal versuche *ich*, es mir vorzustellen … und kann es nicht. Ja, meine Frau wurde enthauptet. Ja, man hat ihr den Kopf abgehackt. Da kann man praktisch nur so reden: *zack, weg, paff*. Weil es einem nach wie vor nicht real erscheint. Sondern wie eine Szene aus *Tausendundeine Nacht*, wie ich an anderer Stelle bereits gesagt habe – obwohl man damit Hadj-Dixons Spielchen mitmacht. In diese Todesfalle namens Orientalismus tappt.

Wie muss es sich angefühlt haben? («Lass es einfach», insistiert eine Stimme.) Was hast du mitbekommen, gefühlt, erlebt? («Doch, schau hin.») Ich hasse den Gedanken, aber ich will es wissen. Also, was?

Fast nichts, haben sie mir im Krankenhaus erklärt. Der Tod müsse beinahe sofort eingetreten sein. Aber lässt man einmal dieses perfide «beinahe» weg, bleibt immer noch der Moment. Licht. Ausknipsen. Dunkel. Wenn man das so formulieren kann. In dem Augenblick des Ausknipsens muss etwas gewesen sein. In diesem Augenblick musst du *irgendetwas* gemerkt, gefühlt, mitbekommen haben. *Was?*

Schneidenden Schmerz. Eine entsetzliche Erkenntnis. Einen vernichtenden Schock. Ein heftiger Cocktail. Diese Versuche, es in Worte zu fassen, bleiben natürlich vergeblich. Tatsächlich scheint ihre Funktion eher zu sein, mich von dem Moment zu distanzieren. Von dir. Davon, wie auch immer es gewesen ist, vorausgesetzt, der schneidende Schmerz etc. geht auch nur ansatzweise in die richtige Richtung.

Ungefähr an der Stelle registriere ich für gewöhnlich, dass ich über das Schwert nachdenke. Es sorgte damals für viel Gesprächsstoff, wie du dir denken kannst. (Genauso wie ich mich dazu zwang, die Videos anzusehen, habe ich mir auch das Gerede im Netz nicht erspart.) Es soll ein Säbel oder ein Langschwert gewesen sein, vielleicht aber auch nicht. Ich fasse mal die Threads zusammen, durch die ich endlos hindurchscrollte. (War diesen Leuten – in Kaohsiung, Belo Horizonte oder Tampere – nicht klar, dass ich zusah und zuhörte? Oder erregte sie womöglich allein schon die entfernte Möglichkeit?) Äußerst schwer war dieses Schwert gewesen, das galt als gesichert. Eine Polizistin hatte versucht, es anzuheben, und war gescheitert. (Was gefilmt und bei Instagram hochgeladen worden war, woraufhin ungefähr 100 000 Leute darauf hingewiesen hatten, die Polizistin habe damit gegen die grundlegendsten Verhaltensregeln an einem Tatort verstoßen. «Da hat sie sich gehörig die Pfoten verbrannt», bemerkte ein Witzbold.) Und etwas später, worüber ausführlich berichtet wurde, säbelte sich ein Forensiker beinahe einen Finger ab, als er die Klinge – warum noch mal genau? – sauber schrubbte. Sie von Blut, Haut, Knochen, Gewebe und Knochenmark befreite. Was dein Genick gewesen war. Dein Körper hatte einfach dort gelegen und der Kopf gleich daneben. Aber davon getrennt. Was bewies, dass das Schwert von «tödlicher Schärfe» gewesen war, wie ein Reporter formulierte. Ach, echt jetzt?, kommentierten weitere 100 000 Leute (oder likten, setzten Herzchen, Smileys oder weinende Emojis): Einer Frau ist damit der Kopf glatt abgetrennt worden.

Es wurde angedeutet, recht behutsam (derart vertraulich geht es in den sozialen Netzwerken zu), dass du – und ich – im Grunde fast dankbar sein sollten für die Superschärfe der Klinge. Und genauso für Hadj-Dixons übermenschliche Kräfte, seine Behändigkeit, Athletik, Anmut, Hand-Augen-Koordination, seinen Mut, seine Entschlossenheit und Erbarmungslosigkeit. Und seine Ausbildung in der Army, als das bekannt wurde. Denn außer ihm hätte kaum einer dieses riesige Schwert mit derartiger Kraft und Akkuratesse führen und dir mit nur einem Hieb den Kopf abtrennen können. Mit einem Täter, der über weniger Superkräfte verfügte, hätte das Ganze eine furchtbare Sauerei werden können. Überaus grausig. Ein Sägen oder Hacken durch Fleisch, Muskeln, Luftröhre und Rückgrat, was passieren kann, wenn die Klinge stumpf oder der Schlächter unfähig ist. Von anderen Verletzungen einmal ganz abgesehen, abgehackten Händen und Armen, wenn das Opfer sich zu schützen versucht. Tatsächlich war die Menge an Blut schockierend gewesen. Zeugen gaben an, gesehen zu haben, wie es aus dem Hals des Opfers stoßweise herausgesprudelt war. Auf dem Gehsteig riesige Lachen bildete. Das Aufwischen soll anscheinend ziemlich sehenswert gewesen sein.

Man ist also dankbar, wenn einem im Kleinen Gnade widerfährt. Smileys an diejenigen, die es ja nur gesagt haben wollten, nachdem andere ihnen fehlendes Feingefühl attestiert, damit wiederum lautstark die eigene Tugendhaftigkeit propagiert hatten. Gebt doch endlich alle Ruhe. Warum postet ihr überhaupt irgendwelche Nachrufe auf Anna Dupont oder schickt ihrem Ehemann eure Gedanken und Gebete? Ihr kennt diese Leute doch überhaupt nicht. Sie sind Fremde für euch. Lasst sie in Frieden.

Hallo, ich bin auch hier! Das war – eigenartigerweise – die Methode, mit der ich mich über Wasser hielt.

Erinnerst du dich an den Ausflug ins Musée des Beaux Arts? Natürlich waren wir häufig dort, aber ich meine das erste Mal. Ich erinnere mich, dass du mir *Landschaft mit dem Sturz des Ikarus* von Breughel zeigen wolltest – oder vielleicht auch nicht. Von Breughel, meine ich. Aber wen kümmert's?

Du hattest immer wenig Geduld bei diesen Auseinandersetzungen um Zuschreibung. Das Gedicht von Auden hatte dich zu dem Bild und ins Museum gezogen, das, worauf uns der Freund eines Freundes an dem Abend hinwies, korrekt Musées *Royaux* des Beaux Arts heiße. «Ja, ja, und man sollte auch das *de Belgique* nicht unterschlagen.» Pedanten, das war noch so etwas.

Jedenfalls erinnere ich mich, wie wir vor *Der Tod des Marat* von David saßen, das in einem der angrenzenden Räume hängt. Wo wir, zwangsläufig, die Legende von Charlotte Cordays Hinrichtung per Guillotine diskutierten. Ihren empörten Gesichtsausdruck, nachdem einer der Handlanger des Scharfrichters ihren Kopf aus dem Korb hob und ihm einen Stoß versetzte. Camus hat, neben vielen anderen, diese Geschichte in Umlauf gebracht. Du mochtest die Geschichte. «Na ja, mich wundert es nicht, dass sie so guckt …»

Es stimmt nicht. Darum erzähle ich dir das alles: weil es nicht stimmt. Die Wissenschaft ist sich darin einig, dass ein abgetrennter Kopf nicht noch einige Sekunden lang bei Bewusstsein ist. Dein Kopf hätte also nicht vom Asphalt aufschauen und sehen können, wie das Blut aus deinem Hals spritzte. Dir konnte also nicht der Gedanke gekommen sein, der wohl entsetzlichste überhaupt, dass man dir just den Kopf abgeschlagen hatte. Es konnte nicht sein, dass dieser Kopf, wie er dort lag – auf der Seite, wie ich annehme, leicht schielend, – du gewesen wärst, ein bewusstes Wesen, auf so verheerende Weise seiner selbst beraubt. Dass du nur in Sekunden tot sein würdest. Jenes größte Schreckensbild.

Du, dein Kopf, konnte also nicht hinaufgeblickt und gesehen haben, wie Hadj-Dixon über dir aufragte, das blutige Schwert schwingend. «Du! Ach, Ali!» Jede Menge Spekulationen online in diese Richtung, wie du dir denken kannst. Wie du ihn dich erst in den Arsch hättest ficken lassen. Seinen Schwanz gelutscht hättest. Musste so gewesen sein. Und dann hättest du ihn in die Wüste geschickt, also hackte er dir den Kopf ab. Die Schlampe hat's drauf angelegt. Diese Windelköpfe haben's halt nicht so mit emanzipierten Frauen. Zumindest dafür zollte man ihm Respekt.

Bitte, sagte Charlotte sanft, beugte sich vor, um ihre Hand auf die meine zu legen. Andere hatten das auch schon gesagt. Sie hatten außerdem gesagt – Caroline jedoch nicht (sie heißt Caroline, nicht Charlotte): «Bitte, Edvard, hör auf, dir das anzutun. Es hilft nicht.» Caroline sagte das nicht, weil sie sehen konnte, dass es half. Die Gedanken kamen, und ich ergab mich ihnen. Tauchte so tief ab, wie ich es ertrug. Bis in die quälendsten Tiefen, bis ich nicht mehr konnte und an die Oberfläche zurückmusste. In diesem Gesprächszimmer oder wo auch immer.

Das war das einzige Mal, soweit ich mich entsinne, dass wir – du und ich, nicht Caroline und ich – je über Enthauptungen gesprochen haben. Und noch dazu erinnere ich mich gern an diesen Nachmittag. Wir sprachen über Enthauptungen, wie es zwei junge Menschen eben tun, wenn sie gemeinsam vor *Der Tod des Marat* sitzen, nicht im Traum daran denken, dass eines Tages …

«Wie alt waren sie beide damals?»

Ich erinnere mich, dass ich aufschaute. Eine derart direkte Frage.

«Ende zwanzig, denke ich. Anna hatte eine Freundin, die bei der Europäischen Kommission arbeitete und die wir übers Wochenende besuchten. Ich war nie zuvor in Brüssel gewesen, was ungewöhnlich war für einen Diplomaten, selbst für einen jungen. Von dort fuhren wir weiter nach Gent. Dort allerdings waren wir bereits gewesen.»

Es muss an meinem Gesichtsausdruck gelegen haben. Caroline lächelte.

«Sie waren noch nie dort?», sagte ich.

War sie nicht.

«Wir haben Gent geliebt.»

So geht es vonstatten. Selbst ohne Carolines fachkundige Navigation spült es mich in ruhigere Wasser. Ich griff nach der Box mit den Taschentüchern auf dem Tischchen. Dies sollte zum festen Bestandteil der Sitzungen werden. Ich nehme mir einen Moment.

Einmal sprachen wir über Lockerbie, sagte ich, nahm den Gesprächsfaden wieder auf. Einen Augenblick lang wusste Caroline nichts mit dem Namen anzufangen. Dann, sicher, Lockerbie. Vielleicht hatten wir einen Dokumentarfilm darüber gesehen. Jedenfalls sprachen wir nicht zur Zeit des Anschlags darüber. Der wurde an Weihnachten verübt, oder kurz davor. Wir waren in dem Jahr in Neuseeland, erinnerte ich mich, besuchten Freunde in Auckland. Unser Gespräch fand einige Zeit später statt, vermutlich an einem runden Jahrestag. Wir sprachen darüber, wie es wohl gewesen sein musste, in diesem Pan-Am-Flugzeug zu sitzen, gleich nachdem es explodiert war, und – unglücklicherweise, unter diesen Umständen – nicht von der Druckwelle getötet worden zu sein, sondern weiterhin angeschnallt auf dem Platz zu sitzen, vollständig bei Bewusstsein, oder zwischen Bewusstlosigkeit und Wachsein wechselnd, und auf die Erde zuzurasen, während einem – ja, wie viel, ein paar Minuten vielleicht? – blieben, um über den eigenen Tod nachzusinnen.

«Na ja, ich weiß nicht, ob nachsinnen das richtige Wort

ist», höre ich dich noch sagen, «die Situation ist wenig kontemplativ.» Gott sei uns gnädig, aber das brachte uns zum Lachen. Das ganze Gespräch war ziemlich unbeschwert und witzig, eigentümlicherweise. Wir fuhren fort, darüber zu spekulieren, ob wohl zwei oder drei Sitze oder sogar eine ganze Reihe durch die Luft gesegelt waren, unbeschädigt. Während sich die Passagiere an den Händen hielten. Und sangen. *Always Look on the Bright Side of Life.*

Dann plötzlich ernster. Ob man in einer solchen Situation mit jemandem zusammen sein wollen würde? Genauer, hätten wir beide zusammen sein wollen? Die Phil-und-Babs-Frage in Variation. Wir sprachen es nicht aus, aber ich glaube, wir waren uns einig: nein. Besser, man sah dem Ende allein ins Auge.

An der Stelle hatte Caroline längst den Faden verloren, verständlicherweise. Phil und Babs? Ganz generell muss sie gedacht haben, dass sich da aber zwei Irre getroffen hatten. Auch wenn man in deinem Metier wahrscheinlich eine Menge zu sehen bekommt. *Ver-rücktes* im Wortsinn.

Ich holte aus, die Geschichte von Phil und Babs zu erläutern. Sie hörte aufmerksam zu und gab keinerlei wertende Kommentare ab. Dann erwähnte ich, ich hätte da dieses Buch gelesen, in dem der Autor sich vorstellt, man böte ihm einen faustischen Pakt an. Entschiede er sich für die gemeinsamen Jahre, stürbe seine Frau früh an Krebs. (Was so geschehen war.) Verzichtete er (Zeitreise rückwärts; beide wählen andere Lebenswege), erreichte seine Frau (die nun nicht seine Frau ist) ein hohes Alter. Der Autor wählt, wenn ich mich nicht irre, die erste der beiden Varianten. Wie ich kaum hinzufügen muss.

Aber kann das alles so stimmen? Ich habe da irgendwas durcheinandergebracht. Die Phil-und-Babs-Geschichte war mir noch gar nicht in den Sinn gekommen, als ich zu Caroline ging. Philemon und Baucis kannte ich, klar. Aber das mit Phil und Babs war erst vor Kurzem. Und was dieses Buch betrifft, bin ich mir auch nicht sicher. Ich habe es gelesen und darüber nachgedacht, aber ist das schon so lange her? Was mich auch daran zweifeln lässt, ob die Lockerbie-Geschichte überhaupt stimmt. Und was die Frage aufwirft, ob überhaupt irgendetwas von dem gerade Gesagten für bare Münze zu nehmen ist.

Ich sollte erwähnen, dass die Gedanken heute Morgen in gewisser Weise eine Krise ausgelöst haben (ich bin jetzt wieder in der Gegenwart). Falls man das Krise nennen kann, wenn man sich um fünf Uhr morgens auf dem Trafalgar-Square vor der National Gallery auf einer Bank wiederfindet. Und ich sollte hinzufügen, dass ich tatsächlich, wie der Ausdruck «sich wiederfinden» impliziert, wie mittels schwarzer Magie einfach hier aufgetaucht war und über meine Handlungen oder Motive, weder in Teilen noch als Ganzes, Rechenschaft ablegen kann.

Was ich tatsächlich aber doch kann. Ich konnte schlicht nicht schlafen. Das ist immer noch so. Dann kamen die Gedanken, wie sie es eben tun. Und ich musste, so mein Gefühl, aufstehen, rausgehen, irgendetwas *tun*, um zu unterbinden, dass sie weiter in meinem Kopf kreisten. Ein Spaziergang, dachte ich. Scheiß auf die Uhrzeit! Scheiß auf die Kälte!

Und sollte es überhaupt Wahnsinn gewesen sein, dann eine Art kontrollierter Wahnsinn. *Meine* Art von Wahnsinn, mit anderen Worten. Nicht ganz so verrückt, als dass ich vergessen hätte, einen Mantel über den Schlafanzug zu ziehen und Schuhe, sogar Socken, Letztere vor Ersteren. Und mir im letzten Augenblick einen Schal umzubinden und auch an Handschuhe zu denken.

Dennoch muss ich ein eigenartiges Bild abgegeben haben, als ich zu dieser frühen Stunde aus dem Lift kam, vollständig angezogen, aber eben doch nicht richtig, und ohne Gepäck. Mit nichts. Ich musste keinen frühen Flieger oder Zug erwischen. Hatte kein Taxi bestellt. «Sir?», sprach mich der Nachportier an der Rezeption an. Schlafwandelte ich? Falls ich das tat, war ich nicht zu stoppen und eilte an ihm vorüber. Er ließ es dabei bewenden. Er sieht sicher eine Menge nächtliches Kommen und Gehen.

Ich hatte das Gebäude mittlerweile ohnehin verlassen. War auf die Northumberland Avenue hinausgetreten. Und dann? Lief ich los. Knappe 500 Meter. Ich kann das Hotel von hier aus sehen. Ich lief bis hierher, um dann zu denken, was tue ich bloß? Das ist doch Wahnsinn. Also setzte ich mich. Auf diese Bank am Trafalgar Square. Was entweder von *Taraf al-Ghar* (Kap der Höhle) oder *Taraf al-Gharb* (West-Kap) kommt. Wer um alles in der Welt hat mir das erzählt? Da sitze ich also in Mantel, Schuhen, Socken und Schlafanzug. Was nicht sonderlich nach Krise aussieht, wenn überhaupt nach Krise. Ich bin in einer Stadt, die ich gut kenne, wo ich viele Jahre über immer wieder gelebt habe, und in einem Stadtteil, der mir vertraut ist. Trafalgar Square habe ich sicher mehrere tausend Male überquert. Und ich bin bloß Minuten von der Wärme und dem Luxus meines Hotels entfernt. Meine Magnetkarte ist in meiner Tasche, ich habe nachgesehen. Keine Brieftasche, keine Schlüssel, kein Telefon. Aber ich kann ohne Weiteres zurück in mein Zimmer. Trotzdem bin ich fasziniert davon, welch außerirdische Atmosphäre hier herrscht. Was mit der Uhrzeit zu tun haben muss, der Kälte, den Umständen.

Mich hat überrascht, wie viele Menschen um diese Uhrzeit unterwegs sind. Allerdings zeigt mir die Überraschung lediglich, wie verwöhnt und privilegiert ich mittlerweile bin – und alt. Clubgänger und Nachteulen sind auf dem Heimweg oder halten sich wacker. Die Nacht ist noch jung. Für die, die noch jung sind.

Und dann sind da die Menschen auf dem Weg zur Frühschicht, die Reinigungskräfte, Pförtner und Baristas. Die Schatten der Schattenwirtschaft. Die aussehen wie Kriegstraumatisierte, erschöpft, und auf deren verschwommenen Gesichtern Spuren davon künden, wie abrupt sie aus dem Schlaf gerissen wurden. Du hast es gehasst, früh aufzustehen, diese furchtbaren Klimper-Dudel-Signaltöne von Smartphones, die immer gerade so außerhalb der Reichweite des ausgestreckten Arms liegen.

Müßig zu sagen, dass ich inmitten dieses ganzen menschlichen Verkehrs keinerlei Aufmerksamkeit erregte. Ein Polizisten-Duo, umfangreich ausstaffiert mit Holstern, Taschen, Handschellen, Sprays, Schlagstöcken, Tasern, Taschenlampen, Kameras, Telefonen und Funkgeräten, kam vor einigen Augenblicken auf mich zu, nahm mich in Augenschein, nickte und ging dann seines Weges. Womöglich haben sie meine Schlafanzughose gesehen. Aber was soll's? Als ich das Hotel einigermaßen verzweifelt verließ, hatte ich mir womöglich ausgemalt, auf einer Wache zu landen, in einer Notaufnahme oder in Sicherheitsverwahrung.

Das war auch schon das ganze Ausmaß meines Wahnsinns. Denn nach meinem fünfminütigen Fußmarsch, wenn er denn überhaupt so lang gedauert hatte, setzte ich mich gleich hierher. Ich wiederhole mich. Und war, wie ich jetzt bin. Ruhig, klar, rational. Normal. Fühlte mich, wie ich mich normalerweise fühle. Habe in keiner Weise den Eindruck, außer Kontrolle zu sein. Nicht jetzt. Manchmal kommen mir diese dunklen Gedanken daran, wie meine Frau ermordet wurde, und dann drehe ich kurzzeitig durch. Aber das ist sicher verständlich, oder?

Vollkommen. Caroline ist wieder da. Als Vorrichtung. Es gibt sie natürlich. Nehme ich jedenfalls an. Ich hätte sicher davon gehört, wenn sie gestorben wäre, oder? Jedenfalls habe ich sie mir nicht ausgedacht. Aber jetzt ist sie nur in meinem Kopf – erinnert, falsch erinnert, fehlrepräsentiert, originalgetreu beschrieben, bei Bedarf hervorgeholt. Ich glaube schon, dass sie damit einverstanden wäre, auf diese Weise benutzt zu werden.

Ein Stadtstreicher nähert sich. Lass mich das neu formulieren: ein Wohnungsloser. Er hat weder verfilztes Haar, einen verknoteten Bart noch ein gerötetes Gesicht. Trägt weder einen zerlumpten und schmuddeligen Mantel, noch schiebt er einen Einkaufswagen mit prallvollen Tüten, in denen weiß der Himmel was ist. Natürlich nicht. Dieser «Straßenchic» ist mit Thatcher verschwunden. Vielleicht ist er auch nicht wohnungslos. Recht unwahrscheinlich allerdings, dass er einfach jemand ist, der gern nachts herumwandert, oder? Und bei genauerem Hinsehen erweist sich die mit Bedacht gewählte Kleidung – wasserdichte Jacke, Jeans und robuste Turnschuhe, Sachen, wie sie heutzutage in Notunterkünften verteilt werden – als abgewetzt, zerknittert und schmuddelig. Er kommt womöglich aus dem Fußgängertunnel an der Charing Cross Station. Vertritt sich vor dem Frühstück in St Martin-in-the-Fields kurz die Beine. Oder kommt von weiter her. Vielleicht ist er die ganze Nacht über gelaufen.

Einen Augenblick lang stelle ich mir vor, wie wir uns eine Zigarette teilen oder eine Dose irgendwas hin- und hergehen lassen. Er wäre derjenige gewesen, der etwas hätte anbieten müssen. Ich hatte natürlich nichts dabei. Bloß die Schlüsselkarte. (Ein weiteres Nachschauen.) Tatsächlich ist es Jahre her, seit ich ein Päckchen Zigaretten am Mann hatte (nette Wendung, oder?). Und auch wenn ich zu viel trinke, bin ich doch nicht so weit, als dass ich Bier oder Cider auf der Straße trinken würde. Glaube nicht, dass ich das je getan habe. Vielleicht als Student?

Warum ich mir vorstellte, wie wir beiden, der Wohnungslose und ich, in dieser Weise Zwiesprache halten, kann ich nicht mehr sagen. (Der Moment ist vorüber.) Welche Verbindung besteht zwischen uns? Keine. Anders als die Polizisten hatte der Mann nicht in meine Richtung geschaut oder genickt. Ging einfach vorbei. Jetzt ist er an der Kanadischen Botschaft angekommen. Vielleicht ist er sogar abstinent und raucht nicht einmal? Wie vermutlich einige Wohnungslose, oder? Ich begreife, dass der Gedanke von der Tatsache ausgelöst worden ist, dass ich für eine Zigarette alles tun würde, nachdem ich buchstäblich jahrzehntelang nicht geraucht und so ziemlich genauso lang kein Verlangen danach gehabt habe.

Aber das Verlangen ist wieder verflogen. Diese Krise war nie eine, merke ich jetzt. Passend wäre, wenn ich sagen könnte, das erste Licht der Dämmerung zeige sich am Himmel. Tut es nicht. Es ist noch immer dunkel, noch immer Nacht. Larkin erweiterte die Bedeutung des Wortes *Aubade*, indem er sein Gedicht so nannte. Oder bewies durch die Verwendung vielmehr bittere Ironie. Vor sechs wird kein Frühstück serviert, aber ich freue mich jetzt schon auf mein englisches mit allen Schikanen.

Ist es möglich, dass das Abendessen mit Josephine erst sechs Stunden zurückliegt?

Meine Suite

Ich habe unser Haus geliebt. Mir gefiel, wie unscheinbar es war, dass wir uns ein größeres, prächtigeres hätten leisten können, in einer besseren Gegend der Stadt. Dass wir zu viel Mühe und Geld investierten, war wegen seiner essenziellen Bescheidenheit entschuldbar. Wir konnten damit angeben, offen, ja sogar überschwänglich unsere Liebe zeigen, wie das der Besitzer eines Mischlingshundes tun kann, nicht aber der eines Rassehundes, oder die Eltern eines beflissenen Sprösslings, nicht aber die eines offensichtlichen Wunderkindes.

Es wurde vor ein paar Tagen verkauft. Und sollte das distanziert klingen, mich passiv wirken lassen, weit entfernt vom Geschehen, so trifft das zu, weil ich nicht das Gefühl hatte, irgendetwas damit zu tun gehabt zu haben, weder mit dem Verkauf noch dem Haus. Beides war nun bereits eine ganze Weile in den Händen anderer. Verschiedene Makler haben sich um das Haus gekümmert, mehrere Familien darin gewohnt. Ich war weder traurig noch glücklich über den Verkauf. Genauso wie ich beim Auszug weder traurig noch glücklich gewesen war, bei der Schlüsselübergabe an den ersten Makler oder als ich hörte, dass ein junges Paar mit zwei kleinen Kindern einziehe. Samt Hund. Interessierte mich das? Warum sollte es?

Engere Freunde hatten dafür Verständnis. Ein Haus voller glücklicher Erinnerungen war zu einer weiteren glücklichen Erinnerung geworden, einer, die alles einschloss, die ich sozusagen ewig mit mir herumtragen werde, in dieser Was-hab-ich-unser-Haus-geliebt-Art. Genauso wie ich ewig die Tage und Nächte mit mir herumtragen werde, die ich mit irrem Blick durch das Haus strich, und jeder einzelne Gegenstand darin – nicht nur Gemälde, gekauft zu runden Geburtstagen, oder Mitbringsel von unseren Reisen, sondern auch Kartoffelschäler, Seifenspender und Serviettenringe – uns durch einen Faden verband, der es mir dem Anschein nach ermöglichte, dich wieder heranzuziehen, bis der Faden riss, mich dort im Esszimmer zurückließ, in der Hand einen Kerzenlöscher oder was auch immer, und doch mit leeren Händen. Wo war ich jetzt? Ganz woanders. Davon befreit. Die Verbindung war gekappt. Am Tag meines Auszugs war das Haus nur mehr eine Hülle. Als ich mich ein letztes Mal umsah, dachte ich nicht: «Leb wohl, alter Freund.» Ich dachte: «Habe ich auch nichts vergessen?» Ich hatte meinen Verstand von jeglichem Gefühl befreit. Entrümpelt. Tiefengereinigt. Was ich brauchte, hatte ich behalten oder eingelagert. Der Rest? War weg. Verkauft, an wohltätige Organisationen gespendet, weggeworfen. Ich erinnere mich, wie ich dachte – während ich mir begleitet von einem Hauch Bitterkeit selbst gratulierte –, das bedeute wohl, dass ich mich emotional weiterentwickelte. Den Standort und -punkt wechselte. Kein sonderlich interessantes Wortspiel, aber es genügte, um meine Laune für einen Augenblick zu verbessern. Dies waren noch immer schwierige Tage.

Aber die neue Wohnung streckte mich zu Boden. Eine weitere Hülle, aber eine, die ich füllen musste. Sachen hatte ich, alte und neue, aber wie sollte ich diese Räume bewohnen? Ich wanderte durch die leeren Zimmer – ich war ungefähr eine Stunde vor den Möbelpackern gekommen – und verzweifelte an der Deckenhöhe, dem Licht, den Möglichkeiten, all den Dingen, die mich abstrakt betrachtet für die Wohnung eingenommen hatten. Ich war des Lebensstils, den sie von mir zu erwarten schienen, nicht fähig. In jener ersten Nacht schlief (und heulte) ich, zusammengerollt in einer kleinen Ecke des großen, neuen Betts, inmitten ungeöffneter Kartons und Kisten.

Die Wohnung liegt im dritten Stock eines eleganten Gebäudes aus dem 19. Jahrhundert. Sie hat hohe Decken, ist stilecht renoviert und verfügt über gewaltige Türen, mit gewaltigen Schlössern, deren Teile sich – herrlich – sicht- und hörbar bewegen. Ich kann mir vorstellen, wie befriedigend es sein muss, diesen Mechanismus zu ölen. Zweifellos wird man einen Mann finden können, der sein Leben dieser Aufgabe gewidmet hat. Einen Meister. Einen Mann, der zu beneiden ist.

Die Anordnung der Zimmer ergibt aufs Trefflichste Sinn, obwohl es mich Mühe kosten würde zu erklären, warum. Sobald man die Wohnung betritt, weiß man einfach, dass sich hinter der ersten Tür links das Gästezimmer befindet und der erste Raum rechts die Küche ist – ein äußerst passendes Arrangement. Die Fenster zur Straße sind bodentief und gehen auf einen Balkon hinaus. Ein angenehmer Platz, um bei einem Glas Wein zu lesen, obwohl ich das erst höchstens zweimal getan habe (Martin Frink und sein Balkon lassen grüßen). Der Arbeit wegen bin ich natürlich viel unterwegs.

Ich hatte Stockholm in Betracht gezogen, Oslo. Aber Genf war am bequemsten, und die Stadt ist interessanter als ihr Ruf. Nicht, dass was auch immer sie interessant macht, mich sonderlich interessieren würde. London hatte ich sofort ausgeschlossen. Das hatte etwas mit dem Standort- / Standpunktwechsel zu tun, wenn ich das noch einmal erwähnen darf. *Du* bist hier: Aber das ist es gerade. Ich knie nieder, lege Blumen ab, aber ich will nicht neben deinem Grab schlafen.

Was ist mit all unseren Londoner Freunden? Ich besuche sie häufig. Ich bin mindestens ein Wochenende im Monat zu Besuch irgendwo, wenn nicht alle vierzehn Tage. Ich habe Glück, ich bekomme jede Menge Einladungen. Im Lebensraum anderer finde ich zu mir selbst. Ich bin ein ziemlich guter Gast, zumindest gehe ich davon aus. Ich helfe hier und dort, räume den Tisch ab, bestücke die Geschirrspülmaschine, aber ich weiß auch, wenn ich in der Küche nicht erwünscht bin. Ich gebe meinen Gastgebern Raum, ziehe mich ins Wohnzimmer zurück, ins Gästezimmer oder ins Wochenendhaus. Steht ein Spaziergang an, der Besuch einer Galerie oder im Pub, bin ich gern mit von der Partie, aber es macht mir auch nichts aus, allein zu Hause zu bleiben. Man muss mich nicht permanent bei Laune halten, mit mir reden oder bei mir sitzen. Ich bin glücklich allein mit einem Glas Wein und einem Buch. Ich erhebe nie Einspruch, wenn jemand den Fernseher einschaltet. Ich lege das Buch weg. Ich streichele die Katze oder den Hund. Ich spiele mit kleineren Kindern. Ich rede mit älteren Kindern. Ich gehe dann zu Bett, wenn ich den Eindruck habe, meine Gastgeber sähen es gern. Früh oder spät. Ich bin gut darin, die Signale zu lesen. Ich bin pflegeleicht. Mich im Haus zu haben, ist angenehm.

Man lädt mich automatisch wieder ein. «Was machst du eigentlich an Weihnachten / Silvester / Ostern, Edvard?» Ich bin Monate im Voraus ausgebucht. Ich muss Leuten absagen.

Aber ich lade niemanden in meine Wohnung ein. Nicht, dass ich keinen Platz hätte. Die Wohnung ist geräumig. Ich habe ein Gästezimmer mit einem großen Doppelbett. Es ist sehr bequem und steht bereit, als erwartete ich Gäste. Frisch bezogen. Ein sauberes Handtuch liegt bereit. Ein Gästebuch. Warum ich es gekauft habe, weiß ich nicht mehr. Ich habe es ein- oder zweimal durchgeblättert, so als hätte ich einige Besucher verpasst.

Und dann ist da noch die Hütte in Urke. Wir wollten immer, falls du dich erinnerst? Also wieder Kontakt aufnehmen mit meinen «norwegischen Wurzeln». (Deine exakten Worte – in denen nicht bloß ein Hauch Spott mitschwang; aber mein Gefühl.) Wirklich gelebt hatte ich ja nie im Vestlandet – ich hatte bloß als Junge meine Ferien dort verbracht und einen Haufen Erinnerungen gesammelt, die mich dorthin zurückzogen – das sagte ich mir jedenfalls selbst immer.

Dann starb letztes Jahr ein entfernter Cousin, wesentlich älter als ich, und seine Witwe, die das Haus nicht halten wollte, weil sie seit Jahren kaum dort gewesen waren, meldete sich bei mir. Ob ich Interesse hätte, es ihr abzukaufen? Einen Rabatt für Familienmitglieder gab es allerdings nicht. Ich zahlte ein Vermögen für kaum mehr als eine Schäferhütte. (Fast konnte ich die alte Witwe am anderen Ende der Leitung gackern hören.) Aber was soll ich sonst mit deinem Geld anfangen? *Deinem* Geld, und so viel davon. Spenden natürlich, zu großen Teilen. Für all die guten Zwecke, die du unterstützt hast. Und dann ist da ja auch noch die Stiftung. Aber niemand, du am allerwenigsten, würde mir diesen einen Luxus missgönnen.

Natürlich nicht, Liebling. Schließlich geht es um deine norwegischen Wurzeln und so weiter.

Permanent ermutige ich Freunde, in der Hütte Urlaub zu machen, so lange sie wollen. Nein, natürlich nehme ich kein Geld dafür. So revanchiere ich mich für ihre Gastfreundschaft, ihre Fürsorglichkeit, ihre Nachsicht. Und ein oder zwei waren auch tatsächlich oben. Und luden mich ein mitzukommen – kapierten den Witz nicht, wie ich immer lachend sage. Wenn ich selbst hinfahre, will ich allein sein. Fliehen. Nicht unbedingt vor ihnen. Jedenfalls nicht vor den einzelnen Freunden. Vielleicht in ihrer Gesamtheit. Davor, mit ihnen zu zusammen zu sein und doch immer irgendwie von ihnen getrennt. Nach dem Verlust eines Menschen kann die Gesellschaft anderer größtmögliche Einsamkeit bedeuten (keine sonderlich originelle Beobachtung, wie ich merke). So ist es jedenfalls, wenn ich dein Fehlen am intensivsten spüre. Wieder Single zu sein, ist schlimmer als einfach nur allein, wie ich festgestellt habe. Es erschüttert mich noch immer.

Selbst aus rein pragmatischen Gründen würde ich nie wieder einen Fuß in unser altes, heiß geliebtes Haus setzen wollen. Für mich ist es, wie man so sagt – wieder mengt sich ein Hauch Bitterkeit bei, zu meiner Genugtuung diesmal –, gestorben.

Auf dieser Reise mit vielen Zwischenstopps schaute ich auch in der Genfer Wohnung vorbei, *meiner* Wohnung. «Schaute vorbei» trifft es: Denn ich besuchte die Wohnung wie einen entfernten älteren Bekannten, dem man aus Pflichtgefühl einen möglichst kurzen Besuch abstattet. Die Wohnung dünstet etwas Düsteres aus, als ich die Tür öffne – seit Urzeiten ist niemand mehr hier gewesen, dementsprechend hat die Begrüßung etwas Beleidigtes. «Ach, du bist es …», so nach dem Motto. Obwohl noch Winter ist und die große Kälte mir aus den Bergen hinab und quer über den Kontinent gefolgt ist, reiße ich als Reaktion auf diesen nachtragenden Groll der Wohnung die Fenster auf. Lasse kalte Frischluft unter ihre muffigen Röcke fahren sozusagen.

Mir ist bewusst, dass ich die Wohnung als grantige alte Frau gendere – was heutzutage natürlich nicht mehr geht. Beziehungsweise *grundsätzlich*. Aber wir übertreiben halt gern, des Effekts wegen – ich und die Wohnung. Zwei grantige alte Männer, die einander unter Knurren respektieren, sich aber grundsätzlich nicht grün sind.

Zudem ist es tatsächlich so, dass sie – *er* – durchaus regelmäßig Besuch bekommt – in Person einer aufgeweckten und lebhaften jungen Frau, die einmal wöchentlich kommt, um zu putzen und zu lüften. Ich bin nur ein einziges Mal zur selben Zeit dort gewesen wie sie. Sie stand in der Tür und rief vorsichtig nach mir, als sie merkte, dass jemand in der Wohnung war. Ich kochte Kaffee in der Küche, und es gelang mir ganz gut, den Anschein zu erwecken, als begrüße ich die Störung. «*Bonjour. Entrez. Je suis le propriétaire. Oui, M. Behrends. Mais je préférais Edvard, s'il vous plaît. Ravi de vous rencontrer … Monique, c'est vrai. Non, vous ne me dérangez pas.*» Sie – Monique – ging beim Putzen mit einer gewissenhaften Flüchtigkeit ans Werk. (Notwendigerweise, denn viel zu putzen gibt es nicht, aber sie war die ganzen zwei Stunden über beschäftigt.) Sie wuselte über mich und hinter mir herum, sang dabei leise, sang die Lieder mit, die aus den Stöpseln in ihren Ohren drangen, während ich mich bemühte, ihr aus dem Weg zu gehen, mich von Raum zu Raum bewegte, unfähig, mich irgendwo niederzulassen. Mein Flug ging am nächsten Morgen. Ich wünschte, ich hätte einen früheren gebucht.

Meine Anwesenheit in dieser Wohnung, meine Existenz, muss sie irgendwie fasziniert haben, stelle ich mir vor. Der mysteriöse Eigentümer. «Es gibt ihn wirklich!» Menschen wie ihr, die Tag für Tag in derselben Stadt leben und arbeiten, sie kaum, wenn denn überhaupt je, verlassen, mit einem engen Familien- und Freundeskreis, muss mein rastloses Leben – heute London, morgen Paris – mitsamt den gelegentlichen, nur flüchtigen Besuchen in der Wohnung, die ja nominell meine Heimat darstellt, sehr fremd vorkommen. Obgleich man mich vielleicht auch darum beneidet. In gewissem Maße. Oder bemitleidet. Jede sterile Oberfläche und jedes unbenutzte Utensil verstärken diesen Eindruck. Was für ein Leben sollte das sein?

Montag, glaube ich. Das ist der Tag, an dem sie zum Saubermachen kommt. Ich überlasse Dinge wie den Putzplan meiner Verwalterin, einer jungen Frau, die ich noch nie gesehen habe. Wir sind nur per E-Mail in Kontakt. Ich war ein paar Monate nicht mehr in der Wohnung gewesen. Meine Verwalterin soll sich eigentlich darum kümmern, aber unten in meinem Fach in der Lobby hatte sich einiges an Post angesammelt. Ein Nachbar – eine Bezeichnung, die ich nur benutze, weil er ganz offenbar im Gebäude wohnt, ich kenne den Mann nicht – nickte mir zu, als ich meine Briefe herausholte. (Sogar eine Geburtstagskarte war darunter. Von Dom und Lindy.) Er trug einen Hund, eher als Deko, so wie man ein Baguette tragen würde, obwohl sich diese schnöselige Schnauzer-Kreatur (aus irgendeinem Grund konnte ich sie vom ersten Augenblick an nicht leiden) wohl irgendwann dazu herablassen würde, selbst zu laufen. Zum Parc de La Grange ist es nicht weit. Genauso wie zum Quai Gustave-Ador. Er, also der Hund, trug eine Weste mit Schottenkaro. Sein Besitzer einen gründen Lodenmantel, wie es unter Schweizer Männern seines Alters verpflichtend zu sein scheint. Außerdem Schneestiefel. Ich trug Business-Mantel, Anzug und elegante Schuhe, ein Outfit, das sich bereits für das Wetter in Berlin, London und Paris als unpassend erwiesen hatte. Der Nachbar war soeben mit dem Lift heruntergekommen. Hatte mit lautem Rasseln die Scherengittertür aus Messing aufgezogen. Ich wollte hinauffahren. Aber warum erzähle ich dir das alles?

Es ist nicht so, als wäre die Wohnung nicht überaus gemütlich eingerichtet. Unsere über Jahrzehnte angesammelte Bibliothek ist hier. Genauso wie unsere weniger umfangreiche Kunstsammlung, samt einigen Neuzugängen, die dir gefallen würden, wie ich glaube. (Ich habe in den letzten Monaten einige angenehme Nachmittage auf Kunstmessen verbracht.) Genauso wie die Möbel und sonstigen Besitztümer, die sich transportieren ließen und in diese sehr anderen Räumlichkeiten passten. Und trotzdem findet sich in der Wohnung kaum etwas aus unserem Haus. Ich habe die wohl durchdachte Lebensweise eines höheren Diplomaten angenommen, von denen es hier Hunderte gibt, die genauso leben, überall in Genf. Und in Städten wie Wien und New York. Was auf der Strecke geblieben ist, ist das Flippige, die Ecken und Kanten, die du beigesteuert hast. Das musste verschwinden, so mein Gefühl. Davon wollte ich keine Replik. Ohne dich hatte ich dazu keinen Mumm.

Manchmal ertappe ich mich dabei, heute etwa, wie ich durch diese Wohnung spaziere, die ich gekauft und eingerichtet habe und die gegen Bezahlung für mich in Schuss gehalten wird, wie man durch ein Museum schreiten würde, das einst das Haus irgendeines reichen Kaufmanns gewesen ist. Ein Mann mit Geschmack, aber gleichzeitig ein ziemlicher Langweiler. Einige Bereiche könnten genauso gut mit einer Kordel abgesperrt sein oder hinter Glas liegen. Bitte nicht betreten. Privatbereich. Kann ich mir etwa vorstellen, je zu einem Abendessen an diesen Tisch einzuladen – oder auch nur alleine dort zu essen?

Dieses Gefühl der Unverbundenheit hat aber auch seine

guten Seiten. Im Schlafzimmer ins Bett zu steigen, sich unter die Laken zu legen, makellos rein und gestärkt, eiskalt und doch sinnlich, ist köstlich transgressiv. Ein ehrenamtlicher Wärter wird mich hier am Morgen finden und mich, *tse-tse-tse*, rauswerfen. Die Reinigungskraft wird hereinkommen und die minimale Unordnung sehen – natürlich nur auf einer Seite des Bettes – und sich vorzustellen versuchen, wie die Nacht verlaufen ist. (Ich räume ein, dass es etwas gruselig ist, sich ihr Vorstellen vorzustellen.) In gleicher Weise gibt es mir irgendwie einen Kick, einen einzelnen Teebeutel im Biomüll zu hinterlassen – dieses eine winzige Ding, das es zu entsorgen gilt. Was tue ich hier auch sonst? Auf die Gefahr hin, mich zu wiederholen: Offenbar sehe ich mich bloß um. Wandere ziellos umher. Einen halben Tag in einer fremden Stadt, bevor ich wieder zum Flughafen muss.

Ich aß in der Brasserie um die Ecke zu Abend, wie ich es für gewöhnlich tue, wenn ich hier bin und nicht irgendwo anders zum Essen verabredet. Es ist die Sorte Restaurant, die die Leute gern als *kleines Lokal für Einheimische, wo wir einfach gern hingehen* beschreiben (du auch) – was allerdings das Essen, den Service und das Ambiente weit unter Wert verkauft, aber mit gutem Grund. Niemand will, dass es zu etwas Größerem wird als dem, was es ist – und das trifft sowohl für Besitzer als auch Angestellte zu. Das Lokal muss sich nicht um neue Kundschaft oder Touristen bemühen. Es hat die magische Formel gefunden. Es ist immer voll, trotzdem findet der Kellner stets einen freien Tisch. Eine Reservierung ist nicht nötig. Jeder ist Stammkunde. «Ah, Monsieur …»

Beinahe ausnahmslos esse ich allein. Auf diese mir mittlerweile so vertraute Fühle-mich-wohl-in-meiner-Trauer-darüber-allein-zu-sein-Art. Je später es wird, umso mehr schwanke ich am Tisch vor und zurück, verschwimmt das Buch, das geöffnet vor mir liegt, auf angenehme Weise vor meinen Augen. Am Ende des Abends oder am folgenden Morgen merke ich, dass ich bloß eine oder höchstens zwei Seiten gelesen habe. Und das Gelesene beinahe vollständig vergessen habe. Mithilfe großer Konzentration und präziser Selbstbeherrschung gelingt es mir allerdings, den letzten Drink, den einen zu viel, ohne Lallen zu bestellen – vielleicht einen Calvados oder Benediktiner – und dann zu zahlen, Mantel, Tasche und Schirm wieder in Empfang zu nehmen und den kurzen Fußmarsch zu meiner Wohnung zu absolvieren. Auf dem Weg kommt es vielleicht zu leichtem Torkeln – wovon es nur Beweise gibt, sollte gerade frischer Schnee gefallen sein. In verschneiten Nächten ist die Stille in dieser ruhigen Gegend immens. Hin und wieder gleitet beinahe geräuschlos ein Auto vorbei – in dem allem Anschein nach niemand sitzt. Die Wohnanlagen sind allesamt verriegelt. Man könnte mitten auf der Straße laufen, Puderschnee aufwirbeln, lachen und rufen, und die Geräusche würden in die Stadt hinein, über den See hinweg und in die Berge hinaus hallen – und verschwinden. In keinem Fenster würde ein Licht angehen.

Am Eingangstor zu meinem Gebäude und dann an der Wohnungstür beschreibt der Schlüssel in der Luft Achten, bis er wie durch magnetische Anziehung im Schloss einrastet und mich wie von Zauberhand einlässt. Zurück in der Wohnung, ernüchtert mich für einen Moment, wie kühl und mir in keiner Weise zugehörig sie mich empfängt. Lass mich einfach heute Nacht hier schlafen, denke ich, morgen verschwinde ich dann.

Bevor ich ins Bett gehe, erledige ich die nötigen Waschungen in dem makellos sauberen, weiß gefliesten Badezimmer.

Die sich hinziehen wie ein Traum. Zehn Minuten fühlen sich wie eine Stunde an. Kater behandele ich prophylaktisch – was möglicherweise einen sicheren Hirntod auf unbestimmte Zeit verschiebt, keine Ahnung.

Am nächsten Morgen, diesem Morgen, mein Kopf ist durch Ibuprofen in Neutralzustand versetzt, packe ich den Koffer, den ich nie wirklich auspacke, und verlasse die Wohnung mit genauso wenigen sentimentalen Gefühlen wie ein Hotelzimmer. Wenn ich könnte, würde ich den Schlüssel abgeben. Aber es gibt hier keine Concierge.

Sechs Stunden später bin ich zurück. Genau, ich bin in diesem Hotelzimmer: meiner Suite – Schlafzimmer, Salon, Bad und Balkon –, die mir in den letzten Monaten eine Art Heimat gewesen ist. Sie hat mir gute Dienste geleistet. Ich bin zurück auf dem Berg, und es tut gut. Ich trete auf den Balkon hinaus, begrüße den Ausblick und atme tief durch.

Die Putzkolonne hat beseitigt, was ich an Unordnung hinterlassen habe (nicht viel). Sie hat meine Sachen in Schränke und Schubladen verstaut (Kleidung); sie fein säuberlich auf den Tischen aufgestapelt (Bücher und Unterlagen, wiederum nicht viele). Und doch macht es mich glücklich, mein eigenes Reich zu haben, solange ich hier bin, so unbedeutend es scheinen mag. Die Bar ruft, und ich werde einige bekannte Gesichter begrüßen.

Und Frieden aushandeln.

Fortschritt

Meine erste Reaktion auf die Neuigkeit – eine Art Abwehrstrategie? – war, mir alberne Reime auszudenken. «Noor ist durchs Tor», oder «Oh, *Noor* (hierfür braucht es einen Geordie-Akzent, wie der von Ruth in *The Archers*. Ja, ich höre dein Lieblingshörspiel noch immer).

Die Neuigkeit war, auch wenn es nicht an die große Glocke gehängt wurde, dass Noor «zurückbeordert» worden war. Mir kam es zu Ohren, nachdem mir bereits aufgefallen war, dass er erst im Morgenmeeting und dann auch am Nachmittag gefehlt hatte. Im Sitzungsalltag ist das ungewöhnlich, weshalb ich Erkundungen einholte.

Da Noor lediglich die Nummer drei ist (war?), fand mein Team, man müsse nicht großartig darauf aufmerksam machen. Was mir einleuchtete. Was mir nicht einleuchtete, was mich richtiggehend nervte und auch ganz sicher mein Team genervt hätte, war, dass mich die Nachricht derart erschütterte. Deshalb behielt ich meine Gefühle vollständig für mich. Ich bin geübt genug darin, undurchschaubar zu wirken und mir nichts anmerken zu lassen, sodass ich damit durchkam, wie ich glaube.

Aber ich sollte auch nicht übertreiben, was das Ausmaß meiner Beunruhigung anging. Die Nachricht hatte mich einfach in gewisser Hinsicht erschüttert. Denn «zurückbeordert» kann entweder den sicheren Tod bedeuten oder sofortige Inhaftierung oder fristlose Entlassung. Ist nach meinen bisherigen Erfahrungen schon alles vorgekommen.

Aber es kann auch anderes bedeuten. Vielleicht wurde er zu Gesprächen zurückbeordert oder soll weitere Anweisungen erhalten. Noor kann genauso gut zurückkehren. Auch das habe ich schon erlebt. Vielleicht wird sich die Sache als ausgefuchstes Theaterstück entpuppen. Permanent wird ja darauf gedrängt, neue Unterlagen in die laufenden Verhandlungen einbringen zu dürfen. Gesandte tauchen auf, mit noch qualmenden Füßen, wie man so sagt, ein bisschen so wie die Chargen bei Shakespeare, mit angeblichen Zugeständnissen, neuen Vorschlägen oder Zeugenaussagen, die vorgetragen werden wollen.

Sabbagh weiß vermutlich Bescheid. Warum man Noor zurückbeordert hat. Aber Sabbagh wird es mir niemals sagen, und ich werde ihn auch nie danach fragen. Sollte Noor zurückkommen, kommt er zurück. Sonst ist er Geschichte. Die Fluten sind über seinem Kopf zusammengeschlagen. Wir machen weiter.

All das ging mir durch den Kopf, und doch dachte ich auch: Besteht da ein Zusammenhang? Trage ich dafür in gewisser Weise die Verantwortung? Was für ein Zusammenhang? Verantwortung in welcher Hinsicht? Weil ich Noor einmal auf dem Friedhof begegnet war und ein paar Worte mit ihm gewechselt hatte? Weil ich den Koran als Geschenk angenommen, zumindest nicht zurückgegeben hatte? Na ja. Was, na ja? Wer befragte denn hier wen? Ich mich selbst, voller widersprüchlicher Gefühle, so schien es. Ich kam zu keiner Lösung.

Dass ich abgelenkt war, Schwierigkeiten hatte, mich auf die Verhandlungen zu konzentrieren, hat auf die Gespräche keinen Einfluss gehabt, wie ich hinzufügen kann. Sie laufen gut. Um mich herum und an mir vorbei gewissermaßen. Während ich nicht so recht oder gar nicht bei der Sache bin.

(Ein- oder zweimal habe ich den Hammer angehoben, mich dann eines Besseren besonnen und ihn wieder sinken lassen.) Es hat Fortschritte geben bei den Gesprächen, sollte ich vielleicht hinzufügen – im Besonderen während der paar Tage, die ich unterwegs war, einige Hauptstädte besuchte und mein Stellvertreter den Vorsitz innehatte. Die Vorstellung, dass ich die Gespräche orchestriere, dass sie ohne mich stagnieren oder scheitern würden, ist mehr denn je reine Angeberei. Hat meine Präsenz überhaupt eine besänftigende Wirkung, bin ich der ruhende Pol, um den herum sich Fortschritt entwickelt? Sitze ich nicht einfach hier, mittendrin, weder richtig da noch vollständig abwesend?

Da ist sie wieder, die Frage danach, was ich denn eigentlich *tue*? So wie sich die Dinge entwickeln, sieht es mehr und mehr aus, als müsste ich mir dieses Mal, sollten wir zu einer Einigung gelangen, Verdienste anrechnen, die mir gar nicht zustehen – wobei mich der Gedanke entlastet, dass sich auch meine Verdienste in Luft auflösen werden wie Rauch, der aufsteigt und sich verflüchtigt, sobald ich meinen Bericht den Regierungen, Ministern, Premiers und Präsidenten vorlege. Ein Sherpa, selbst der erfahrenste, ist nie der, der am Gipfel die Fahne hisst. Das ist eine unserer kleinen Weisheiten, und ich habe darin immer Trost gefunden.

Ich spielte eine vertraute Karte. Ich vertagte die Gespräche. Nicht am Tag meiner Rückkehr, sondern am zweiten Morgen. (Von Noor keine Spur, wie ich wohl kaum hinzufügen muss. Ich dachte nicht mehr an ihn. Werde ich das je?) Im Sitzungszimmer war man überrascht, konsterniert beinahe. Ich brauchte meine Entscheidung niemandem zu erklären, was ich auch nicht tat. Mir selbst gab ich die Erklärung, dass ich das Gefühl hatte, wir bräuchten eine Pause, ein *time out*, wie die Amerikaner das nennen. Man hätte einwenden können: Wieso das Risiko eingehen, den Schwung zu verlieren? Wieso nicht einfach mit voller Kraft weitermachen? Meine Antwort darauf wäre gewesen, dass wir womöglich vorschnell handelten, zu schnell auf die Ziellinie zurasten.

Ich weiß, man könnte spekulieren, dass ich nicht will, dass das hier endet. Dass dies alles ist, was ich gerade in meinem Leben habe. Aber diese Deutung weise ich zurück. Die Verhandlungen sind keine emotionale Krücke, ohne die ich zusammenbrechen würde. Ich will ein Abkommen genauso wie jeder andere – und wie jeder hier (es ist immer noch eine reine Männerwelt, finde dich damit ab) will ich es so schnell wie möglich. Tatsächlich will ich es sogar mehr, da bin ich mir sicher. Andere würden die Dinge hinauszögern aus Angst davor, was danach kommen wird. Ich nicht. Ich werde die nächsten Verhandlungen leiten. Es ist ja nicht so, als gäbe es keine Warteliste mit Konflikten und Krisen, die meiner Mediation bedürften. *Meiner* Mediation. Meiner speziellen Fähigkeiten. Welche auch immer das sind, was auch immer es ist, worin ich gut bin. Aber da muss es etwas geben, dessen Ausübung ich erfreulicherweise bereits eine langjährige und ruhmreiche Karriere verdanke.

Nein, die Sache war – lass es mich erneut sagen –, dass ich das Gefühl hatte, das Ganze laufe etwas zu hochtourig; im Raum lag diese eigenartige Energie, wie es manchmal vorkommt, es gab *zu viel* Annäherung, *zu viel* Verständnis und versöhnliche Töne. Das passiert manchmal, wenn eine Gruppe von Menschen, selbst wenn sie Todfeinde sind, fernab der Welt zusammen eingeschlossen sind, insbesondere hier, wo die Luft so dünn und schwindelerregend ist, fast wie Lachgas wirkt. Da verliert jeder ein wenig den Durchblick.

Zum ersten Mal habe ich mich ganz allein zu der Wanderung aufgemacht, der Gruppenwanderung, und zwar mitten am Tag. Das Schneefeld, die vereiste Brücke, die Schonung, der steile und felsige Anstieg. Die Wipfel, die Wipfel, die Wipfel.

Ich werde das vermissen, das gebe ich zu. Hier oben zu sein und zu arbeiten, weit weg von allem. Aber auch die Arbeit im Zentrum.

Es ist richtig heiß. Der Schnee ist an einigen Stellen vollständig geschmolzen. Grüne Flecken. Wasser tropft von den Bäumen.

Ich werde hinabsteigen. Ich muss. Mein Team, die beiden Delegationen, warten. Sie sind eingeschlossen. In diesen verschlossenen Räumen lauern Gefahren. Positionen können sich erneut verhärten. In Abwesenheit der anderen setzt sich Argwohn fest und gärt. Ich muss herabsteigen von diesem Gipfel, aus dieser schwindelerregenden Höhenlage, so schnell wie irgend möglich. Wer bin ich, dass ich all das aufs Spiel setzen würde?

Ich fühle mich sehr klein. Ich werde mich sogar noch kleiner machen. Zu einem Winzling. Einem Menschlein mit Hammer. Lächerlich, aufgeplustert. Aber wir müssen Nachsicht mit ihm haben. Er bietet demütig seine Dienste an. Bringen wir es hinter uns.

Ich wohne in Golden Sunset

Eine richtige Zeremonie gab es nicht. Die wird in einigen Wochen stattfinden, und im Mittelpunkt werden dann die Politiker stehen. Die Bühne wird mit Fahnen und Blumen geschmückt sein. Den Fahnen der am Abkommen beteiligten Parteien. Es wird Blumen in den Farben der Fahnen geben und weiße, die Frieden symbolisieren. Ein kleines Publikum, bestehend aus den Stäben der Politiker, Mitgliedern des Verhandlungsteams und verschiedenen anderen Würdenträgern und Diplomaten, wird in den Saal geleitet werden.

Es wird einen abgetrennten Bereich für die vielen Kameraleute, Fotografen und Journalisten geben. Das ganze Event wird live bei CNN, BBC World, Al Jazeera, RT und dem Rest zu sehen sein.

Die Staatschefs werden zu einem Tisch am vorderen Rand der Bühne schreiten und sich auf die ihnen zugewiesenen Plätze setzen. Sie werden je ein Wasserglas vor sich haben und eine Auswahl an Mineralwasserflaschen. Man wird ihnen eine klobige Ledermappe vorlegen, und sie werden mit klobigen Kugelschreibern an den Stellen unterschreiben, die man ihnen anzeigt. (Was wohl später mit diesen Stiften geschieht, frage ich mich. Alles Mont Blancs. Wer steckt sie ein? Und wo landet die Ledermappe mit den unterzeichneten Abkommen? Das sollte ich vielleicht wissen. Die Blumen gehen jedenfalls an Krankenhäuser vor Ort.)

Hände werden geschüttelt werde, es wird Lächeln und Applaus geben. Begleitet von einem Blitzlichtgewitter, das

Klicken der Kameras steuert den Hagel bei. Ich werde ganz außen am rechten Bildrand stehen, aber du wirst mich nicht finden, weil man mich vor der Veröffentlichung herausretouchiert haben wird. Aber sei versichert, dass auch ich lächele und applaudiere. Bis jemand «Schnitt!» ruft (nicht wirklich) und wir auseinanderlaufen.

Ich habe schon an anderer Stelle gesagt, dass ein Friedensabkommen einen Sieg darstellt. Aber man fühlt sich gleichzeitig an den Zorn erinnert, der Pädagogen und Kinderpsychologen entgegenschlägt – zu Recht, wie ich denke –, die sich gegen jeden Wettkampf im Schulsport aussprechen. Wenn es keine Gewinner gibt oder jeder einer ist, bleibt bloß ein Haufen Verlierer, richtig? Fern der Kameras und Journalisten wird es keine Gefühle der Hochstimmung oder sogar Erleichterung geben. Wir sind von den Bergen in die Tiefebene zurückgekommen. Die Aussicht ist trostlos.

Denn schauen wir uns das Wesen des Abkommens an, zu dem wir uns soeben durchgerungen haben. Ein Land wurde auf hochgradig künstliche und unsichere Weise aufgeteilt. Linien gezogen, Zonen zugeordnet, Korridore geschaffen. All dies ist das Werk von Stiften, Radiergummis, Linealen und Geodreiecken (wieder nicht tatsächlich: Ich stelle es mir bloß so vor; Schemen kolonialer Kartenmalerei und Grenzziehung). Und all dies unter der Ägide einer «Beobachtungseinheit» vor Ort – will sagen, einer militärischen Einheit, der die Befugnis fehlt, militärisch zu agieren. Splittergruppen auf beiden Seiten lehnen das Abkommen auf Heftigste ab – genau wie schon den Prozess zuvor, aus dem es erwachsen ist. Sie werden jede Möglichkeit zur Destabilisierung und Zerstörung nutzen. Und sie werden *jede* Möglichkeit dazu haben.

Friede mag erklärt worden sein, aber Zehntausende Menschen sind tot, noch mal so viele verletzt, und viele Hunderttausende sind aus ihrer Heimat vertrieben worden und leben meist als Flüchtlinge in den Nachbarländern. Egal wie der Krieg ausgeht, die Mehrzahl dieser Menschen hat umsonst ihr Leben, ihre Gliedmaßen, Familienangehörige, Freunde und Häuser geopfert. Und für die meisten Menschen haben die Kriegsjahre, ebenfalls vom Ausgang unabhängig, keinerlei Besserung gebracht. Und nach dem Friedensabkommen wird sich ihre Zahl auf genau null belaufen. Beide Seiten haben sich erbittert bekämpft und erbittert verhandelt, bloß um zum Status quo ante zurückzukehren (ja, da ist er wieder) – nur, dass dieser nun noch schlechter ist. Die ethnischen und religiösen Differenzen sind nicht ausgeräumt, genauso wenig wie der beiderseitige Groll politischer und ökonomischer Natur. Tatsächlich haben sich die Fronten nur verhärtet und die Gefühle der Feindschaft verstärkt. Hinzu kommt, dass ganze Viertel der jeweiligen Hauptstädte dem Erdboden gleichgemacht, Schlüsselindustrien wie Tourismus und Landwirtschaft schwer beschädigt und Infrastrukturen und die Versorgungswirtschaft vollständig zerstört worden sind.

Hilfsgelder werden fließen, sicher, und Wiederaufbauprojekte anlaufen, hauptsächlich aber – was sich bald zeigen wird –, um Korruption und Betrug zu neuer Blüte zu verhelfen. Die Strom- und Wasserversorgung wird unzuverlässig funktionieren, und das günstigstenfalls auch nur zeitweilig. Arbeitslosigkeit und Armut werden endemisch bleiben. Eine Übergangsregierung wird installiert werden, um den Weg zu «freien Wahlen» und einer «demokratischen Verfassung» zu ebnen, doch Argwohn und Schuldzuweisungen werden die Politik dominieren. Die alten Tyrannen werden weiterhin die vorherrschenden Kräfte sein, und man wird die Dinge weiterhin nach althergebrachter Art regeln. Täglich wird es Mord- und Bombenanschläge geben.

Und man vergesse nicht, dass es Erschöpfung nach jahrelangen Kämpfen war, die die Parteien zwangsweise an den Verhandlungstisch geführt hat, nach jahrelangen Kämpfen ohne jede Aussicht auf Sieg oder Niederlage. Nicht die Aussicht auf Frieden. Nicht einmal die Friedensbefürworter innerhalb der Parteien – der sich *bekriegenden* Parteien, genauer gesagt: Sie waren quasi dafür gemacht, sich zu bekämpfen – wollten Frieden um seiner selbst willen. Was sie wollten, oder vielmehr brauchten, war eine Unterbrechung, eine Verschnaufpause. Eine Möglichkeit, wieder zu Kräften zu kommen und sich neu zu organisieren.

(Was ist die arabische Übersetzung des Wortes «Atempause» oder der äquivalente Begriff?, frage ich mich. Gehört das zu den Worten, die Noor benutzen würde? Ich bezweifele es. Was schade ist. «Atempause» ist so ein schöner Ausdruck: wie gemacht für einen aufrichtigen Mann. Ja, manchmal denke ich an Noor. Nicht häufig. Nicht häufiger als an den Rest – und da schließe ich mein Team mit ein. Wir sind alle unserer Wege gegangen, werden einander – in vielen Fällen – nie wieder begegnen. Man bedenke bloß, wie vielen Menschen man im Leben in dieser Weise begegnet. Ich meine nicht die, die neben einem im Flugzeug sitzen oder im Zug, sondern Menschen, mit denen man eine Zeit lang arbeitet oder gemeinsam eine Konferenz besucht oder auf irgendeine signifikante Art und Weise interagiert hat. Die man nie wiedersehen wird, die vielen, vielen Tausende, die im Endeffekt tot sind für einen. Obwohl sie natürlich noch am Leben sind, die meisten; tatsächlich gestorben, einige davon. Aber macht das einen Unterschied? Es ist das rasende Tempo neuer Bekanntschaften unseres modernen Zeitalters, das in dieser arglosen Vernichtung von Leben resultiert. Es sollte einen vorbereiten, abhärten. Was es natürlich nicht tut.)

Aber ich habe vorgegriffen. Dies war der Moment des Triumphs. Die Friedensstifter hatten Frieden gestiftet. Und, ja, gerne habe ich den Witz gemacht: «Als Friedenstifter wirst du niemals arbeitslos sein.» Oder um es anders zu formulieren – auch das einer meiner Witze: «Das Nirvana liegt nicht gleich um die Ecke.» Aber dies war nicht der Augenblick für sardonische Witze, für schwarzen Humor. Es war ein lichter Moment (und wir müssen versuchen, uns darin zu sonnen).

Der doch sehr an eine leichte Komödie erinnerte. Man muss es sich so vorstellen: Ein solcher Anlass fördert den Austausch gewisser sozialer Nettigkeiten, was vor dem Hintergrund dessen, was zuvor geschehen ist, nicht ganz einfach ist, daher aber umso gewinnender. Begleitet von abgehackten Rufen, schlug ich also ein letztes Mal mit meinem Hammer zu, und dann waren wir plötzlich alle auf den Beinen. Und mischten uns irgendwie untereinander, überschritten dabei gewisse unsichtbare Grenzen. Man mischte sich unbeholfen, aber man mischte sich. Hier und dort wurden Hände geschüttelt, das ganz sicher; vielleicht klopfte man einander auch auf die Schultern. Gleichzeitig aber wussten wir nicht so recht, wohin mit uns oder was wir sagen sollten.

Wie gesagt, es gab keine Zeremonie, und auch sonst wahrten wir keine Form. Vielmehr brach spontan eine Art chaotische Demokratie aus. Die Damen (und Herren) Simultandolmetscher kamen aus ihren Kabinen geströmt und gesellten sich auf dem Parkett des Konferenzsaals zu uns. Innerhalb der Delegationen verschoben sich die Rangordnungen, wenn auch nur kurz und zögernd. Ich stand mitten im Gedränge und fühlte mich nicht allzu wohl dabei. Meiner gewohnten Position enthoben. Meines privilegierten Status beraubt. Fühlte mich an die seltenen Male erinnert, wenn ich einen Gottesdienst besuchte und der Pastor die Gemeinde einlud, selbst den Friedensgruß zu sprechen. «Friede sei mit dir.» «Und auch mit dir.»

«Gratulation, Exzellenz.»

«Gratulation auch an Sie, Mr Behrends.»

Jemand schlug ein Gruppenfoto vor. Plötzlich gehörten wir also alle zur selben Gruppe. Da sieh mal einer an! Nicht für den offiziellen Gebrauch, wie betont wurde, sondern nur, um es der Familie zu zeigen, als Andenken. Wo man auf dem Bild stand, bot großen Anlass zu (meist erzwungener) Heiterkeit und Unbeholfenheit. Die Kleinen nach vorne, die Großen nach hinten. Hände wurden auf Schultern gelegt, um Leute in Position zu bringen. Es gab vorsichtiges Gerangel. Hier und dort gekünsteltes Grinsen. «Kommen Sie, Dr. Faroud, dort hinten sieht Sie doch niemand!» Dabei vermischten sich die Delegationen allerdings nicht. Die einen standen auf der einen, die anderen auf der anderen Seite. Die unverbesserliche Steifheit von zuvor hielt erneut Einzug, trotz der vielen jungen Leute im Verhandlungsteam und unter den Dolmetschern, die fest entschlossen waren, die ausgelassene Stimmung aufrechtzuerhalten.

«Wie sagt man *Cheese* auf Arabisch?»

«*Cheese*?»

«Ja, wir sagen *Cheese*, wenn ein Foto gemacht wird.»

«Käse heißt auf Arabisch *dschubnah*, mein Freund.»

«Jetzt alle zusammen: DSCHUBNAH.»

Alkohol stand natürlich außer Frage, aber ein paar Flaschen eines sektartigen Getränks tauchten auf – das Mädchen mit dem Metallwagen kam herein und verschwand gleich wieder, den Kopf in panischer Angst gesenkt. Die langwierigen Bemühungen, die Korken aus den Flaschen zu bekommen, sorgten für weiteres gezwungenes Gelächter. Endlich! Zuckriger Schampus schäumte in Plastikbecher. Das Anstoßen war eher ein weiches Aneinanderpressen. Dann begannen die Delegationen, ihre Unterlagen und Ordner zusammenzupacken, Laptops zuzuklappen und Bildschirme herunterzufahren. Wenn man an all die Geister in diesen Apparaten dachte. Jetzt war vages Unwohlsein spürbar, angesichts des Ausbruchs an Ungezwungenheit, ja, beinahe Unbeschwertheit.

Man ließ mir eine strenge Mitteilung zukommen, erst von der einen Seite, dann von der anderen, dass unter keinen Umständen eines der Fotos auf Websites oder in den sozialen Netzwerken auftauchen dürfe. Der komplette Stab wurde davon in Kenntnis gesetzt. Dass es dieses Gruppenfoto mit uns allen gab, oder zumindest mit einigen von uns, wie wir *dschubnah* riefen, war sowohl lustig als auch beängstigend. Man stelle sich vor, wenn das die Runde machen würde. Apropos diplomatischer Zwischenfall.

Die Arbeit am offiziellen Kommuniqué hatte begonnen. Ich hatte meinen Hauptstädte-Telefon-Reigen eröffnet. Die Delegationen hatten sich auf ihre Stockwerke zurückgezogen. Um zu beten. Um harte Strafen für Feinde und Ungläubige zu erbitten. Und um den Segen für die eigenen Friedensbemühungen. Erneutes Gezerre um die Gunst Allahs.

Aber wir hatten ein Abkommen. Es war wie immer gewesen: Erst hatten wir keines, und es gab offenkundig auch keinerlei Hoffnung darauf, dann gab es sie, und da war es. Was war geschehen, dass wir die unlösbare Frage des Kriegsgefangenenaustauschs so rasch hatten klären können? Oder die Sache mit den Kriegsgräbern? Oder die Frage der Fahnen an öffentlichen Gebäuden? Oder die nach dem beiderseitigen Zugang zum einzigen Tiefwasserhafen? Schiere Erschöpfung spielte eine Rolle. Pure Zermürbung, Überdruss ebenfalls.

Eine nach der anderen und überstürzt berichteten die Arbeitsgruppen, sie hätten provisorische Übereinkünfte in diesen Streitpunkten erzielt. Um Zeitpläne und Formulierungen werde noch gerungen. Ich bestellte die Chefs de Mission ein, die zum ersten Mal nebeneinander in Sesseln saßen. Ich hatte Tee und Baklava bringen lassen. Eine hübsche Note. «Sind wir am Ende?» Das waren wir, und innerhalb einer Stunde fanden wir uns zu einer letzten Sitzung zusammen, um die einzelnen Bestandteile zusammenzufügen. Und sie fügten sich: wie fein abgeschmirgelte, gut geölte Holzklötzchen. Wie *Parquet*, wie ich zu mir selbst sagte, erinnere ich mich, beinahe in diesem Oh, là, là-Singsang. Nenn es Übermut. Einen Moment lang war ich richtig aufgedreht.

Die abschließenden Statements hätten all die gute Arbeit zunichtemachen können, die vernähten Wunden aufreißen und erneut infizieren können. Aber man überstand sie. Ähnlich wie man den allerletzten Kilometer beim Marathon übersteht. Erinnerst du dich an meinen ersten und letzten? Wie ein krummbeiniger Mr Bean, der im Kaufhaus durch die Parfümabteilung strauchelt, das waren deine Worte. Ich meine, es waren deine. Am Ende legten sie mir ein großes, goldenes Bonbonpapier um die Schultern. Meine Zeit: vier Stunden und dreizehn Minuten. Zum Tee gingen wir ins Ritz.

Die Statements zogen sich, weshalb ich darüber nachzudenken begann, ob es tatsächlich möglich ist, ein Augenlid mit einem Streichholz offen zu halten. Ich versuchte, mir vorzustellen, wie die raue Oberfläche der Streichholzköpfe an meiner Bindehaut kratzte und das hölzerne Ende gegen den knöchernen Sockel meiner Augenhöhle presste. Wie das eine Weile gut ginge, solange ich nicht blinzelte, bis … peng! Woran dachten denn die anderen? Mit welchem Unsinn versuchten sie, sich abzulenken? Wut durchströmte mich plötzlich wie Lava. Eine unerträgliche Unruhe überkam mich, und mir wurde heiß. Unerträglich heiß.

Rechts und links von mir zogen sich die Kritzelkreise der Abgeordneten immer enger, wurden schwärzer und schwärzer, bekamen etwas manisch Selbstversonnenes, bis sie schließlich die Oberfläche des Notizblockpapiers durchstießen und der Stift schwarze Tintenblumen in die saugfähigen Fasern der reich verzierten Schreibunterlagen injizierte. Diese Unterlagen hatten schwarze Lederrahmen, auf denen das Emblem der Hotelgruppe in Gold eingeprägt war. Eine höchst erstaunliche Lederarbeit, reich verziert, was mir bislang überhaupt nicht aufgefallen war (oder wenn, dann nur flüchtig). Das Überbordende in den Details erinnerte an das Werk mittelalterlicher Steinmetze, ihre in luftigen Höhen prangenden Wasserspeier an den großen Kathedralen. Chartres, Bourges, Reims …

Und doch erfüllten die Abschlussstatements ihren Zweck. Monumentale Scheinheiligkeit und Selbstgerechtigkeit wurden mit breiter Brust in Stellung gebracht, Verdienste und Schuld in einer Weise hervorgehoben, dass einem der Atem stockte. Ein letztes Mal Beschwerden und Schuldzuweisungen vorgebracht. Aber das war in Ordnung; das alles geschah ausschließlich der Form halber. Das Gift war längst abgeflossen. Es wurde offen gegähnt und mit den Fingern auf den Tisch getrommelt, während die Gegenseite darauf wartete, bis sie dran war. Alles, was mir noch zu sagen bleibt, etc. etc.

Das sprudelnde Getränk blieb nach dem ersten Schluck weitestgehend unangerührt. Es hatte einen ekelhaften, dieselartigen Geschmack. Nachdem uns die Delegationen verlassen hatten (und nach einer respektvollen Pause), schlug ich vor, doch an die Bar zu wechseln. Ich sagte es nicht, aber «für einen anständigen Drink» war natürlich impliziert. Einige vom Team kamen mit, andere nicht. Die Feier, insofern man davon sprechen konnte, verlief sich nach einer oder zwei Runden. Die Leute freuten sich bereits darauf, nach Hause zu fahren und ihre Lieben zu sehen. Ich bemitleidete mich nicht. Ich bestellte noch eine Reihe weiterer Drinks. Dann einen Burger mit Pommes frites. Es wäre schön gewesen, dich anzurufen, wie ich es sonst immer getan habe. Aber was soll man machen?

Ich sollte vielleicht an diesem Punkt sagen, dass ich nicht auf meinem Balkon bin oder in meiner Suite oder in einer der Bars oder einem der Cafés im Dorf oder in der *Gaststube*. Ich bin überhaupt nicht in den Bergen. Habe sie endgültig hinter mir gelassen. Habe gepackt und bin abgereist. Ein Monat ist seitdem vergangen. Die offizielle Unterzeichnung des Friedensabkommens wird in vierzehn Tagen stattfinden. Komplikationen sind keine aufgetaucht, aber die Verhandlungen über die Zeitplanung, die genaue Choreografie und den Ablauf auf der Bühne brauchen ihre Zeit. Diese habe ich fähigen Stellvertretern überlassen, die mit Nachwuchsrepräsentanten beider am Abkommen beteiligten Parteien zusammenarbeiten. Die Karawane ist nach Wien weitergezogen, den vereinbarten Ort für die Unterzeichnungszeremonie.

Und wo bin ich dann? So weit weg von alldem wie nur irgend möglich. Auf den Westindischen Inseln. Zu einem Kurzurlaub. Natürlich ganz alleine. In der Hinsicht gibt es keine Veränderungen. Vielleicht kommen irgendwann weitere Abende mit neuen Josephinen? *Nach angemessener Zeit*? Mag sein. Aber lediglich als sehr vereinzelte Variationen des Hauptthemas. Der Erfolg des Abends mit Josephine hat mich davon überzeugt. Meine erste und wichtigste Beziehung wird von nun an die zu mir selbst sein. Ich nehme dieses Schicksal mit beinahe vollständiger Gleichmut hin. Ich beginne, mich an diese meine Einsamkeit zu gewöhnen; beginne sogar, sie zu *mögen* (darf man das sagen?).

Hier bin ich also, in dieser karibischen Ferienanlage, in meinem Apartment. Genauer gesagt auf der Aussichtsplattform aus dunklem Holz, die auf Baumstümpfen ruht und über einen felsigen, tropischen Garten hinausragt, der sich den Berg hinab bis zum Meer erstreckt. Errichtet wurden die Apartments – ganz sicher äußerst umsichtig, denn dies ist selbstredend ein Ökoresort – in einem Wald aus Tamarinden, Kokospalmen, Zimt-, Turpentin- und Kalebassenbäumen – allein die Namen wirken Wunder; einem Wald exotischer Pflanzen, der nicht nur diese Seite des Berges bedeckt, sondern den kompletten Höhenzug hinter dem Resort und die Landzungen, die die Bucht halb umschließen.

Es gibt eine Hängematte, aber das ist nichts für mich. Erinnerst du dich an das eine Mal? Das Problem war ja weniger gewesen hineinzukommen, als nicht unversehens wieder herauszufallen. Ich sitze in einem der beiden Sessel. Viel sicherer. Auf dem niedrigen Beistelltischchen neben mir ein Stapel Bücher – und ein Longdrink. Ein Rum Punch. Nicht mein erster. Nicht vergessen. Es ist heiß, aber nicht drückend. Vom Meer her geht eine leichte Brise. Ich habe geschnorchelt, später werde ich noch einmal schwimmen gehen. Dann ist Happy Hour in der Cliff Top Bar.

Der Horizont, ein festgefügter Block aus Meeresblau, exakt parallel ausgerichtet zu einem weiteren in Himmelblau, ist, gemäß dem Satz des Pythagoras, vom Auge ungefähr fünfzehn bis zwanzig Kilometer entfernt. Dahinter liegen allerdings keine Schifffahrtswege, oder die venezolanische Küste, die ich wegen der endlosen subtilen Krümmung des Planeten nicht sehen kann. Nichts dergleichen. Dahinter liegt, wie ich nun dorthin hinausschaue … nein, mehr bekomme ich nun einmal nicht zu sehen. Stattdessen eine Ahnung davon, was Unendlichkeit sein könnte. Zumindest aber Gelegenheit, mir diese vorzustellen, hat der Geist die nötige Ruhe und man selbst ein Minimum an Reflektiertheit. Obgleich diese Reflektiertheit just das tut, was sie hier tut, wie du sicher merkst, indem ich gleich auf ihre bevorstehende Abwesenheit verweise. Das ist das Problem dabei, im Hier und Jetzt sein zu wollen, in Anführungsstrichen oder kursiv gesetzt. «Hier und jetzt», denkt man und schon ist es wieder vorbei. *Hier und jetzt*, denkt man erneut und zack. Natürlich *ist* man dort, aber indem man es sagt, ist man es eben nicht. Bei dem Gedankenexperiment Schrödingers Katze geht es just darum, wenn ich mich nicht irre. Was gut sein kann. Jedenfalls spielt man, bevor man sich's versieht, eine Partie *Whac-a-Mole* mit dem Hier und Jetzt (oder eben die Katze: stell dir die zum Schlag erhobene Tatze vor).

Die Philosophen und Theologen, die Gurus und Achtsamkeitstrainer haben sich mit dem Thema natürlich bereits endlos beschäftigt. Dem ewigen und unerreichbaren Hier und Jetzt. Ich habe es übrigens mit Achtsamkeitstraining probiert. Und Meditation, was dasselbe ist, nur dass man ihr einen neuen Namen verpasst hat. Tatsächlich wurde mir beides *verschrieben*. Von Caroline. Und von der Krankenkasse bezahlt.

(Das war nach der Trauertherapie. Und ich komme nach wie vor auf die Philosophen zurück und, wenn auch weniger, die Theologen. Das Problem ist und bleibt die Konzentration. So nehme ich vielleicht Ciorans *Von Tränen und Heiligen* zur Hand (das liegt hier gerade neben mir; ohne einen besonderen Bezug zu irgendetwas), nur um es schon Augenblicke später wieder wegzulegen, weil sich ein Gedanke in mein Bewusstsein drängt.

Aber kommen wir noch einmal auf den Horizont zurück. Für einen Augenblick. Konzentrieren wir uns darauf. Wenn man's recht bedenkt: wesentlich weiter als die Alten sind wir diesbezüglich wohl nicht, oder was meinst du? Vielleicht hat ein Transatlantikflug deshalb für uns beinahe mythologische Qualitäten. Die ikarischen Farben, Texturen und Stimmungen. Das Reisen durch Zeit und Wetter. Der Sonne nachjagen. Darum geht es doch.

Was sich aber zumindest dort befindet, jenseits des Fluchtpunkts, ist eine Art transzendentales Auffangbecken mit einem an M. C. Escher erinnernden System von Aquädukten, in denen dieser Überlauf des Geistes zirkuliert. Eigentlich will ich im Grunde bloß eines sagen, nämlich dass das Naturschauspiel, dem ein Unendlichkeitsbecken nachempfunden ist, aussieht wie … ein Unendlichkeitsbecken. Und in dieser Redundanz mag durchaus eine gewisse Tiefsinnigkeit liegen.

Natürlich gibt es auch hier so eines, unvermeidbarer Weise. Ein Unendlichkeitsbecken. Man kann bis zur Kante schwimmen und sich dann das Vorbild ansehen. Mit einem Blue-Curaçao-Cocktail (wenn man denn möchte; der Barmann kann da sicherlich behilflich sein), der beinahe über den Rand des Longdrink-Glases aus Kunststoff schwappt. Für den Montaigne des Geistes, den Connaisseur der Freuden im

Hier und Jetzt, ist dies das Mehr-geht-eben-nicht-rundum-Paket.

Nicht, dass mir nicht der Gedanke gekommen wäre, wie in solchen Situationen immer, dass ich, trotz dieser Beinahe-Perfektion, eines Tages zurückkehren werde und die Perfektion vollkommen sein wird. Lange habe ich gedacht, das fehlende Puzzleteil wärst du. Ich war ohne dich an irgendeinem schönen Ort und dachte: Eines Tages werde ich mit dir herkommen und dann …

Dann aber stellte ich fest, dass du dieselben Gedanken hattest. Womit ich meine, *wir* dachten beide dasselbe, wenn wir *gemeinsam* an einem schönen Ort waren. War es in Gent? Im Anblick der St.-Michael-Brücke oder während wir von ihr hinabblickten, bei Nacht? Wir standen Hand in Hand da, ein wenig angetrunken, latent scharf aufeinander, waren nie glücklicher gewesen und würden es auch nie sein, als einer von uns es sagte. Eines Tages müssen wir zurückkommen …

Und glaube nicht, ich würde in die Falle zu tappen gedenken, der Moment wäre perfekt gewesen, hätten wir es denn bloß gewusst.

Mehr geht nicht, heißt: Mehr geht nicht. Es geht dann auch einfach nicht mehr.

*

Das erste Anzeichen ist ein kaum wahrnehmbarer Temperaturabfall. Nullkomma irgendwas Grad, wenn überhaupt. Dann Wind, aber bloß in Andeutung. Als Vorwarnung. Dann erste Wolken, Vorboten, graue Fetzen in der Blautönung. Dann schießen Geschwader heran. Und bevor man es sich versieht, sind Sonne und Himmel ausgelöscht. Ist alles wie mit einer grauen Decke verhängt. Herrscht diese eigentümliche Atmosphäre. Schlägt die Stimmung um. Kollabiert die Temperatur. Dann wartet man … Und der erste dicke, fette Tropfen fällt. Plopp. Plopp … plopp, plopp, plopp. Dann ein Hämmern. Ein absolutes Hämmern. Als würden eimerweise Nägel auf Blechdächer geschleudert werden. Regenrinnen klappern und gurgeln, ringen verzweifelt nach Atem, Bäche schießen Abflussrohre hinab und verschwinden brodelnd in der Kanalisation. In nur einem Augenblick haben sich die asphaltierten Wege durch den am Hang liegenden Garten in reißende Ströme verwandelt und führen Hochwasser. Die ganze Anlage ist ein einziges großes Freibad. Mit Rutschen, Rinnen und Kanälen.

Mein Balkon ist wie von Wasserwänden umstellt. Rundumblick mit Surroundsound. Auf drei Seiten bin ich vollständig von Wasser umgeben. Das reglose Swimmingpool-Meer ist nun stygisch. Von Seeungeheuern aufgepeitscht. Der Gedanke, jetzt wie einige Fischer- und Touristenboote dort draußen zu sein, lässt mich erschaudern. Erschaudern? Okay, es ist mehr ein wohliges Schauern, während ich den Blick schweifen lasse – von meinem trockenen Beobachtungsposten aus, mit seinen präzisen Einfassungen aus Schrägen, Überhängen und Abläufen. Nicht ein Tropfen landet auf dem Sonnendeck. Alles ist trocken und behaglich.

In den Gärten peitscht es die Bananenbäume, Palmen und das Blumenrohr hin und her, aber hey, sie sind ja durch ihre natürlichen Regenhäute und -jacken geschützt. Haben ihre Hightech-Regenwetter-Kluft an. Die Regentropfen prallen buchstäblich an ihnen ab. Wie aber widerstehen die Blumen, die aussehen wie aus Seidenpapier gemacht, mit Blättern aus Krepp, wie Budkins-Püppchen und Tinkerbell-Feen, dem

Ansturm, denn ganz offensichtlich tun sie es, ziehen sich zunächst zusammen, leben dann aber wieder auf, wenn die Sonne sich zweifellos bald (man muss nur kurz warten) wieder zeigt?

Die Leute am Strand sind nicht nur der mörderischen Schwärze der See entkommen, sondern haben auch den buchstäblichen Luftangriff überlebt und in den ob des Regens ohrenbetäubend lauten Strandbars Unterschlupf gefunden. Jetzt stehen die Schönen, Gebräunten und Aufreizenden, feuchte Handtücher um die Schultern gelegt, zitternd im Sand der Veranda unter dem ramponierten Dach aus Palmblättern, ihre Plastik-Pints mit Red Stripe und Tüten mit feucht gewordenen Tortilla-Chips in den Händen. Dafür haben sie nicht bezahlt. Aber dieses Weglaufen, Rumstehen und Herausschauen sorgt für Kameradschaft.

Dieser elektrische Einakter hat wirklich etwas. Rein und wieder raus, wie ein Flashmob von Theaterstudenten. Regen, Leute! Entfesselt einen Sturm! Gebt alles! Und bevor irgendjemand weiß, was los ist, ist es auch schon wieder vorbei.

Aber, Moment. Habe ich nicht Ton- und Lichteffekte unterschlagen? Nicht unbedingt. Denn meistens kommen und gehen diese Regendramen ohne das vollständige Wagner'sche Feuerwerk. Anschwellen, Tumult und langsames Diminuendo haben eher etwas von Debussy. Ein Bild in Aquarell statt in schweren Ölfarben.

Innerhalb von Minuten ist der Sturm hindurchgepeitscht und hinaus auf die offene See gerast, und nun liegen Frische und ein Gefühl von Erneuerung in der Luft, die an Wäsche auf der Leine erinnert. Jetzt einfach noch die tropfnassen Sachen aufhängen. Und schon kommt die Hitze zurück, kriecht unter durchnässten Büschen hervor und heizt den Ofen wieder an. Das Dauerzirpen der Insekten und das Gezwitscher der Vögel setzen wieder ein. Die zarten Blümchen sind mit Regentropfen besetzt, wie mit Perlen geschmückt, öffnen ihre benetzten, den Stempel umschließenden Kelchblätter.

Unten am Strand sehe ich, wie Badegäste den feuchten Sand wieder mit grellbunten Handtüchern belegen. Nach Sekunden schon wird alles staubtrocken sein. Pastellfarbene Sarongs werden zur Schau gestellt, von den Armen der fliegenden Händler hängend, Händler mit Dutzenden billiger Sonnenbrillen auf dem Kopf nebst einem halben Dutzend Strohhüten. Der Horizont ist wieder da, frisch gemalt. Er wird gleich wieder an Schärfe gewinnen. Kaum zu glauben, so wie er jetzt aussieht. Das hier ist ja das Panorama aus der Werbebroschüre. Der Bildschirmschoner. Die einzigen Spuren des Wolkenbruchs sind große Pfützen mit rotem Schlamm auf den mit Schlaglöchern übersäten Straßen (von hier aus nicht zu sehen). Die Quads werden in den ersten Gang schalten, in die Krater hinein- und wieder herauskriechen, zurück in den zweiten und dann ihren Weg fortsetzen. Den Hügel hinauf und um die Landspitze herum. Bis zum nächsten Resort.

Die allumfassende Schläfrigkeit ist zurück. Der immense Ennui eines Spätnachmittags in den Tropen. (Beziehungsweise an jedem Breitengrad.) Aber die nächste große Show steht unmittelbar bevor: das Event des Sonnenuntergangs. Ich scherze, aber mitunter hat man den Eindruck, als wären all das Inszenierungen aus dem Paket «Tropisches Paradies».

In Kürze werde ich meine Runde schwimmen. Eine am Vormittag und eine am späten Nachmittag, so mein Programm an diesen ersten drei Tagen. Man könnte es fast schon Routine nennen. Wahrlich kein schlechtes Leben.

Und noch was, wo ich gerade dabei bin. Ich kann zu meiner Freude berichten, an mein Fernglas gedacht zu haben. Das, was du mir zum 55. Geburtstag geschenkt hast. Hat 500 Pfund gekostet, wie du unbedingt loswerden wolltest. Und warum hatte ich mir das noch mal gewünscht? Ich hatte Glasmalerei erwähnt, aber Vogelbeobachtung. Nicht mein größtes Steckenpferd, das will ich zugeben, aber manchmal beschäftige ich mich in Urke damit und jetzt hier.

Am nächsten kommen die Kolibris. Für sie brauche ich das Fernglas nicht, zugegeben. Die Gärten und Balkone sind mit Spendern voller Zuckerwasser gespickt, die die Vögel im Schwirrflug ansteuern und an denen sie kurz andocken, kinetische Farbkleckse mit nadelspitzenartigen Schnäbeln, wie von feinen Gräten durchzogenen Flügeln und irisierendem Gefieder. Sie sind beinahe so winzig wie Hummeln. Tragen manchmal eine Haube, weiche Fusseln oder das Gefieder am Kopf mehr geplättet. In allen Farben.

Es gibt hier jede Menge andere Vogelarten: Trauertyrannen, Bienenspechte, Gürtelfischer. Ich bin bei der Bestimmung nicht allzu genau, auch wenn im Zimmer ein Vogelbuch liegt, in das ich hin und wieder schaue. Dann kommt das Fernglas zu seinem Recht. Es ist ungemein befriedigend und zentriert den Geist auf angenehme Weise, einen Vogel, den man den entdeckt hat, scharf zu stellen und sich auf ihn zu fokussieren, seine Ticks und kleinen Manierismen zu beobachten.

Und draußen in der Bucht, wo sie endlos die Fischerboote und Katamarane umkreisen, sich von der Thermik treiben lassen, leben Pelikane, Schwalbenweih und viele andere Seevögel. Ich sagte, sie kreisen endlos, aber hin und wieder hängen sie sich an eine Böe heißer Luft, um sich dann, quasi wie mit gezücktem Messer, in einer perfekten vertikalen Linie hinab in die Wellen zu stürzen. Sie tauchen nicht tief ein. Zumindest kommen die Taucher rasch wieder an die Oberfläche. Beinahe noch im selben Augenblick schaukeln sie schon wieder auf dem Wasser. Schütteln den Kopf. Man meint eine gewisse Verwirrtheit wahrzunehmen, Verlegenheit sogar. «Ich hätte schwören können ...» Ab und zu werden sie wohl einen Fisch aufspießen, nehme ich an. Oder schnappen oder rausholen, oder was sie auch tun. Aber Beute habe ich bislang noch keine gesehen. Vielleicht weiß ich aber auch nicht, was ich erwarten kann.

Wessen Idee diese Reise war? Die von Ellen Peters. Sie und Mike waren Weihnachten hier, hatten es toll gefunden und waren der Meinung, es sei der perfekte Ort für etwas «Ruhe und Erholung» (denk dir ihren Edinburgh-Akzent), nachdem ich monatelang in den Alpen eingeschneit festgesessen hätte. Ich war für drei Tage in London, bevor ich hierherkam, die ich bei Mike und Ellen in Camden verbracht habe.

Sie organisierten eine Cocktailparty, um «meinen Erfolg» zu feiern, was wirklich nett von ihnen war. Und ich werde auch nicht so tun, als hätte ich den Rummel und die Gratulationen nicht genossen, auch wenn ich mein eigenes Zutun herunterspielte. Aber ich war trotzdem froh, als die letzten Gäste gingen und Mike und ich uns auf einen oder zwei Absacker in sein Arbeitszimmer «zurückziehen» konnten, die wir ganz sicher nicht gebraucht hätten. Wir tranken weiter bis in die frühen Morgenstunden. Irgendwann steckte Ellen den Kopf zur Tür herein. Mike musste später zur Arbeit.

Ich trinke zu viel, natürlich tue ich das. Das muss schon seit geraumer Zeit offensichtlich gewesen sein. Hat es meine Tätigkeit als Vorsitzender der Gespräche tangiert? Das glaube ich nicht. Wäre dem so gewesen, wäre das unverzeihlich, unprofessionell ohnehin. Vielleicht habe ich mich zu Beginn eines Sitzungstages nicht so ausgeruht gefühlt, wie ich hätte sein können. Aber für gewöhnlich sorgten die frühmorgendlichen Bergpartien für einen klaren Kopf. Sie und die eine oder andere verlässliche Ibuprofen. Eine Großpackung davon lag immer auf meinem Nachttisch neben einem großen Glas Wasser. Ich habe gut genug funktioniert, so viel steht fest. Wobei funktionieren vielleicht tatsächlich das *mot juste* ist. Ich bin mir nicht ganz klar, was ein funktionierender Alkoholiker ist, aber vielleicht bin ich einer. Wenn, dann ein *hoch*funktionaler sogar, da bin ich sicher. Obwohl das zweifellos variiert.

«Ein richtiger Drink?» «Ein richtiger Trinker doch wohl eher!» Ich vermute, so haben einige aus meinem Team gedacht. Tatsächlich muss ich es einmal jemanden habe sagen hören, weil es nicht von mir stammt. Und weiß der Himmel, was die beiden Delegationen dachten. Ob sie eine gewisse Verachtung hegten? Genau wie ich – seien wir ehrlich – aufgrund ihres unverfrorenen Fernbleibens Verachtung empfand? Beschwerden wurden jedenfalls keine vorgebracht. Ich habe gute Arbeit geleistet, keine Frage. Ich bin ein anständiger Kerl, auch das steht fest. Wenn das Schlimmste, was über mich zu sagen ist: «Behrends genehmigt sich gern mal einen», kann ich damit leben. Denn es steht auch fest, dass trotz alldem, was mir die Therapie, das Achtsamkeitstraining, die Mediation, die Medikamente, das Wieder-an-die-Arbeit-Gehen, diese Friedensverhandlungen, dieses Reden mit dir … dass trotz all dem Guten, was es mir gebracht hat, ich nicht wüsste, wie ich zurechtkäme, ohne zu trinken.

«Noch einen?»

Ich bin bei dem Stück Ananas angelangt, das vorwiegend

ornamentale Funktion hat. Er kriegt es trotzdem nicht. Nein, das esse ich noch. Ich spieße es mit dem spitzen Ende meines Cocktailschirmchens auf und stecke es mir in den Mund. So mag ich Früchte: vollgesogen mit Rum.

«Ja, gerne.»

Ich habe aufgegeben, «Wieso nicht?» oder «Na, meinetwegen» zu sagen. Ich brauche gar nicht erst zu versuchen, meinem guten Freund, dem Barkeeper, vorzumachen, ich hätte auch nur einen Funken Widerwillen in mir. Es ist bereits die – was? – vierte Runde, seit ich hier bin. Aber was soll's, zum Henker! Ich sitze auf einem Hocker in der Cliff Top Bar, die Sonne versinkt im Karibischen Meer, an den Zuckerwasserspendern die Silhouetten von Kolibris. Was man alles, auch ohne angetrunken zu sein, genießen kann, zweifellos, aber dann wüsste ich es ja nicht zu schätzen!

Der Barmann fischt mein Glas weg. Holt ein neues hervor. Beginnt zu mixen. Macht diese typischen Bewegungen mit dem Cocktailshaker. Ich rutsche ein bisschen auf meinem Stuhl hin und her und muss mich festhalten, um das Gleichgewicht wiederzufinden. Nach dem hier werde ich aufhören. Werde einen Happen essen.

Die komplette Belegschaft hier im Resort trägt knallbunte Hawaiihemden. Hellrot mit gelben Bananen. Grenzt das nicht schon an Rassismus? Der Barmann bekäme sicher Probleme, würde er sich dazu irgendwie äußern. Und mit dem Gedanken, er könne sicher ein Wassermelonen-Grinsen aufsetzen, wenn er denn wollte, habe ich die rote Linie zum Rassismus selbst eindeutig überschritten. Natürlich tut er das nicht. Ich weiß nichts über den Arbeitsmarkt auf dieser Insel – ziemlich furchtbar, stelle ich mir vor –, aber der Mann hier wird nicht so tun, als könne er sich glücklich schätzen oder sei zufrieden damit, für besoffene, reiche Weiße Cocktails zu mixen. Gut für ihn, nehme ich an.

Es geschieht dann mit deutlicher Vehemenz, dass er mithilfe eines Cocktailspießes ein frisches Stück Ananas durchbohrt und es in mein Glas fallen lässt. Nicht gegessene Stücke Ananas werden hier sicher nicht recycelt. Wie um diese Vorstellung höhnisch zu kommentieren, greift der Barmann zu einem neuen Schirmchen, öffnet es betont anmutig und drapiert es, sogar noch anmutiger, auf dem Rand meines Glases. Ich werde es natürlich wieder entfernen müssen, bevor ich den ersten Schluck trinke. Eine kurze Pattsituation entsteht. Wie lange werde ich durchhalten, bevor ich klein beigebe? Er beobachtet mich. Er geht seiner Arbeit nach, spült und trocknet Gläser, bedient andere, aber definitiv beobachtet er mich.

Ich ziehe mit meinem Cocktail an einen frei gewordenen Tisch um. Plötzlich ist es dunkel. In einem Glasschüsselchen auf dem Tisch flackert ein Nachtlicht. Das hier ist ganz sicher mein letzter.

Ich merke, dass ich weine. Niemandem sonst fällt es auf. Hier, genau wie überall sonst, habe ich bei Leuten diesen Gesichtsausdruck beobachtet, der sagt: «Ich kenne Sie doch, Sie sind …» Aber was macht man mit diesem Wissen? Man geht mir nicht direkt aus dem Wege. Lässt mich eher in Frieden. Respektiert meine Privatsphäre. Aber jetzt ist es ohnehin dunkel. Niemand sieht, wie ich hier im Dunkeln sitze, weinend. Die Happy Hour ist vorbei. Und doch bin ich sehr glücklich. Und im selben Moment sehr traurig. Es fließt beides zusammen. Und ich vermisse dich so, so sehr. Der Ort hier, das warme Parfüm der Nachtluft, die Wirkung all dieser Rum Punches. Ich habe bereits vor dem Mittagessen mit dem Trinken begonnen. Wer weiß, wie viele es waren …

Das hier ist das Leben. Das gute Leben. Habe ich nicht ein sehr schönes Leben gehabt? Ich kann mich glücklich schätzen. Wir können uns beide glücklich schätzen, oder etwa nicht? Das Leben ist so kurz. Aber gleichzeitig dauert es so, so lange. Ich meine nicht so sehr all die vergangenen Jahre, sondern jene, die noch übrig sind. All diese Jahre und Jahre, die noch vor mir liegen. Was werde ich mit mir anfangen? Noch mehr Tage und Nächte wie diese hier verbringen, nehme ich an. Keine schlechte Art zu leben. Es gibt so vieles, für das ich dankbar sein muss. Am Leben zu sein und hier, an einem solchen Ort, an einem solchen Abend. Und in einem Alter, das alle gerne hätten. Das Alter der Erfolge, der Anerkennung, das Alter, das wir nie erreichen. Ich zitiere hier Salter. Aus dem Gedächtnis. Ich wollte immer mal dieses Zitat verwenden. Aus *Lichtjahre*. Das könnte ich noch einmal lesen, wenn ich nach Hause komme. Wann auch immer das ist.

Und ich habe schließlich geholfen, einen Bürgerkrieg zu beenden, vergiss das nicht. Ich weiß nicht, ob ich viel dazu beigetragen habe, und dennoch. Einige Leute meinten, das sei der Höhepunkt meiner Karriere. Dann geht es wohl ab jetzt nur noch bergab?

Habe ich schon erwähnt, dass ich zum Ritter geschlagen werde?

Wenn du doch bloß neben mir säßest. Hier, meine ich, nicht während dieses feierlichen Initiationsritus. Aber vergiss das wieder! Du hättest eh irgendwas zu mäkeln. Zu heiß, zu kalt, die Mücken, dein Drink, das Pärchen da drüben. Du würdest mir auf irgendeine Weise auf die Nerven gehen. Aber mich auch zum Lachen bringen. Ich muss direkt lachen, wenn ich nur daran denke. Durch die Tränen hindurch, quasi. Ich weine noch immer.

Weiß der Himmel, warum, aber mir kam diese eine Sache wieder in den Sinn. Mit dem neuen Typen in deinem Büro. Ein junger Kerl. Der irgendwann meinte, ob nicht jemand einen Witz hören wolle? Schon, meintest du. Vorsichtig. Wieso hat Noddy eigentlich diese Klingel an der Mütze? Fragt er also. Keiner weiß es. *Weil er ein Arschloch ist.*

Ich erinnere mich haargenau daran, wie du mir diese Geschichte erzählt hast. Du warst gerade von der Arbeit nach Hause gekommen. Wir tranken ein Glas Wein in der Küche. In dem Haus, das uns so lieb war. An dem Abend war ich mit Kochen dran. Irgendetwas Einfaches. Stell dir bloß vor, du erzählst einen solchen Witz, nachdem du gerade erst irgendwo deine neue Stelle angetreten hast, sagtest du. Den Nerv zu haben! Wir heulten, so mussten wir lachen. Die Tränen liefen uns die Gesichter hinab.

Das ist der Moment, in dem ich den Verlust am heftigsten empfinde. *Weil er ein Arschloch ist.* Was ist daran so lustig? Auch jetzt laufen mir die Tränen das Gesicht herab. Es ist doch lustig, oder etwa nicht? Fanden wir jedenfalls. Vielleicht sind wir einfach sehr böse Menschen, meintest du. Der Gedanke gefiel dir. Ein bisschen böse zu sein sei gut. Ich wünschte so sehr, du wärest hier. Ich weiß nämlich eigentlich nicht so recht, was ich ohne dich tun soll. Das ist das Problem.

Aber mal richtig zu weinen. Wie gut das tut, mal richtig zu weinen. Es ist eine Weile her, seit ich das getan habe. Und sich mal so richtig zu schnäuzen. Wie gut auch das tut. Mein Vater, meine Mutter. Beide lange tot. Wann habe ich das letzte Mal an sie gedacht? Habe ich sie überhaupt je erwähnt? Und die Schwester, die starb, bevor ich zur Welt kam. Wurde nie drüber geredet. Ich habe auch nicht danach gefragt, um es anders zu sagen. Nicht bis ganz zum Schluss. Eine andere

Geschichte. Und deine Mutter und dein Vater. Und deine Freunde. Und du. Alle tot.

Freunde habe ich viele. Da kann ich mich glücklich schätzen. Habe so vieles, worauf ich mich freuen kann. Ich wünschte so sehr, du wärest hier. Ich weiß, das bist du nicht. Ich rede mit mir selbst. In meinem Kopf. Friedensgespräche. Wo wäre ich ohne Friedensgespräche?

«Noch einen?»

Der Barmann ist aufgetaucht. Was er wohl von mir denkt? Ich lächele. Schüttele den Kopf. Er lächelt zurück. Zweifellos gibt es Traurigkeit in seinem Leben. Seine Trauer rührt mich an, wie die andrer Menschen, wie all die Traurigkeit in der Welt. Der Gedanke daran bricht mir das Herz. Welches Glück ich habe. Wie einsam ich bin.

Ich befühle meine Hosentasche, um zu sehen, wo mein Schlüssel ist. Er ist an einem Stück Holz befestigt. Der Name des Apartments ist darin eingraviert.

Ich wohne in *Golden Sunset*.

Weiterführende Lektüre

Du hast es nie gemocht, wenn ich dir Bücher empfahl. Und ich höre dich sagen: *Sieh mal, ich bin gerade erst mit dem hier durch, also sag mir nicht direkt, was ich als Nächstes lesen soll.* Aber weil ich Bücher erwähnt habe – die übliche bunte Mischung –, lasse ich es drauf ankommen.

Ich entsinne mich, wie du mir einmal gestanden hast, Jahre nach unserer ersten Begegnung, dass zu den Dingen, die du an mir ganz zu Anfang am meisten gemocht hast, die Tatsache gehörte, dass ich so ein Bücherwurm war. Ein Bücherwurm, der *außerdem* aber auch noch gut aussah. So etwas vergisst ein Mann nicht.

Kommst du überhaupt zum Lesen? Dass das ganz sicher nicht der Fall ist, ist nur ein weiterer Gedanke, der mir das Herz bricht.

Lektüreliste

Paul Broks, *Je dunkler die Nacht, desto heller die Sterne. Über die Liebe, die Trauer und das Ich.* Aus dem Englischen von Annabel Zettel. C. H. Beck Verlag, München 2018.

E. M. Cioran, *Von Tränen und Heiligen.* Aus dem Französischen von Verena von der Heyden-Rynsch. Suhrkamp Verlag, Frankfurt am Main 1988.

Charles Baudelaire, *Intime Tagebücher: Mein entblößtes Herz,* 1887. Aus dem Französischen von Friedhelm Kemp. Insel Verlag, Frankfurt am Main 1966. [Anm. d. Übers.: Aus textimmanenten Gründen habe ich abweichend von Kemps Übertragung («Gemisch») Baudelaires originales *apéritif* hier wieder eingefügt.] Hier zitiert auf S. 9.

Francis Fukuyama, *Das Ende der Geschichte. Wo stehen wir?* Aus dem Amerikanischen von Helmut Dierlamm, Ute Mihr und Karlheinz Dürr. Kindler Verlag, München 1992.

Nasim Hikmet, «Gedichte für Pirâye, geschrieben zwischen 21 und 22 Uhr». In: *Das schönste Meer ist das noch nicht befahrene. Liebesgedichte.* Aus dem Türkischen von Helga Dağyeli und Yildirim Dağyeli. J & Dağyeli, Berlin 2014. Hier zitiert auf S. 40.

Roy Jenkins: *Gladstone. A Biography*, Macmillan, London 1995.

Nathan Kravis, *Auf der Couch: Eine verdrängte Geschichte der analytischen Couch von Platon bis Freud*. Aus dem Englischen von Dominik Fehrmann. edition fröhlich, Berlin 2017.

Philip Larkin, «Aubade». In: *Nachwelt. Die besten Gedichte.* Deutsch von Ulrich Horstmann. Die Graue Edition, Zug 2018. Hier zitiert auf Seite 162.

Thomas Mann, *Der Zauberberg*, S. Fischer Verlag, Berlin 1924.

Stephen Mossmann: *Greece, Lightning!*, 1999.

Ovid, *Metamorphosen*. Aus dem Lateinischen von Johann Heinrich Voß. Insel Verlag, Frankfurt am Main 1990.

Blaise Pascal, *Gedanken*. Aus dem Französischen von Ulrich Kunzmann. Suhrkamp Verlag, Berlin 2012. Hier zitiert auf Seite 160.

Stephen Pinker, *Gewalt. Eine neue Geschichte der Menschheit*. Aus dem Englischen von Sebastian Vogel. S. Fischer Verlag, Frankfurt am Main 2011.

Friedrich Rückert, «Ich bin der Welt abhandengekommen», 1910. Zitiert nach: ders.: *Gedichte*, Reclam Verlag, Stuttgart 1988.

Edward Said, *Orientalismus*. Aus dem Englischen von Hans Günter Holl. S. Fischer Verlag, Frankfurt am Main 2009.

James Salter, *Lichtjahre*. Aus dem Englischen von Beatrice Howeg. Berlin Verlag, Berlin 1998.

John Updike, *Bech in Bedrängnis. Fast ein Roman.* Aus dem Englischen von Helmut Frielinghaus. Rowohlt Verlag, Reinbek bei Hamburg 2000.

Rebecca West, *Black Lamb and Grey Falcon. A Journey Through Yugoslavia*, Macmillan, London 1941.

Danksagung

Ich möchte mich bei meinen Agentinnen Caroline Dawnay und Sophie Scard bei United Agents dafür bedanken, dass sie zu mir gehalten haben, und für ihre offenen, ermutigenden und fundierten Ratschläge über die Jahre hinweg.

Danke auch an Alexandra Pringle bei Bloomsbury, dass sie *Friedensgespräche* so enthusiastisch aufgenommen hat. Sie, Sara Helen Binney und Allegra Le Fanu haben mich in vielerlei Hinsicht unterstützt und mir geholfen.

Sarah-Jane Forder war äußerst gewissenhaft bei ihrem Lektorat und umsichtig bei ihren Kommentaren – und hat mich so überrascht, indem sie ganz am Ende des Manuskriptes den schönsten Kommentar über *Friedensgespräche* hinzufügte. Ihre Umsicht hat mich sehr berührt.

Ich bin ein einzelgängerischer und zielstrebiger Autor und zeige normalerweise niemandem meine Arbeit, bevor sie abgeschlossen ist. Allerdings wurde meine Partnerin Claudia gelegentlich an meinen Schreibtisch gerufen, um sich von mir ein «ein gutes Stück» vorlesen zu lassen, das ich gerade fertiggestellt hatte. Meistens hatte sie die Gnade, meiner Einschätzung zuzustimmen.